ねじれた過去

京都思い出探偵ファイル

鏑木 蓮

PHP
文芸文庫

○本表紙デザイン＋ロゴ＝川上成夫

ねじれた過去――京都思い出探偵ファイル　目次

プロローグ

実相浩二郎《じっそうこうじろう》は、四条烏丸《しじょうからすま》にあるホテルのロビーラウンジで飯津家《いいづか》医師の姿を見つけた。

「先生、今日はありがとうございます」一緒にいた若者をちらっと見て声をかける。

「いやいや、こっちこそバタバタさせてしもて、すまなんだ。早速ですけど紹介します。彼が話してた平井《ひらい》真《まこと》君です」

飯津家が一緒に立ち上がった真を紹介した。背筋を伸ばしきちんと足を揃《そろ》えると、真の長身が際立《きわだ》った。しかし、伏し目勝ちな顔には子供っぽさを残している。

「初めまして、思い出探偵社の代表、実相です」

「平井真といいます。よろしくお願いします」真は、浩二郎が差し出した名刺を丁寧《ていねい》に両手で受け取った。

「こちらこそよろしくお願いします。それで、飯津家先生からうちの話はだいたい聞いてもらっていますね」浩二郎は座るよう手で促《うなが》しながら尋《たず》ねた。

「はい。先生から御社のアウトラインは伺《うかが》っています」とうなずきながら真が言った。

「思い出を探す仕事やいうことと、それが至極《しごく》精神的な分野やから、取り扱い注意ってことは話してありますんや。それと本郷《ほんごう》君が抜けて、一刻も早く人材を確保せなあかんてこともね」

飯津家は細い指でカップの手をつまんだ。彼は痩身《そうしん》でおでこが広く、その上オールバックにしているためドラキュラ伯爵《はくしやく》を思わせる。

京都御苑《ぎよえん》蛤《はまぐり》御門《ごもん》の烏丸《からすま》通りを挟《はさ》んだ斜め向かい側に思い出探偵社はあった。そこから徒歩で十分ほどの場所に飯津家医院があって、飯津家はそこの院長だ。すでに還暦《かんれき》を迎え、息子に医院を任せたいと思いながら、医療方針の違いでそれが果たせていない。

「その、本郷さんは役者になられたんですよね」真が訊《き》いてきた。

浩二郎は本郷雄高《ゆたか》が元々役者志望だったのだけれど、思い出探偵としても優れていたことと、そして二年前役者に専念することになった雄高の、代わりをしてもらえる人材を求めているのだと話した。

「この平井君が優秀な人材であることは、この私が保証します」飯津家がそう言って真の横顔を見た。

真は、飯津家の師であるK大学名誉教授の平井定国《さだくに》の孫で、I大学医学部を卒業し、医籍に登録されていた。ただ人生経験がない医師は、臨床《りんしよう》において遺憾《いかん》なく力を発揮できない、という定国の教育方針によって人間について勉強をさせたいと、飯津家に相談があったと聞いている。

「人間とか、人生とかの勉強いう言葉で思い出したのが、思い出探偵社ですわ。実相さんの話をしたら、定国先生がそれはええなということになって……」

なぜか飯津家の語尾が弱くなった。

「過剰《かじょう》な宣伝をされたんじゃないのですか」あまり買いかぶられても困る、と浩二郎は思った。

「いやいや過剰な宣伝はしとらん。ただ世の中、謎は数々あれど、人生の謎を解くプロ集団が思い出探偵社ですと言うただけですわ」

「それこそ言い過ぎですよ、先生」と笑いながら言って真に目を遣《や》る。

真の表情はとても硬《かた》い。緊張しているのか、視線も合わせない。

「飯津家先生からお話をお聞きして、ぼくも大変興味を持ちました」

「将来は医師になるんでしょう？」彼の態度に疑問を感じつつ、浩二郎が訊いた。

「そうです。ただ臨床医として生きるか、研究医として医学の下支えに徹《てつ》するのか、まだ迷ってます」眉間《みけん》にしわを寄せて真が言った。

「うちとしても、優秀な人材はすぐにでもきて欲しいんです。ですが、仕事に慣れた頃に辞《や》められるというのも困りますからね。そうだな、少なくとも三年、それくらいは探偵社に在籍してもらいたいと思います」三年あれば、彼が辞めるとしても後継の人材を準備することができる。

「三年、ですか……」真が重い口調で言って目を伏せた。

「すぐに返事は無理でしょうから、よく考えてください」とても悩んでいるように見えたので、浩二郎が優しく言った。

「三年、長いのか、短いのか……」そうつぶやきながら、真は小刻《こきざ》みに首を左右に振る。

「そこはじっくり考えてもらっていいんですよ」

思い出探偵に一番必要なのは、他人が大切にしている人や物、そして出来事を自分も大事に思えることだ。ある程度の知識は要《い》るが、それにもまして思いやりが必要な仕事なのだ。適性を見る必要もある。

「いえ。お話はよく分かりました。一度やらせてください」真は、テーブルに両手をついた。

「真君、もうちょっと考えてみてもええんと違うか。実相さんが言うように、時間をおいたらどうやろ」飯津家が、真の耳元に顔を近づけるようにして言った。

「しかし、ぼくも今のままでは……」

真の言葉に、彼の焦《あせ》りと共に何か大きな悩みを抱《かか》えているように浩二郎は感じた。

平井真、いい人材かもしれない。

彼は問題を抱えて悩んでいる。これも思い出探偵に必要な資質のひとつだと、浩二郎は考えていたからだ。

第一章

雨の日の来園者

1

実相浩二郎《じつそうこうじろう》と妻の三千代《みちよ》、調査員の橘《たちばな》佳菜子《かなこ》の三人は、思い出探偵社の応接セットに座り、大型テレビの画面を固唾《かたず》を飲んで見つめていた。

「さて午後一時を回りました。『きょうのお昼どき、どんなんワイド！』の名物、リアル人生相談『それは由美姉《ゆみねえ》に訊《き》け』の時間がやって参りました。それではお馴染《なじ》み、どんな強風にも決して折れない柳の枝のしなやかさ、都路《みやこじ》を750《ナナハン》ccバイクに跨《また》がり疾風《しっぷう》のごとく駆け回る京女、思い出探偵社の主任探偵、我らが由美姉こと一ノ瀬《いちのせ》由美さんです」

ローカルテレビ局「古都テレビ」の女性アナウンサーが決まり文句で由美を紹介すると、スタジオ観覧者の拍手が湧き起こった。

由美のテレビ出演が始まって、十一月で丸一年が経過したが、どんな相談が持ち込まれるのか、新鮮な緊張感があった。

生まれ持った度胸《どきょう》と、看護師だった経験から、視聴者から寄せられる相談への回答に、そつはない。

探偵社の調査員であり三十六歳のバツイチ、十一歳になる娘の母親でもある由美の、自分の経験も織り交ぜた大胆《だいたん》な回答が受けているようだ。先日、探偵社にＶ局から全国放送番組への出演依頼もあった。番組の評判を聞きつけ、由美の容姿やタレント性などを検討した結果のオファーだった。

長い黒髪を後ろで束ね、整った顔立ちで、少々の難題もスパッと斬るのは、確かに観《み》ていて気持ちがいい。おまけに彼女は、京言葉ならではのイントネーションで話す。むしろ京都ローカルよりも、全国放送向けのキャラクターなのかもしれない。

さらに由美には、製薬会社や大型バイクメーカー、バイク用品店などからイメージキャラクターに使用したいとの依頼もある。由美はちょっとした京都発のタレントになりつつあった。

当初テレビ出演の話が舞い込んだとき、浩二郎は賛成しなかった。調査対象が「思い出」であっても、探偵業であることに違いはない。顔が知られてしまうことが、マイナスになっても決してプラスにはならないからだ。いや、一切の調査から外《はず》れてもらわなければならなくなると思っていた。

本郷《ほんごう》雄高《ゆたか》という調査員が役者になるために探偵社を辞《じ》して、八カ月が過ぎようとしていた頃でもあり、雄高の穴を埋めている由美の戦力を失うのが痛かった。

「思い出探偵社を辞める覚悟をしてもらわないといけなくなる」それは卑怯《ひきょう》な言葉だった。由美は思い出探偵、すなわち思い出という依頼人の生きてきた足跡をたどる仕事に、やり甲斐《がい》を感じている。だからそれができなくなるのなら、テレビ出演を断るだろうと踏んでいたのだ。

ところが由美の答えは、浩二郎の意に反していた。

「うち、思い出探偵社が好きなんです。そやからテレビに出ようと思たんです。偉そうなことは言えませんけど、もうええ加減、心を大事にする時代になっても可笑《おか》しゅうないのと違いますか。きっとみんな思い出が大切なんやと思うときがきます」興奮気味に由美が言った。

「だからこそ由美君の力が要《い》るんだ。貴重な戦力をテレビに奪われたくないんだよ」雄高に続いて由美君まで、という言葉を飲み込む。

「うち、テレビの力は凄《すご》い、と思いました」

由美の言ったことはすぐ理解できた。

由美と話し合うひと月ほど前、雄高のことがワイドショーに取り上げられたことがあった。夢のない時代にそれぞれの夢を携《たずさ》えて故郷を離れ、頑張《がんば》る人間にスポットを当てたドキュメンタリーだ。

その一人として、九州から時代劇俳優を目指して京都へやってきた雄高が取り上げられた。そのとき番組のナレーションは、「名もない船頭《せんどう》役を経て、個性派俳優を目指す本郷雄高のバックボーンは、思い出探偵という聞き慣れない仕事で培《つちか》った人情を解する心だ」と紹介したのだ。

雄高の話題はわずか五分ほどで、思い出探偵社が紹介されたのは十数秒だったにもかかわらず、テレビ局への問い合わせが数多く寄せられたのだった。

七年前に警察を辞した浩二郎の、退職金のほとんどを食いつぶしてきた探偵社の台所事情を、立ち上げ当初から協力してくれている由美はよく知っていた。

さらに一人息子を亡くし、妻の三千代がアルコール依存症から鬱《うつ》状態に陥《おちい》り、回復しつつあるものの現在も治療中なのだ。様々な経済的な負担がかさんでいる点を考慮し、由美が言っていることはよく分かっている。ようやく順調に利益が出だしたとはいえ、厳しい経営が続いていた。

探偵社の経営状態を心配しているのは由美だけではない。佳菜子も残業費やボーナスはいらない、と言い出した。自分は独身でそんなにお金を使わないからと言って微笑《ほほえ》む彼女の顔を見ると、浩二郎は心が痛む。

多少の経営難は、「思い出」など誰が探すものかと、創業時融資を願い出た際に銀行から言われた時点で覚悟はしていた。

しかし人間には現在の自分を認識するために、いままで生きてきた足跡を総括《そうかつ》しなければならない時期がある、と浩二郎は考えていた。過去があってはじめて現在があり、その現在が未来へつながると。

とくに戦後しゃかりきになって働いてきた世代は、まさに脇目も振らず走ってきたと思う。少しでも早く、一歩でも前へと思う気持ちは、自然にその歩幅を広げさせたはずだ。

急ぎ足の大股《おおまた》歩きで、見過ごした風景、やり過ごした出来事、伝えきれなかった思い、届かなかった言葉が必ず存在すると考えてきた。

いわば人生の忘れ物だ。それをきちんと見つけ出し、確認したい人々がいるはずだとの信念で始めた仕事が、依頼人の思い出探しだった。

高齢の婦人が、戦後の動乱期に米兵から救ってくれた少年を探して欲しいと、お守り袋を携えてきたこともある。

また、集団就職の少年が職場で揉《も》めて自暴自棄《じぼうじき》になったとき、励《はげ》ましてくれた女性を彼女が作った折り鶴から探したこともあった。

それらの事案を通じて、浩二郎自身もまたスタッフたちも、人生における思い出の重要性に確信を深めていったのだ。

「浩二郎さんが、他人の思い出探しを始めたのは、たぶん自分のためやったんやと思うんです。テレビ出演かて、うちは自分自身のためにやろうと思てることなんです」

由美の言葉に絶句した。

由美の本心でないことは分かっている。そうとでも言わなければ、浩二郎が出演を賛成しないと思っての苦肉の策だろう。とくに「自分自身のため」という言葉に反論できなかった。

息子の死で壊《こわ》れた家庭を再生するため、他人の思い出探しは浩二郎自身にとっても必要な仕事であった。犯人を追うのではなく、思い出を追う。犯罪の謎を解くのではなく、人生の謎を解きほぐす作業が、乾いた心に潤《うるお》いのようなものを与えてくれたのだ。

「由美君自身のため、か」

「そうです。そやから賛成してください。そやないと茶川《ちゃがわ》はんの顔、潰してしまいますよって」

彼女が言った茶川は、浩二郎が刑事時代に科捜研《かそうけん》の所長として活躍していた人物で、今は思い出探偵社に何かと協力してくれている。彼は定年退職後、大阪の工業大学で講師をしているが、実家が祇園《ぎおん》の花街《かがい》というだけあって芸能関係者にも知り合いが多かった。

科学捜査にスポットを当てた刑事ドラマの監修を務めたことがきっかけで、ローカル放送のディレクターと懇意《こんい》になった。そのディレクターから昼帯番組の人生相談の回答者として、週に二回思い出探偵を起用したいという話を持ちかけられたのだった。

茶川は由美を買っていた。個人的にも由美に惚《ほ》れ込んでいるようだ。

「由美君のためということなら仕方ないね」

「おおきに、浩二郎さん」

「ただし出演料はすべて由美君のものだ」

「そんな。そやったら意味がないわ、浩二郎さん」由美が困ったという顔を向けてきた。

「これから由真《ゆま》ちゃんにだってお金は入り用になるだろう。テレビ局のお眼鏡《めがね》に適《かな》ったのは由美君自身なんだ。会社とすれば、宣伝になることで充分だ。出演料に関して会社は関知しない。それが私からのテレビ出演の条件だと思って欲しい」

浩二郎が出した条件を、由美は渋々ながら飲んでくれた。

いざ由美のテレビ出演が始まると、探偵社の宣伝効果もさることながら、探偵社そのもののスポンサーになってもいいと数社の企業が名乗りを上げた。さすがにそれは、探偵社を何かの色に染《そ》められたくない、という浩二郎の考えに反するので断ったが、改めてテレビの力を感じたのだった。

その代わりに、由美自身を会社のイメージキャラクターに起用することに同意した企業もある。そのひとつが、女性に特化した健康ドリンクを発売している製薬会社だ。ドリンクの宣伝物に露出《ろしゅつ》していくのは由美だが、そのすべてに思い出探偵社というキャプションが入れられた。

依頼事案数が飛躍的に伸び、徐々に利益も安定してきたのは、まさに由美のお陰だ。

感謝の意味も込めて、探偵社では、よほどのことがない限り由美の出演する日の番組を見ることにしていた。いや、みんなで見守るという表現の方がいいかもしれない。

ただ探偵としては、顔が知れ渡ることへのデメリットも当然考えねばならない。テレビ出演以来、由美にはできるだけデスクワーク中心の仕事をしてもらうことが多くなった。

調査の過程で様々な人に出会えることに喜びを感じていた由美は、少し窮屈《きゅうくつ》な思いをしているに違いない。

ストレスを解消するためにちょっとした空き時間ができると、愛車の750ccバイク「KATANA」に乗って、市内を一周するという。近頃その回数が増えたようだ。

そのストレス解消のパートナーであるKATANAのボディにも、思い出探偵社というロゴステッカーを貼《は》っている。由美の宣伝に徹する気持ちを、浩二郎はありがたいと感じている。

「では今日の相談は」女性アナウンサーが電話やファクス、メールで寄せられた相談から、ひとつに絞《しぼ》る。

「メールでのご相談者、相談名シナモンローストさんです。人生相談というよりも思い出探偵でいらっしゃる由美姉へ、思い出についての質問なんです」

「うちの本職ですよって、なんなりと」

画面いっぱいに由美の笑顔のアップが映し出された。番組中に少なくとも一回は、由美のアップ映像を流せ、と茶川がカメラマンに強く要望したのだと聞いた。入道のようなスキンヘッドを紅潮《こうちょう》させて喜んでいる、茶川の姿が目に浮かんだ。

「思い出というのは記憶ですよね。では記憶を失っている人の思い出を探すことはできるのでしょうか。という質問なんですが、いかがですか由美姉」

「記憶を失っている人の、ですか」由美が少し伏し目になり、二、三回瞬《まばた》きをする。由美の悩んでいるときの仕草《しぐさ》だ。

「確かに思い出って、その人の記憶と言ってもいいですよね」沈黙を嫌ったのか、女性アナウンサーが由美に尋《たず》ねた。

「記憶を失ったとしても、頭の中から消えてしまっている訳やありません。たぐり寄せる糸が見つからない状態なんやと思うんです」由美は自分の言葉を確かめるように口を開き、「その人が目の前に存在する以上、歩いた足跡は必ずありますさかい、無理に思い出してもらわへんかて見つけることができると思います」と言って微笑んだ。

「記憶を失った人を観察するということですか？」

「そうです。要は、その人のいま現在の姿が最大のヒントになるということです。例えば口癖とか所作《しよさ》とか些細《ささい》な情報を丁寧に拾っていくんです。ほんで細くても何か糸口を見つけてあげる。うちの思い出探偵社なら、必ずお役に立てると思います。勇気を出して、うちの社におこしやす。三浦友和《みうらともかず》とも渡瀬恒彦《わたせつねひこ》ともいわれる男前の代表が待ってますさかい」

スタジオに観覧者たちの笑い声が起こった。

「参ったな、由美君にも」と思わず漏《も》らした。

「どっちに似てるかな」と佳菜子も微笑む。

浩二郎は照れ隠しにテレビのリモコンを手にし、音量を上げた。

「糸口が見つかっても、当人が思い出せないことだってあるんじゃないですか」アナウンサーの質問の声が大きくなる。

「自己防衛のために、わざと思い出さないようにしてることもあるさかいにね。そんなときは、その記憶がどんなもんやったか、こちらで見つけ出すしかないですね」

「そのようなことが、可能ですか」

「もちろん推測でしかないですが……。当人にとって具合が悪いことやったら、報告しないこともあるかもしれないですけどね」由美がカメラに向かって言ったとき、コーナーを終える音楽が鳴った。

アナウンサーは時間がきたことを告げて、いつものようにまとめ、コマーシャルに入った。

「質問した人、困っている様子ですね」リモコンでテレビのスイッチを切った佳菜子が、浩二郎に言った。

佳菜子は由美にあこがれを抱《いだ》いているらしく髪型まで真似て、長い髪を後ろでまとめている。ただ体軀《たいく》は肉感的な由美とは対照的で華奢《きゃしゃ》だった。

「実際に、記憶を失った人の思い出って探すの大変よね」浩二郎ではなく、妻の三千代が佳菜子に言う。

探偵社の女性の中では一番年上の四十六歳なのにおかっぱにしているため、三千代は由美と同世代だといっても通るほど若く見える。髪にパーマをあてているときはそうでもなかったが、いま改めて見ると妻は童顔だったのだと思う。

「そうですね。どう探せばいいのかって考えてしまいました」こちらも童顔で、二十九歳にはとても見えない佳菜子が小首《こくび》をかしげた。

「そうだね。由美君はうちが役に立てると言ったが、当事者が思い出せない思い出を探すんだからね」

そのとき電話が鳴り、佳菜子が取った。「はい、ありがとうございます。思い出探偵社の橘です」

佳菜子はメモを取りながら相手の話を聞いている。どうやら新しい依頼のようだ。

依頼人は滋賀県大津市に住む白石貢継《みつぐ》という男性だった。浜大津にある「HAMA遊園」の支配人をしていたが、今年いっぱいで定年退職をする。彼の依頼は、来園者の忘れ物として保管してある使い捨てカメラに関することだが、詳しくは会って話したい、と言った。

明くる日の午前十時、浩二郎と佳菜子はHAMA遊園の事務所を訪れていた。浩二郎も息子の浩志《こうし》が小学生の頃、一度だけこの遊園にきたことがあった。

しかし、そのときの面影がまったくないほど改装されている印象だ。その改装は現在も続いていて、ゲートにはただいま閉鎖中の立て札があり、ほとんどの遊戯設備にシートが掛けられている。事務所に回るまでに、何台もの重機の姿も目にした。

子供たちに人気があったであろう動物をかたどった乗り物も分解され、その骸《むくろ》をさらしている。

作り物と分かっていても、枯れ葉の舞い散る風景に鼻をもがれたゾウなどを見ると哀れさを感じる。

「本格的な改装ですね」挨拶《あいさつ》を済ませて席に着くと、浩二郎が口を開いた。

「改装……。まあそうです」白石の返事は重かった。彼の頭髪《とうはつ》は七三分けで几帳面《きちょうめん》そうな顔つきをしていたが、服装は支配人という肩書きには似つかわしくないブルーの作業着姿だった。

「改装ではないのですか？」

「ええ。ＨＡＭＡ遊園は閉鎖されたんです。運営していた会社が立ちゆかなくなったんで」

「遊園地がなくなったんですか」

哀《あわ》れなゾウの姿が浩二郎の目に浮かんだ。

「いや、遊園地といいますか、アミューズメント施設としては存続します」

ＨＡＭＡ遊園の運営会社は、会社の所有する土地を外資系のアミューズメント会社に売《ばい》却《きゃく》した。新会社が跡地にまったく新しい施設を建設して、従業員の一部を引き続き雇用することになったのだと白石は言った。

「来春オープンの予定で工事をしています。私は幸か不幸か、今年いっぱいで定年退職をする身ですから、どうにか気持ちに踏ん切りがつきました」

「そうなんですか」と言いながら、浩二郎は室内を見渡した。

室内の壁に貼られている写真には、それぞれの乗り物が写っている。ほとんどが大がかりな乗り物ではなく、小さな子供向けのものが多かった。それでもフレームから溢《あふ》れんばかりの家族の笑顔が、そこにあった。

「昔ここに遊びにきた者としては、寂しいですね」

「実相さんも、来園してくださったことがあるんですか」白石は嬉《うれ》しそうに身を乗り出した。

「ええ。と言っても十五、六年も昔ですが。家内《かない》と息子はたぶん何度もきてます」

浩二郎は一度きりしか来園していない。けれど小学校三、四年生の頃、浩志がここのお化け屋敷に行きたいと、三千代に何度もせがんでいたと聞いたことがある。

少々ふっくらとした、当時の浩志の顔が目に浮かんだ。

浩志は高校一年生の冬、十五歳で死んでしまった。琵琶湖で水死体として発見されたのだ。浩志自身がパソコンに残した言葉を見て、警察は自殺として捜査《そうさ》を打ち切った。

丈夫《じょうぶ》の心を持ちたい。

困難なら小さきより大きく。

艱難《かんなん》なら浅きより深く。

大人顔負けのこの文章を、当時浩志の通う高校であったいじめ暴力事件と関係がある、と担当係官は判断した。いじめを受けていたのが浩志の友人で、それを知っていながら止められなかったことを後悔したのだと。

彼は浩志の正義感が強すぎたんだ、と浩二郎に言葉をかけた。

確かに浩志には、子供の頃から正義を説《と》いてきた。しかし同時に、命の大切さも教えてきたつもりだ。

自殺などあり得ない。そう思い続けて、個人的に浩志の死の真相を調べていた。

そして二年あまり前、息子は、ある女の子を湖から助けようとしたために死んだのではないか、ということを知ったのだった。

三千代はそれが真実だと信じる、これ以上はもう調べなくていい、と言った。彼女の言葉を聞いて浩二郎も気持ちの整理を付けたつもりだったのだ。

そうすることが、浩志の少女を助けようとした勇気を無駄《むだ》にしないことだと考えた。にもかかわらず、何かにつけ浩志の姿を思い出す。そのたびに胸が焼け付くほど熱くなるのだ。

嘆《なげ》くというより、もう一度浩志をこの手で抱きしめてやりたい衝動《しょうどう》に駆られる。それは浩志との思い出が、あまりにも少ないからだ。あいつの存在、あいつの温《ぬく》もりを実感していないためなのだ。

刑事だから、事件だからと家にほとんどいないうちに、浩志は大きくなり、そして突然いなくなった。

浩二郎は警察官だった自分の父親と同じように正義は善であると思ってきたのに、そのために息子は命を投げ出したという複雑な思いに悩んだ。

その悩みから逃げるように、明るかった三千代は精神のバランスを欠き、アルコールへ溺れていった。浩二郎が社会の悪と対峙《たいじ》している間、妻は自暴自棄《じぼうじき》となって酒を飲んでいた。つまり妻が、本来頼るべき浩二郎はそこにおらず、手の届く場所に酒があったのだ。

その現実を知ったとき、自分の中の価値観が崩れたような気がする。何よりも大事なものは人間の心だ、と考えるようになった。

刑事を辞め、思い出探偵社を始めてからは、できるだけ三千代の側《そば》にいるようにした。専門医に診《み》せ、禁酒を断行して、ようやくいま、三千代はアルコールを一滴《いってき》も口にしなくなっている。

「家内なんか、撤去《てっきょ》される乗り物を見ると、私より寂《さび》しく思うんじゃないかな」浩二郎は浩志のことを追い払うように頭を振った。

「あのゾウですね。あれが人気者だった頃が私も懐《なつ》かしいです。その後当園は転換期を迎えましてね」可愛《かわい》い乗り物よりもスリルのある過激な遊技機器を導入し始めた、と白石が言った。「外国でも有名なものをどんどん入れたんです」彼はいくつか厳《いかめ》しい乗り物の名前を上げた。

浩二郎が理解できたのは二つほどしかなかった。だが隣の佳菜子がしきりにうなずいたところを見ると、彼女にはそれがどんなものなのか分かっているのだろう。

「過激な乗り物というのは、はじめは良かったんです。ですが人間の慣れというのは怖《こわ》くて、徐々にお客さんが離れていきました」

過激なものが増えると、子供よりも大人の客が増えた。その大人が離れていくと来園者数は激減した。

「私は当園が元々持っていた素朴《そぼく》さと合わなかったんじゃないかと思うんです。うちのような遊園地は可愛らしさが必要なんじゃないですかね」

「素朴さと可愛らしさ」浩二郎はうなずいた。

「ええ。橘さんのように若い人たちの喜ばれるのは、スリル満点の絶叫《ぜっきょう》マシンだと思います。いかがです?」白石は佳菜子に尋ねた。

「怖いのは、苦手です」佳菜子はしっかりとした口調で言った。

彼女は十七歳のときに両親が惨殺《ざんさつ》されて以来、心に問題を抱《かか》えて引きこもっていたが、三年近く前に思い出探偵社に入社した。

佳菜子の両親を殺害した犯人が、十年経って再び彼女を襲った二年前の事件では、あわや命を落としかけた。その精神的打撃を心配したが、由美のフォローもあって立ち直り、少したくましくなったようだ。以前は蚊の鳴くような声しか出せなかった。

「そうですか。それは私にとって理想的なお客さんです」白石は微笑んだ。

「白石さんは、素朴な遊技施設がお好きなんですね」と佳菜子が言う。

「ここに貼ってある写真を見てください」白石が壁の写真を手で示した。

「私も先ほどから見させていただいてたんですが、家族写真が多いですね」と感想を述べた。

「そうです。これらには昭和の家族が写っています。どうです、子供と親の距離が近いとお思いになりませんか」白石は壁の写真を見回した。

「そう言われてみれば、みなさんぎゅっと寄り添っている感じがします」佳菜子が両手を胸の前で合わせるような仕草をした。

「そうなんです。私は思うんですが、おそらく遊具との距離がそうさせているんではないかなと」

「遊具との距離ってどういうことですか」佳菜子が訊いた。

「スリルのあるものや奇抜な形だと、遊具に乗る者とそれを見る人間との間に、必ず安全地帯を設けなければなりません。すると例えば家族でこられて、お子さんとお父さんが遊技機器に乗るとしますね。お子さんとお父さんはシートベルトで別々の席に座る。それを見るお母さんは安全が確保された少し距離を取った場所から手を振ることになる。家族の間に距離が生まれますでしょう」

「確かに絶叫マシンなどでしたら、高い場所に乗り場がありますものね」佳菜子が少し顔を上げて言った。

「昭和の後半くらいから、親子関係に距離があって当たり前の世の中になりましたからね。まあ仕方ないんでしょうけど。私は、この遊具を真ん中にして家族が寄り添う笑顔がとても好きなんです。濃密っていうと、いまの若い人は嫌なんでしょうけど」

「なるほど、濃密ですか。ここにある写真は、白石さんご自身が撮《と》られたものなんですね」浩二郎は改めて壁の写真に目を遣《や》った。白石の写真に対する思い入れを感じた。

「ええ。自慢の一眼《いちがん》レフで。ただやみくもに家族を写したものではないんですよ」白石のテーマは親子だった。子供が笑い、それに呼応《こおう》するように両親が笑う。笑顔の両親を見て、また子供が笑顔になる瞬間を連続して写真に収めたのだと言った。

「実は私の家は祖父の代から写真館を営んでたんです。そのせいで、子供の頃からカメラ好きでしてね」

白石写真館は京都の山科《やましな》区にあった。山科区は京都市内の東に位置し、滋賀県大津市と隣接していて、白石の被写体はもっぱら琵琶湖だったという。

「中学に上がる前から琵琶湖の魅力に取り憑《つ》かれてましたよ。ひとつ覚えで、早朝の湖面の輝きばかり撮ってました」

自転車で大津まで出かけたのだそうだ。

「写真館は私が中学の頃、閉めましたがね」その後も白石は写真をやめなかった。「社内報の編集ができるということでこの会社に入ったんですよ。写真を撮って、そこに文章を書くという仕事がしたくてね」

「そうだったんですか。道理でみんないい顔に撮れてますよ」浩二郎は写真を確かめるように見て、「それで、忘れ物の使い捨てカメラに関する相談という訳ですね?」と本題に戻した。

白石が、使い捨てとはいいながらカメラにこだわった理由が分かった。

「そうです。私の最後の仕事は、さよならＨＡＭＡ遊園と題した閉園記念誌の編纂《へんさん》なんです。社内報自体は私が支配人となってから出していませんから、約十年ぶりということになります。私の撮りためた写真で全盛期を振り返ろうというものです」

白石はたくさんの親子の写真の中から、飛びきりの笑顔を選びだそうとしていた。その作業中、ある親子のことが頭に浮かんだのだそうだ。

「私が三十八歳で支配人補佐を務めるようになった年なので、記憶をたどるうちに、あれやこれやと思い出しましてね」

　日記代わりに写真アルバムを作っていて、それを紐解《ひもと》けば当時が鮮明に蘇《よみがえ》るのだと言って、白石は分厚いアルバムと使い捨てカメラをテーブルに置いた。

「問題のレンズ付きフィルムです」浩二郎にも懐かしい物を白石は示した。

「これ、使い捨てカメラとは違うのですか」佳菜子は小さな箱を手にした。

「ええ、これはレンズ付きフィルムと呼ぶんですよ。橘さんはご存じないでしょうが、これが初期のモデルで、まさにフィルムを入れる箱にレンズが付いているようなものです」白石は佳菜子へ微笑みかけ、「これを忘れていったのが、この親子です」と言ってアルバムを開き、そこに貼られた写真を指さした。

「この親子が忘れたのは、確かなのですか」佳菜子がメモ帳を開きながら訊いた。

「それは間違いありません。二人が決まって遊ぶ野球ゲームが室内にあるんですが、その傍《かたわ》らに置き忘れてあったんです。それに、実は私、個人的にこの親子に注目してたんですよ」

「被写体としてですか」そう尋ね、浩二郎は白石の手元のアルバムを見た。

「そうです。何度かカメラに収めてきてましてね。記録もとってたんですよ」白石がアルバムを浩二郎の方へ回転させた。

「拝見します」浩二郎は、佳菜子にも見えるようにアルバムを手前へ引き寄せる。分厚さ以上にずしりと重さを感じた。

一ページにL判の写真が均等に四枚貼られており、そのすべてにお揃《そろ》いの野球帽を被《かぶ》った三十代と思われる男性と小さな男の子が、白石が言うように寄り添って写っていた。そこに手書きながら、印刷のように整った文字のキャプションが付けられている。

「雨の日の来園者」一枚目の写真に付けられたキャプションを声に出した。

「そうなんです。この親子が私の写真日記に登場するのは、このページが初めてではありません」そう言いながら、白石がページを前に戻す。「ここにも、またここにも、またここにも」と次々とページを繰《く》っていき、「これが、この親子を目にした日です。昭和六十二年五月十一日月曜日」アルバムのはじめの方のページで、白石の手が止まった。

「初めて来園したのが、この日なんですね。確かに雨も風も強そうだ」

子供が羽織っているビニール合羽のすそが風になびいていた。雨に濡れながらも、顔は合羽から露出《ろしゅつ》していた。

「合羽は私が見かねて貸しました。でもはしゃいでいる子供には、雨なんて関係ないですね。顔なんかずぶ濡れですよ」

「すべての日に、雨が降っているんですね」浩二郎が、アルバムを確かめながら訊いた。

「平日で雨風が強く、開園できるかどうかという日ばかりでした。当時、絶叫マシンというような乗り物はうちにはありませんでしたが、その写真の子供ぐらいなら大喜びするようなジェットコースターはありました。ただ雨の日はすべて停《と》めています。観覧車さえも動かしていない遊園地にくるお客さんは、珍しいんです」

「この写真は屋外のようですね」

少年と父親の身体《からだ》の隙間から、遊具に被せられたシートが見えている。二人が乗っているのはトロッコ列車のようだった。

「それが、雨風のある日でも唯一動かすことのできる乗り物です。蒸気機関車を模《も》した電動の乗り物で、そんなに速度が出ません。屋根もありますしね」

「間違いなく、親子なんですか？」二人の顔は似ているとは思ったが確認のため、浩二郎は尋ねた。

「これを見てください」白石がアルバムの別のページを開く。

その写真にも、蒸気機関車に乗る少年がいた。乗っているのが少年一人で、こちらに向かって野球帽を振っているシーンだ。キャプションには「『お父ちゃん！』と大きな声で叫ぶ男の子」とあった。

「いい顔でしょう？　私がそう書いているところをみると、実際に叫んでいたんだと思いますよ」写真日記を書くにあたっては、見たまま聞いたままを残していきたい、というのが信条だったから、想像では書かないはずだと白石は言った。「決まって、このゲーム機で遊ぶんです」

そこには卓上型の大きな野球盤だけが写っている。よく見るとそのガラス上にレンズ付きフィルムがぽつんと置かれていた。そして写真の下に「思い出を置き忘れていくなんて……」と書き添えられていた。

「思い出の置き忘れ、ですか。なるほど、そうですね」アングルが良いのか、カメラが寂しそうに見える。日付は、昭和六十二年七月十七日金曜日となっていた。「この年の、五月十一日から七月十七日までで、来園してきたのは」浩二郎がアルバムを見返した。日付は五月十一日、六月十五日、六月二十九日、七月十七日と記されている。

「四度の来園ということですね」と訊いた。

「最後が七月十七日であることは確かです。忘れ物を取りにこないかとしばらくの間、気にしてましたからね。とくに天気が悪い平日は、自然に彼らの姿を探したりしてね。しかし彼らに出会うことはなかった。まあ二人に着目し始めたのが五月十一日で、ひょっとすればそれ以前にも来園していたのかもしれませんが。それで、本題なのですが、実はこのカメラの中にあったフィルムをこの間現像してみたんです」

フィルムを取り出したので、目の前にあるカメラはがらんどうだと白石は言った。

普通なら中のフィルムは劣化しているのだろうが、自分は写真館の息子だから、細心の注意を払って保存していたのだと付け加えた。「その中の写真で、とてもいいのがありましてね。これです」

今度はＢ５判ほどの大きさに引き伸ばされた写真を出してきた。そこに写っているのは少年の胸から上のアップだ。帽子から雨がしたたっているのも気にせず、紅潮した顔を向けていた。

「笑っているんですが、目が大きく開いていますでしょう？　どこかちぐはぐな顔つきだと思いませんか」

「ちぐはぐ……」浩二郎は、鼻から下を手のひらで隠してみる。すると少年の顔は笑ってはおらず、何かに驚いているようにさえ見えた。

「確かに笑っているのは、頬と口元だけですね」

刑事時代、鑑識課《かんしきか》からモンタージュ写真が回されてくることがあった。コンピュータ処理の技術が発達する前には、ピカソが描く絵のような不思議な顔に遭遇《そうぐう》したものだ。どこかそれらと似た感じを受けた。けれども手のひらの覆《おお》いをとれば、嬉々《きき》とした表情としか見えないところが珍しい写真だ。

「ちぐはぐさが、何とも言えない表情でしょう。私はこれを閉館記念号の表紙にしたいと、会社に提案したんです。そうしたら、思わぬ方向に話が発展しました」興奮を静めるかのように一拍《いっぱく》おいて、白石が続ける。「新会社がこの子の顔を見て、リニューアルオープンのポスターに使いたいと言ってきたんです。上の人間はこれぞ子供らしい驚愕《きょうがく》の表情だととらえたようです。怖いのに嬉しい、不安なのに期待がいっぱいだという風に。いま流行《はや》りの、不細工《ぶさいく》と可愛いのとがくっついてブサカワって言いますでしょう。怖いと楽しいでコワタノしいって言ってました。私にはよく分からんのですが」

白石は佳菜子を見た。

「コワタノしい、ですか。何となく分かります」佳菜子はそう答えた。

「私は、写真的にこのちぐはぐな表情がいいなと思いました。純粋であるはずの子供の見せる表情として、複雑で面白いと思ったんです。それを理解してくれる人間がいることに驚きでした。確かにありふれた満面の笑《え》みというのでは、インパクトに欠けますからね。とにかく新しいアミューズメント施設の懐かしい新しさというコンセプトにマッチするんだそうです」

そこで肖像権をクリアにするよう命令が下ったのだということだった。

懐かしい新しさか。浩二郎は、昭和四十五年に開かれた大阪国際万国博覧会で太陽の塔を目にしたとき、子供ながらに懐かしさと新しさの両方を感じたのを思い出した。

「私は閉館記念号誌上で、この少年がいまどうしているかを記事にしたいと考えています」

「つまり、この少年を探し出せという依頼ですね？」

白石がうなずき、「難しいですか？」と逆に訊いてきた。

「それは着手してみないと分かりません。手がかりは、このアルバムだけですか」

「それと、レンズ付きフィルムに写っていたものを現像した十九枚の写真です。おまけの枚数も含めて二十五枚の写真が撮れるはずなんですが、六枚撮り損じたものがありました」

「この親子を見た方は、白石さんの他にはいらっしゃらないんですか」

「社内でも調査したんですが、なんせ二十二年も前の古い話ですからね。すでに退職した者もおりまして」

「分かりました。そのアルバムと写真をお借りしたいんですが」

「もちろん結構です。ただ予算と日にちがあまりないんです……」十一月いっぱいがリミットなんだと言った。

「二週間しかないということですね」

「そういうことになります。予算ですが、広告宣伝部から四十万以内に抑《おさ》えて欲しい、相談してみてくれと言われています」白石は申し訳なさそうな顔を向けた。

「分かりました。努力しますので、その点はご安心ください」

「肖像権の使用を認めてもらうという表向きの理由はありますが、私はただあの少年に会いたいんですよ、実相さん。父親とここにきて、蒸気機関車に乗って、お昼を食べ、そして野球ゲームをして帰って行く、ただそれだけでこんなに嬉しそうな顔をしているこの子に会って話がしたいんです」白石は写真を浩二郎たちの前に並べた。「これも、これも、そしてこれもだけど、やっぱりこの一枚の複雑な表情が気になって仕方ないんです」

表紙に使用したいという例のアップ写真に、白石は手を置いた。「その後、この親子はぱったりと来園しなくなった。いったい何があったのか。よろしくお願いします」白石は頭を下げた。

「できるだけのことはやってみます。それでは、これに目を通しておいてください」浩二郎はそう言って、基本料金などをまとめた書類と契約書を取り出した。

「ありがとうございます」再び白石は頭を下げた。

「二十二年間も、こだわっていたなんて」帰りの京阪《けいはん》電車の中で、思い出したように佳菜子がつぶやいた。

彼女は、どうしても自分が持つと言って、アルバムを入れた大きな紙袋を膝《ひざ》の上で抱えている。

「白石さんにとって、写真は大切なものだという気持ちがあるんだろうね」

「でも手がかりの写真だけで、あの少年を探し出すことができるんでしょうか」

「難題であることは確かだと思うよ」

ならどうして仕事を引き受けたのか、という顔を佳菜子は向けてきた。

当時千数百円で買えたレンズ付きフィルムだが、そこに写っているものはお金では買えない価値があると白石は考えているに違いない。浩二郎が思い出に抱いている価値と同じものを感じた。

「私も、この少年がいまどうしているのか、気になったんだ」

雨の遊園地を無条件で喜んでいるように見える、少年の健気《けなげ》さに興味を抱いたといった方がいいかもしれない。

「写真の男の子、本当に嬉しそうですものね。よほど楽しかったんでしょうね。私、あんなに無邪気《むじゃき》にはしゃいだことあったのかなって思います」そう言って佳菜子は目を伏せた。

十七歳までの佳菜子は、普通の女の子として育ったに違いない。しかし両親殺害の記憶が強烈過ぎて、何もかも忘れてしまいたいという防御《ぼうぎょ》本能が、それ以前の楽しかった思い出までも覆い隠してしまっているのだろうか。

事件の後、佳菜子が何に対しても臆病《おくびょう》になったのも当然だ。その心の傷が、ようやくかさぶたになりつつあった二年前、両親を殺害した犯人に自らの命も狙われるという事件に遭遇したのだった。

浩二郎は、佳菜子が立ち直るにはさらに時間が必要になってしまったと感じた。心配した由美も事件以来、佳菜子を一人にしておけず、自分の家に住まわせた。

そうして一年近く暮らした由美の家から出たい、と言い出したとき、佳菜子が強くなろうとあがいていることを感じた。

浩二郎には佳菜子の成長を応援する気持ちと、無理をして等身大の自分を見失って欲しくないと思う気持ちが交錯《こうさく》していた。それはいまも変わらない。

「自分の姿って、分からないものだ。この私だって、意外に可愛い子供時代があったのかもしれないよ」

微笑みかけると、佳菜子は大きな目を見開いて顔をほころばせた。

「実相さんって、お味噌《みそ》の宣伝に出てくるような子供だったんじゃないですか。時々、そんな顔つきになることがあるんですよ。あ、すみません、失礼なこと言っちゃって」佳菜子が首をすくめた。

「要は、いまだに子供なんだろうね」

「そんなことないです」

「いや、いいんだ。思い出探偵社を立ち上げるって話をしたとき、私の兄が言った。お前なら、驚かないってね」

「実相さんなら、言いかねないってことですか」

「確かめはしなかったが、たぶんそうだ。それに兄に打ち明けたときの私は、相当疲れた顔をしてたんだろうね。言下《げんか》に否定するとさらに追い込んでしまうと、気を遣《つか》ってくれたんだと思う。それとも、子供の頃から現実離れしたことを言う弟だと、兄は諦めていたのかな」

兄健一《けんいち》に比べれば夢見がちな少年だったかもしれない。刑事だった父にしても、どことなく空想の世界にいるような浩二郎の方が警察官になったことが不思議だったようだ。酔うと、健一の刑事姿は思い描いていたが、浩二郎の方は想像できなかったと笑った。

ただ他界する少し前、苦しんで罪を犯したやつの気持ちをお前なら解放してやれそうだ、と言ってくれたことがある。刑に服すのも、また極刑に処せられても一瞬の心の解放、それが彼らへの救いになるんだと。

父の語った言葉の意味は分からないし、自分がそんな刑事だったとも思えない。けれど思い出探偵を始めてみて、一瞬の心の解放というものが、人間の救いであるという意味だけは何となく理解できるようになった。

様々な形で依頼人は、思い出と再会する。そのときの彼らの顔には、懐かしさと共に安堵の色がさす。たとえ思い通りでない調査結果だったとしても、それは変わらない。そしてどことなく元気になってくれたような気がするのだ。

いずれにせよ、浩二郎より現実的な考え方をしていた健一も、夢を追って商社を早期退職し、現在は実相家の庭を改造して『無心館』という剣道場を開いている。父が生きていれば、二人とも地に足をつけていない、と嘆いたかもしれない。

「雨の日ばかりに遊園地を訪れるのは、雨が降れば父親の仕事が休みになるからだろう。

建設関係の現場で働く人じゃないかな」

「なるほど、そうですね。建設関係なら天気に左右されますもの」

「うん。アルバムの中の父親が、日に焼けていて筋肉質であるように見えたんだ。その点からもどことなく、そんな印象を受けたんだよ」

雨に濡れてシャツが肌にくっつき、父親の上腕二頭筋《じようわんにとうきん》から三角筋にかけて盛り上がりが目立っていた。

「それから気になったことは、少年が首からぶら下げているキーホルダーかな。あれはおそらく家の鍵《かぎ》だね」

「お父さんと一緒なのに、家の鍵ですか」

「うん。何か気になるだろう？」

少年は普段から、親に鍵を持たされていた。年齢は分からないが、平日の正午前後に遊園地にやってきていることを考えれば、就学前である可能性は高い。

「両親が共働きということですよね」

「少年は、幼稚園かあるいは預けられている場所から、一人で帰ってくるということになる。だから、父親と過ごせること自体が嬉しいのかもしれない」

白石の目にとまる以前にも来園していたのだろうか。もしこのふた月が限定的な親子の時間だったとすれば、少年のはしゃぎようがさらに悲しい。

「そう思うと、ポスターに使いたいという少年の顔が複雑なのも……」

　佳菜子が、向かいのシートに座る家族連れを見ているのが分かった。

「何を思って、お父ちゃんと叫んだんだろうね」と言ったとき、乗り換え駅の御陵《みささぎ》に到着した。

2

黄昏《たそがれ》と共に、思い出探偵社の看板に明かりが点《とも》った。

午後六時になると、全員がそれぞれの受け持つ事案のファイルを手にして大机に着く。毎日行われる報告会だ。

　会議ではみんなで意見交換を行う。向き合うのが事件や犯人ではなく、人の心であるだけに、ふと湧いた疑問や小さな思いつきが、事案解決に一役《ひとやく》買うこともあるからだ。現在、由美が三件、浩二郎五件、佳菜子一件をそれぞれ受け持っていた。待機してもらっている事案が三件あって、今日新たに三件の相談が持ち込まれたという状況だった。

「うち、テレビでちょっと言い過ぎたと反省してます」由美が珍しく沈んだ表情を見せた。

　昨日テレビで、記憶を失った人について相談してきた人物が、今日局を通じて探偵社に依頼したい旨《むね》を伝えてきたという。

「由美さんのキャラクターとしては、ああ言うしかなかったと思います。視聴者はそういう由美さんを期待してますもの」佳菜子が慰《なぐさ》めるように言った。

佳菜子にも、いつも自分をかばってくれている由美を、逆に気遣う心の余裕が出てきたのかもしれない。浩二郎は目を細めた。

「そやろか」自分で肩を揉《も》みながら由美は言った。

「由美君が反省する理由は、何もないよ」浮かぬ表情の由美に、浩二郎は言葉をかけた。

「けど、いま抱えてる事案で、手一杯やし」由美が大机に頬杖をつく。

「いつものように、みんなで協力するさ」そうは言ってみたものの、皆が受け持っている事案の数を考えれば、簡単に協力態勢もとれない状況にあった。

「そうや、浩二郎さん」と由美が明るい表情を向け、「飯津家《いいづか》先生からの話、どうなったんです？」と尋ねた。

由美は、飯津家から真《まこと》のことを耳にしているようだ。

「本人とは一度会ったんだけれど……。興味は持っているようだし、やる気もあるように思った」とは言ったが、浩二郎にも真という人物がはっきり見えていないのだ。

「興味？　そんな程度ですか」

「思い出探しと言われてもすぐにはね。だいたいはじめは、そんなものだろうと思うよ。うちの特殊性を考えると」

を見る。

実際、訝《いぶか》しく思われることも多い。

「ひょっとして、本人さんになんか問題でもあるんと違うかなと思て」大きな目で浩二郎を見る。

「どうして、そう思うんだい？」

由美は何かを知っているのだろうか。

「いえね、うちが平井いう人について、飯津家先生に訊いてみたことがあるんです。けど、先生、ちゃんと答えてくれはらへんかったんです。浩二郎さんと同じように、興味はあるようやって言うだけで。そやから、どういうことやろと思いましてん」

由美は勘が鋭い。

「問題か。正直、まだ分からない。医学部では相当優秀だったらしいし、医師になるのが順当だからね。でもこのまま医師にはなりたくないようなんだ。本人も悩んでるんだろう」

片手間でできるほど、思い出探偵は甘くない。いや心の問題だけに、よりいっそう神経を使わねばならない仕事なのだと、真に言っておいた。

けれど真は途中からほとんど口を利《き》かなくなってしまったのだ。もし飯津家が同席していなかったら、浩二郎もそこで面接を中断しただろう。

とにかくもう一度、日を改めて会うことにした。面接の後に飯津家は、真は時々人と話をしている最中に突然沈黙してしまうことがあるらしい、と言った。そして、病気だけを診て病人を相手にしなければ、優秀な医者だと真を評価し、彼の今後のために探偵社で面倒みてくれないかと、改めて浩二郎に頼んできた。

「お医者はんになるまでの、腰掛けのつもりやろか」独り言のように由美がつぶやき、「飯津家先生が紹介してくれはるんやから、人物に間違いはないと思いますけどね。でも腰掛けいうのはちょっと困りますわ。とはいっても猫の手も借りたいという状況ですし、なんや複雑ですねえ」と浩二郎に困り顔を向けた。

「そうだね。近々もう一度会う。そのときには、決められると思うよ」

新戦力が必要なのだ。

「急《せ》かしたみたいですみません。事案の話に戻ります。うちの受け持つ事案はすべて順調に運んでいます。病院関係の事案やから受け持たしてもろたんですけど、今のところテレビ出演のデメリットは感じてません」と言ってから、四十年前に京都旅行した際に急病になり、救急車で運ばれた婦人の担当医探しや、二十六年前に京都市内の病院で同室になった患者探しなど、三件の病院にまつわる事案の進捗状況を報告した。

「それでテレビの相談者の件はどうなったんだい」浩二郎が尋ねた。

「テレビ局の情報やと、記憶をなくしたんが男の人で、相談者は川津《かわつ》茉希《まき》さん、高丸百貨店の地下にある喫茶《きっさ》コーナーで働いてはるということです。それしか分かってません」

「あの喫茶コーナーのコーヒー美味《おい》しいんですよね。私、一回だけ行ったことあります」

佳菜子が言った。

「そこでコーヒー淹《い》れてる人なんやろか？」

「それは分からないですけど、カウンターだけの狭い店なんで、働いている方はそんなにいなかったように思います」

「そうなんや。メールが届いて、局のスタッフが確認の電話をしたんやそうですけど、暗くて愛想も何もなかったって言うてはった」

「ああ、確かに、愛想は良くなかったかも」佳菜子が思い出そうと宙を仰ぐ。

「とにかく、動くのは本人さんから正式な依頼を受けてからですね。そこで浩二郎さんにお願いです。そろそろ本格的に調査員としての仕事に復帰させてくださいな」

「それは……」

浩二郎もジレンマに陥っていた。有名になることで由美の調査は支障をきたすと考えていたが、依頼件数が伸びた今となっては手つかずの事案が増えるばかりで、その方がマイナスだ。やはり由美の機動力は大きい。

「そうだね、分かった。長い間我慢させてしまったけど、もし依頼を受けたら、由美君に担当してもらおう。記憶を失ってしまっているという事案は初めてだから大変だけどね」

警察や行政とのからみも生じてくるはずだ。

「うち頑張りますよって」由美がうれしそうに胸を叩《たた》いた。

「次に佳菜ちゃんから、新しい依頼の件を」浩二郎は佳菜子を促《うなが》した。

「はい」佳菜子は、白石から預かった厚手のアルバムとレンズ付きフィルムから現像した十九枚の写真を机の上に出した。

写真にはすべて少年が写っていて、一枚目「Vサインをしたスナップ」、二枚目、三枚目「HAMA遊園ゲート前」、四枚目「売店前」、五枚目から九枚目「室内のベンチで弁当」、十枚目「シートのかかった乗り物を見つめる横顔」、十一枚目から十六枚目「蒸気機関車」、十七枚目「室内野球盤の前」、十八枚目と十九枚目「再び蒸気機関車」という順番だ。

「依頼人の白石貢継さんが会って話がしたいのは、ここに写っている少年です」写真を並べ終わると佳菜子が言った。

「写りが良うないね」由美は自分の近くにある写真を見て、感想を述べた。

「これらは、HAMA遊園に置き忘れられた二十二年前のレンズ付きフィルムから現像されたものだからね。しかも天気の悪い日にとられたものなんだ」と浩二郎が前置きして、佳菜子に今日白石から聞いてきた依頼内容を話すように言った。

佳菜子はメモを見ながら、白石の気持ちも含めて経緯を説明した。

「何も聞かへんかったらただ男の子が笑てるだけの写真ですねぇ。そやけどなんか、引きつける表情やわ。アルバムの方がいい写真やけど、このアップの写真だけは、やっぱり気になるわ」一通り写真を見た由美が、一枚の写真に顔を近づける。

「訴える力が違うよね」浩二郎は今一度、白石の撮ったアルバムの写真と置き忘れたフィルムの写真を見比べた。

　白石の写真はアングルもいいし、ピントが合ったきれいな写真だ。それに比べて少年の父親が撮ったものは手ぶれがあったり、頭が切れたりして決して上手な写真ではなかった。けれども、このアップの写真だけは、突出して見るものに何かを訴えてくる。

「私も宣伝に使うんやったら、こちらですね。びっくりしているようにも、喜んでるようにも見えて一回見たら頭に残ります」背後から三千代の声がした。

　茶と和菓子を運んできたのだ。

「あ、京観世《きょうかんぜ》。私大好きです」佳菜子が笑みを浮かべた。

「なんだ話を聞いてたのかい？」浩二郎が三千代に言った。

「いつお茶を出そうかと思て、話の切れ目をうかがってたら聞こえてきたんです」

　三千代がアルコールを断ってから、七年が過ぎようとしていた。その反動からか和菓子に凝《こ》り出し、事務所では菓子を出す習慣がついていた。

　それに伴い飲み物は抹茶《まっちゃ》を用意するようになり、コーヒー好きの浩二郎は少し物足りなかったが、菓子を楽しみにしている佳菜子や、茶を点《た》てることを楽しんでいる三千代を見れば何でもない。

「じゃあ、宣伝部が予算を計上してるってところも聞いてくれたよね」経理担当の三千代には強調しておきたい事柄だ。

「ええ、ちゃんとお聞きしました。あと経理としての要望も、必ず二週間で解決し、満足してお支払いいただけるように、ということだけです。いま由美ちゃんのお陰で楽になってるうちに、次のことも考えたいのでね」と微笑んだ三千代は、以前から探偵社の福利厚生を充実させたいと考えていた。そのためこつこつ積み立てをしている。

当面は忘年会を兼ねて、どこかの温泉旅館で過ごしたいと考えていた。その計画は、他の二人にはまだ告げていない。

「よく分かっているよ。早期解決のために、これらの写真からできるだけ多くの情報を得なければならないね」浩二郎が一枚の写真を取り上げ、「例えばこれだ。この少年の位置、写真の構図としては、あまりに不自然だと思わないかい?」と言って由美と佳菜子に示した。

少年の臍《へそ》から上が写っている写真だった。けれども少年の右腕と肩越しにピンぼけの背景がのぞいていて、左肩はフレームに収まっていなかった。つまり被写体が、左側に寄り過ぎているように見える。

「ルーペお借りできます?」由美が三千代に尋ねた。

最近三千代はビーズのアクセサリー作りを始めていて、細かな作業をするときに両手が使えるヘッドルーペを使っていた。

ルーペを受け取ると由美が、写真を凝視《ぎょうし》した。「首の右側に写ってるの、手とちゃうかな」

「ほんとですか」覗《のぞ》き込んでいた佳菜子が、はじかれたように顔をそむける。

「佳菜ちゃん、そんなに怖がらんでもええやんか」

「だって……それって心霊写真でしょう?」佳菜子は震《ふる》えるような声で言った。

「そんなんちゃう、ちゃう。人間の手や、ぼやけてて分かりにくいけど、この指の感じは女性やと思うわ。浩二郎さん、見てください」元看護師としての勘だと付け加え、ルーペと写真を差し出した。

浩二郎はそれらを受け取り、由美の言った少年の首の右側を注視した。「女性の手か。うん、そう言われればそんな風に見えてくる。となると、隣の女性を意図的にフレームアウトさせようとして不自然な構図となった感じだね」

「男の子の表情は、これも嬉しそう。この子からしたら嫌な相手ではなさそうやね」由美は軽く腕を組み、「お母ちゃんかな」と言って首をかしげた。

「これが手なら少年よりかなり背が高いからね」浩二郎が男の子の横に想定した高さを指で示す。

「でも姉弟かもしれないですよ」

佳菜子も意見がすっと言えるようになってきた。

「カメラを持っている人間、この場合少年の父親だけれど、彼がなぜこの女性をフレームから外したのかを考える必要があるね。少年の母親、つまり自分の妻を切る場合と、少年の姉を切る場合では事情が変わってくる。ただの親戚《しんせき》やまったくの他人ならば、逆にここまであからさまにフレームアウトすることもないような気がするんだが」

見れば見るほど、その写真の構図には少年の横の女性を排除しようとする意図があるように浩二郎には思えてくる。そしてそれは、むろん撮る側の意志だ。

「写真を撮ったのは、この子の父親に間違いないんですか」三千代が訊いてきた。

「これを見て欲しい」浩二郎はアルバムの中にある、野球盤のガラスの上に置き忘れられたレンズ付きフィルムの写真を見せた。

「白石さんは写真を自分で撮り、思い出の置き忘れだと書き留《と》めた。その時点ではかなり印象に残っていたはずだ」

「間違える確率は低いということね」三千代が、納得したという顔つきになった。

「予断を持つことはよくないが、少年の知らないところで夫婦が崩壊していた場合を私は考えた」

「ああ、なるほど。大人の事情いうことやね」子供を持っていて、離婚経験のある由美が相槌《あいづち》を打った。

「雨の降る日にお父さんと遊園地にやってくるというのも、分かるわ。『クレイマー、クレイマー』のダスティン・ホフマンを思い出すわ」

「クレーマーって？」

「佳菜ちゃん、クレームを付ける人の、クレーマーの話やのうて、クレイマー。映画の主人公の名字のことや」

「名前ですか」

「一九七九年の暮れか、八〇年のはじめぐらいに公開された映画でちょっとした話題になったんや。ダスティン・ホフマンとメリル・ストリープが離婚調停中の夫婦で、どっちが七歳になる男の子の親権を獲得するかで揉めるん。子育てに手を貸したことがないダスティン・ホフマンの悪戦苦闘ぶりが滑稽《こっけい》やったんやけど、そのひたむきさにほろりとさせられたわ」

「由美君、佳菜ちゃんが生まれた年が八〇年だよ」浩二郎が口を挟《はさ》んだ。

「そうやったんか。そら見てないわな」肩をすくめて、由美が笑った。

「それどころか、佳菜ちゃんの誕生日は七夕《たなばた》だから、公開されたときはまだ生まれてもいないよ。それに由美君だってまだ六つのはずだ。実際に映画を観たとしても、ダスティン・ホフマンの演技に胸を打たれるほど理解できたとも思えないんだけど」

「嫌やわ、ばれてしもたんや。『クレイマー、クレイマー』はビデオでしか観てません」

由美は、自分が離婚を考えた九年前に友人から借りて観たのだと白状《はくじょう》した。

ときどき由美は現在の年齢よりも、上に見られようとすることがある。

「でも映画の感想はほんまです。はじめはまったく作られへんかったフレンチトーストが、最後では上手になってはって、悲しくないのに泣いてしもたんですわ。テレビで見てへん？　佳菜ちゃん」

「ええ。でもよく分かりました。つまりは、その映画、不器用なお父さんが男の子のために奮闘するという話なんですね」

佳菜子の質問に、「そういうこと」と由美がうなずいた。

「この写真を見て、その映画を連想したということですね。私、由美さんの直感、信じます」佳菜子は浩二郎に言った。

「この少年を巡って、夫婦が対立している。構図から判断すると、私もそう思う。父親は完全に母親から気持ちが離れていると見るのが自然かもしれない」浩二郎は少年が鍵をぶら下げている点にも触れ、母親も働いていてどこかにこの子を預けているのではないかと推論を述べた。そしてさらに続ける。「つまりすでに両親は別居状態なんじゃないかな。子供は両親の破局を内心では感づいているかもしれないが、両親が揃うとそれは嬉しいだろう」

「子供って親が考えている以上に、気を遣ってますもんね。うちの由真なんか、びっくりするほど私のことをよく見てて、それは怖いくらい」

　由美が我が子のことを話すとき、彼女も子供のような表情になる。一卵性《いちらんせい》親子などという言葉が以前使われたが、小学校六年生になった由真は由美によく似てきたと浩二郎も思う。

「あれ？」声を上げたのは三千代だ。

　いつの間にか彼女は、ヘッドルーペを付け写真を覗いていた。

「どうしたんだい。何か気づいた？」浩二郎が訊くと、由美と佳菜子も三千代に注目した。

「男の子の頭の上に写ってるの空だと思ってたんだけど、違うみたい。何か赤い棒みたいなものが写ってるもの」

「棒？　ちょっと見せて」三千代からルーペと写真を受け取って確かめた。「本当だ。赤い棒が空に浮いているように見えるね。これはいったい何だろう」

　カメラの精度もそれほどよくなく、雨で光量が足りないせいで背景はいっそうぼやけて見える。全体が青と灰色を混ぜたような風景に、細長い赤色の物体がぼうっと浮かんでいた。

「少年の腕のところにも赤、いや朱色の板か何かがあるね」

「朱色の板に、宙に浮く赤い棒。それって遊園地の乗り物?」由美が頓狂《とんきょう》な声を出した。

「順番からすると、その写真の後にHAMA遊園のゲートの前で少年を撮ったものがあるから、まだ園内じゃないね。遊園地の周辺で撮ったものかもしれない」

「これがお母さんだとしたら、遊園地の近くまできて一緒に入ってくれなかったなんて、この子悲しかったと思うんですけど。でもゲートの前での二枚、その次の売店の前の写真とも、とても嬉しそうな顔をしてますね」

「佳菜ちゃん、いいところに気づいたね。母親が一緒にこられないことを、きっと納得しているんだよ、この子は。それでもまだ幼い子供のことだ、近くまで一緒なら、尾を引くと思うのだけれどね。それともうひとつ、雨天で微妙だけれど日の高さの違いが分かるんだ。一枚目から二枚目には時間の経過が見て取れる」

レンズ付きフィルムを購入して一枚だけ撮って、別の日に続きを使用することがないとはいいきれないが、この親子に関しては可能性は低いように思う。

「男の子の服装もみんな同じじゃし、同じ日に撮ったんやと思いますわ。まあこの歳の男の子やから、そんなおしゃれせえへんやろけど」由美は由真のおませぶりと対比して微笑んだ。由真は年々ファッションにうるさくなっているらしい。

これまでの意見交換から、別居夫婦で父親は天候に左右される職業に就《つ》いていて、子供に会えるのは雨の日だったと分析した。

犯罪者捜査ではないのだが、推論を立てるという意味では、プロファイリングしたのと同じだ。その結果から考えれば、同じ日に撮られたと考えていい。

「ほんまにこの赤い棒何なんやろ。もう少しはっきり写ってたらええのに」由美は残念そうに言った。

「そうだね。茶川さんに頼もう。もう少しクリアな画像にしてもらって、さらに情報を収集しないといけないからね」

「茶川はん、小さな手がかりでも大きなヒントを見つける腕は持ったはるさかいね。ちょっとうるさいけど」

茶川は六十四歳になるが独身だ。以前から由美に交際を迫っていた。

茶川は、自分がひとり身を通しているのは、祇園の花街、さらに姉二人を持つ一人息子として育ったことと無関係ではないと主張する。女性の強さ、凄《すご》さを思春期から見せられて気後《きおく》れしてきたのだそうだ。太刀《たち》打《う》ちできる男になるまでと思っているうちに、還暦を迎えてしまったと笑う。

「人物的には、間違いないんだけどね」

「嫌やわ浩二郎さん、なんですのん？　私、茶川はんがスケベやなんて一言《ひとこと》も言うてへんのに。なあ佳菜ちゃん」由美が佳菜子と顔を見合わせて笑った。

「あの実相さん。この事案、私にやらせてもらえないですか」急に佳菜子が、浩二郎に顔を向けた。

「うん、そのつもりだよ」即答する。

彼女にはそろそろ自信を付けてもらいたい。が、自分らしさも大事にして欲しかった。

佳菜子は由美を意識するあまり、彼女の真似《まね》をしてしまうきらいがある。

それぞれ個性があっていいのだ。みんな自分らしく、依頼人の思い出と格闘して欲しい。

「ありがとうございます」

「事案名はどうするのん？」由美が佳菜子に訊いた。

「そうですね。いろいろ考えたんですけど、白石さんのキャプションに勝《まさ》るものはないように思うんです。だから『雨の日の来園者』がいいんじゃないかと」宙を仰《あお》ぎながら佳菜子が答えた。

「雨の日の来園者か……。ええんとちゃう。分かりやすいし」と由美が笑った。

それを見て浩二郎は、「よし、事案名はそれでいこう」とうなずいた。

「私、頑張ります」佳菜子が小さな握り拳《こぶし》を作っていた。

それに気づいたのは浩二郎だけかもしれない。

3

佳菜子は、京都駅前にある茶川の事務所を訪ねていた。元科捜研《かそうけん》の茶川が大学で教鞭《きょうべん》を執《と》りながら、「味覚堂」という会社を去年始めたのだ。業務内容を浩二郎から聞いていたが、佳菜子は何を目的とした会社なのか、いまひとつ理解できなかった。キャンディのメーカーに似たような名前ではあるが、食品メーカーではないという。

「ようきた、ようきた。佳菜ちゃんも、すっかり探偵さんの面持《おもも》ちになってきたわ」ドアを開けると、テカったスキンヘッドの茶川が歓迎してくれた。

「お世話になります」

「堅い挨拶は抜きや。さあ適当に座ってんか」

「お邪魔します」

マンションの一室だが、室内は理科の実験室みたいだ。水道設備がついた大机が二台、壁添いには覗き窓のない電子レンジに似た機器類が並んでいた。

窓際に、バス停に置いてあるようなベンチがあったので、佳菜子はそこに腰掛ける。五階の窓から見える西山に沈みそうなお日様を背にした。

「さぶかったやろ、浩二郎もこんな寒空に用事頼むやなんてひどいやっちゃ。わしからあんじょう言うといたろな」茶川が西日をまぶしそうに見ながら、カーテンを閉める。

「私の担当する事案なので、実相さんの用事ではないんです」

その手で浩二郎に電話をかけそうな勢いだったので、佳菜子が慌ててそれを止めた。自分一人で行動すると、まだお使いだと思われていることが少し悔《くや》しい。

「そうか。そんなら焼酎《しょうちゅう》のお湯割りがええか、それとも熱燗《あつかん》か。あかんあかん、まだ佳菜ちゃんは若いさかい、少々のさぶさになんか負けたらあかん。子供は風の子や」

「だいたい子供にお酒はまずいでしょう。というより私、もう二十九ですから」抗議の意味でふくれっ面《つら》を見せた。

「おっちゃんから見たら、佳菜ちゃんぐらいの女性はみんな女の子なんや、堪忍《かんにん》して。スコッチのロックでも振る舞おうか。ハードボイルドの探偵さんにはスコッチかバーボンが似合うさかいに」

「ハードボイルドだなんて」あまりに茶川に似合わない言葉だったので吹き出してしまった。

「えらいうけたな」

「すみません。お酒は遠慮しておきます。仕事中なので」遊びにきたのではない、という毅然《きぜん》とした態度も見せておかないといけない。

「そやかてもう五時回ってるで。わしは五時で業務終了なんやけど。まあええわ、ほなホットコーヒーにしときますわ」残念そうに言って、茶川がコーヒーの準備をし始める。

「おかまいなく」と言ったが、手際《てぎわ》のいい茶川の手にはすでにカップがあった。

茶川もベンチに座ったので、佳菜子と同じ方向を向くことになった。話しづらいが佳菜子は口を開いた。

「電話でもお話ししましたが、依頼人から預かった写真の画像分析をお願いしたいんです」

白石からの依頼内容は電話で伝えてある。

「拝見しまひょ」

佳菜子はアルバムと封筒に入った写真を茶川に渡す。

茶川が立ち上がり、机の上にあるスタンドのスイッチを入れた。封筒から写真を取り出しスキャナにセットし、ノートパソコンを引き寄せる。キー操作をするとスキャナからの光が動く。

パソコン画面いっぱいに男の子の姿が現れた。

「これが問題の写真やね」茶川が尋ねる。

「そうです」

「解析《かいせき》ソフトで解像度を上げてみるわ」

茶川が、起動させたソフトを使ったが、佳菜子から見てそれほど鮮明になったとは思えなかった。

「でも、まだぼやけてますね」思い切って言った。

「ものが古いし、そもそも背景にはうまくピントがおうてないからな。なんちゅうても二十二年も経ってるし」

「それでも女性の手を発見し、『クレイマー、クレイマー』っていう映画を思い出したんですよ。私、尊敬しちゃいます」

「そらすごい連想やな。写真からそこまで想像するなんて。『クレイマー、クレイマー』やったら、さしずめ、この子のお父ちゃんがダスティン・ホフマンいう訳やな」

「茶川さんもその映画観られたんですか」

「えらい流行ったさかいな。わしは三十五歳ぐらいで髪の毛もふさふさやったし、女性にもてた頃のことや。まあわしのことはおいといて、その映画の話したんはやっぱり浩二郎やろ」頭を撫《な》で笑みを浮かべて茶川が訊いた。

「いえ、由美さんです」

「そんなアホな。由美はん、その頃まだ小学校に入ったぐらいやないか」

「リアルタイムで観たんじゃないんです」

「そうかいな。ところでこの写真やけど、あとはピンポイントの修整をかけていかんならんな。気になる箇所を言うてんか」

「まず男の子の首の右側に写ってるのが、由美さんが言うように女性の手かどうかと、頭上にある赤い棒みたいなものの正体が知りたいんです」

「手と赤い棒か。よっしゃ、ちょっと待っててんか」茶川は嬉しげな顔でマウスを動かし始めた。ものの数分で、手に関しては人の手であると判明したが、赤い棒の方には苦戦しているようだ。

「何か手伝いましょうか」

「そやな、ほなひとつ頼もかな」

茶川は三種類のビールを冷蔵庫から取り出し、佳菜子の前に置いた。

「佳菜ちゃんは味覚に自信ある、カナ？　しゃれちゃうよ」

「人並みやと思います」

佳菜子は笑いを嚙《か》み殺してから答えた。

「よっしゃ。ここに用意したビールはかなり特徴がある。まず一口ずつ味を見てくれるか」

茶川はコップにビールを注いで佳菜子に勧める。

「本当に飲むんですか」

さっきお酒は断ったはずだ。

「手伝って欲しいんや、頼んます。味を見て、感じた特徴をメモしてもらえんか」

「分かりました。味見ですね」

仕事中にアルコールを飲むことに抵抗があったが、佳菜子はコップに口をつけた。三種類のビールを一口飲んでは、香りや苦《にが》みなど感じたままを書き出した。

「今度は、これを飲んでみて」

茶川は冷蔵庫から別の液体を出してきた。それはビールではなく無色透明の炭酸水のようだ。

「あれ、これビールの味がします」

「さっき飲んだビールやったらどれに近い？」

佳菜子はもう一度、透明な液体を口に含みメモを見た。

「これに近いと思います。いえそっくりかも」

「ほなそのビールを飲んで確かめて」

佳菜子はビールを飲み、「間違いないです。これです。でも色がないし」と答えた。

「他のビールもあるよ」

佳菜子は残りの二種類のビールの味をした透明な炭酸水を飲まされた。どれも目をつぶって飲めば、それぞれのビールそのものだと思えた。

「どういうことなんですか」

「これが、いまここで研究してることや。美味しいという感覚を化学的に分析する。老舗《しにせ》料亭の味かてばっちり再現できるんや」

茶川は京都の老舗料亭が、他県へ進出した際、味覚アドバイザーとして事業展開に参画《さんかく》する計画を立てているのだそうだ。

「きちんと科学的な数値が役立つのかどうか、いまやったビール再現テストで証明したんや。大成功やったわ。おおきに。今度浩二郎を騙《だま》したろう。佳菜ちゃん内緒にしといてな」

「はあ……分かりました」

テストの結果は、茶川の役に立ったのだろうか。

「こっちも正解を出さなあかん。もうちょっと待っててや」茶川はデスクに戻り何度も拡大しては、画像処理を繰り返した。

「こりゃ、鳥居や」二時間ほど経って、作業している茶川が声を上げた。

「えっ、鳥居」二人の生活を知るヒントがないかと、写真を確認していた佳菜子が顔を上げた。

「場所を特定する手がかりが、写ってるがな。これ見てみぃな、佳菜ちゃん」

佳菜子はパソコンの画面を見た。

ポインターが指している部分を見たが、最初より鮮明にはなっている程度で鳥居には見えない。

「これが鳥居ですか」

「この坊主のかぶっている帽子と、赤い棒状のもんとの間を見てみぃ」

茶川の示す箇所を凝視した。けれどそこには青とも灰色ともつかないぼんやりとした背景があるだけだ。

「その霧のような薄ぼけた部分、これ水や」

「水の上に?」

「そういうこっちゃ。これ琵琶湖に立つ鳥居の片足とちゃうか」

「琵琶湖って、HAMA遊園の近くにそんな鳥居があるんですか」

「ないやろ。遊園地の近くにあったら、たいした手がかりやないし、わしも驚かへん」

茶川の言う通りだ。佳菜子は浩二郎が会議で言った、一枚目と二枚目とに見られる時間の経過のことを思い浮かべた。

「ほいでな、坊主の腕のすぐ横の背景の赤い板は、神社なんかでよう見る朱色の板で作った垣根があるやろ、あれやと思う」茶川が片手で別のノートパソコンを開いて、インターネット検索窓に「琵琶湖 水上鳥居」と入力した。一番上に「白髭《しらひげ》神社」という名前が現れ、公式ホームページへとジャンプする。「あった。これや、佳菜ちゃん」

いくつかの写真の中に昭和十二年に伝説の鳥居を再建したことを記す、「鳥居復興の碑」があった。そこに朱色の板垣があって、その向こうに水上鳥居が写っていた。

「この石碑の前で撮れば、確かに男の子の頭上に鳥居がきますね」

「現場に行って確かめんとあかんやろけど、ほぼ間違いないやろ」

「明日、すぐに確かめてきます」佳菜子はホームページにある交通アクセスをメモした。

「由美さん、お忙しいのにすみません」佳菜子は由美の引き締まった腰に摑《つか》まり、背中越しに言った。

昨夜の画像分析の結果を受けて、浩二郎と写真を撮った場所を特定することになっていた。ところが急遽《きゅうきょ》飯津家から平井《ひらい》真が会いたいと言っているとの連絡を受け、佳菜子は由美の自慢の「ＫＡＴＡＮＡ」に乗せてもらうことになったのだ。

初めて跨がる大型バイクは振り落とされそうで怖かった。

風が身を切るように痛かったし、正直泣きそうだった。けれど十分ほど、必死で由美にしがみついていると、縮こまっていた気分が手足を伸ばすような晴れ晴れとした気分になってくるのを感じた。痛かった風、怖かったスピードに慣れてきたのかもしれない。猛烈な速さで流れる風景を眺める気持ちの余裕も出てきた。

快晴でよかったと、遠くにきらめく琵琶湖の水面を見て思った。

「気にせんでええって。佳菜ちゃん何回謝るの、おたべの舞妓《まいこ》さんやあるまいし」

京都名物の粒あん入り生八《なまや》つ橋《はし》のメーカーにある舞妓さんを模した人形は、三つ指をついて張り子の虎のように一日中頭を下げていた。

でもそれは謝っているのではなく、「おこしやす」と客を招いているのだ。思い出探偵社にとっては、私より由美さんの方がおたべの舞妓さんに近い存在だ。

「なんだか由美さんにばかり……」

　由美は午前中にひとつ病院関係の事案を解決してきていた。

「何言うてるのん」

「だいたいテレビ相談も大変そうなのに」風の音に負けないように大声を出す。それがまた気持ちよかった。

「テレビはもう慣れたわ。あの記憶のない人の思い出を探せっていう依頼が正式にきたら、ヘビー級やけどな」

「そうですね」

「さしずめ『思い出をなくした男』なんて事案名どうやろか」

「いいと思いますけど、もの凄く忙しくなるんじゃないですか」

「そやね、復帰戦には荷が重いかも。そやし、佳菜ちゃんの手伝いで肩慣らしさせてもらうわ。けど、佳菜ちゃんかて忙しくなるで。例の新人さん次第やけどな」

　湖西《こせい》の国道一六一号線を北へ向かうと、右には琵琶湖、左に比良山《ひらさん》系を見て走ることになる。

　季節がよければ絶好のドライブコースだろう。けれども、いまは遊びで由美のバイクに乗せてもらっているのではない。

浮かれた気持ちを、佳菜子は戒《いまし》めるために目を閉じ、景色を見ないようにした。

そんな行為が、由美から言わせれば生真面目《きまじめ》すぎるということになる。

バイクのスロットルにも、ブレーキにも遊びというもんがあるから、上手《うま》いこと調節ができるんやで。佳菜ちゃんみたいに遊びがないと、走るも止まるも急すぎて事故になるわ。


由美はそう言って笑う。

遊び心と言われてもよく分からなかった。面白いとか楽しいというのは理解できるのだけれど、と言ったら、頭で考えて理解しようとするようなものではない、と由美に指摘された。


恋でもすればもっと柔らかくなれると、由美が看護師仲間のネットワークを駆使《くし》して、何人かの男性を紹介してくれた。

なのに誰とも交際にまで発展することはなかった。男性の少しでも乱暴な面を見てしまうと身がすくんだ。

やはり十二年前に両親を殺害した犯人、磐上敦《ばんがみあつし》によって、二年前に軟禁され命を奪われかけたことが原因なのか、と専門医に相談したこともある。

でも、実はその事件のことはあまり憶《おぼ》えていなかった。

探偵社の人たちは、何かと気を遣ってくれるのだが、ホラー映画を見ていたような感じで実感が伴ってこない。由美に話すと、あまりに怖すぎたから脳が上手くいなしているんだと言った。

犯人の磐上敦は逮捕され、佳菜子の両親殺害と佳菜子自身への殺人未遂《みすい》容疑で起訴《きそ》されたのだが、高次脳機能障害で責任能力なし、と無罪判決が出た。

つまり磐上は、また佳菜子を襲ってくる可能性があるのだ。浩二郎が、佳菜子に極力単独行動をさせないようにするのは、そのためだと分かっている。

恋愛に臆病なのは、好きになった人を巻き込んでしまいかねないことが、気持ちのどこかに引っかかっているのかもしれない。

もっと強くならなければいけない。そのために頑張らなければならない。

「佳菜ちゃん、痛いわ。きつう抱きつき過ぎやわ」

「すみません」つい力が入ったようだ。

「怖いか？　スピード緩めよか？」フルフェイスのヘルメット越しでも、由美の通る声はよく聞こえた。

「大丈夫です。スカッとするぐらいですよ」

それからしばらく風音と心地《ここち》よい振動の中に身を浸《ひた》すと、由美が減速して徐行を始めた。周りを見ると、すぐそこに琵琶湖が広がっている。

「ナビではもうすぐやで」

由美が、バイクのタンクに取り付けてあるカーナビを見ながら徐行する。左にこんもりとした森が見えて神社らしい鳥居が現れた。

「ここですね」

「琵琶湖の方見ててな」

由美がマラソン選手の先導をする白バイほどの速度で走る。バイクのことは分からないが、かなりのテクニックが必要なのだろうと思った。

「由美さん、あれを」由美の腰に回した手を解《ほど》き、水面に立つ鳥居を指さした。

「ほんまに湖面から突き出てるんや」由美はバイクを路肩《ろかた》に寄せて停めた。

佳菜子はバイクから降りて、茶川がA４判にまで拡大した少年の写真を取り出す。

「鳥居が写っていて朱《あか》い板垣と石碑のあるところ、ですよね」佳菜子は湖の鳥居を見ながら、神社の敷地内に入る。

「佳菜ちゃん、メット取り。身体が小さいからキノコが歩いてるみたいや」バイクの傍らから由美の声がした。

佳菜子は慌ててヘルメットを外し、さらに北へ歩くと石碑が現れた。

「由美さん、ここです。ここに間違いないです」

「どこに？」つなぎを着た由美が駆けてきた。その姿はしなやかで女性らしい。「ドンピシャやね」そう言って由美が、佳菜子を石碑の前へ立つよう促し、デジカメを構えた。

「もうちょっと後ろに下がって、中腰になってみて」

由美の指示に従う。少年の写真と同じ構図を再現しているのだ。

カメラのシャッターを切り終え、

「よっしゃ。まずはここを基点にして聞き込みを開始するで」と由美がバイクに戻って行った。

佳菜子は由美の後を追いながら、携帯電話をインターネットにつないで高島市の保育園、幼稚園、そして小学校を検索した。

「保育園が十一園、幼稚園が五園、小学校は十九校あります」

「学童保育をやってるとこも調べて」

「はい。十三カ所で学童保育を実施しているみたいです」

「まあ幼稚園とか保育園をしながら、学童もやってるとこがあるけど。ざっと四十八カ所しらみつぶしに回らんとあかんいうことやな」

「写真はここで撮られたものですけど、生活してたのもここでしょうか？」

家族三人でどこかから白髭神社にやってきて、記念写真を撮った可能性だってあるはずだ。

「可能性というなら、どっちが高いかということになるわ」そう言って由美は、ＫＡＴＡＮＡの太いガソリンタンクの上にあるカーナビを操作する。ここから近い幼稚園を検索しているようだ。

「どっちが高いんですか」素直《すなお》に訊いてみた。

「すでに別居してると仮定した場合、母親が子供を父親に会わせるために、わざわざここまで出かけてくる気になるかな」

「でも、母親は父親と別れたくないと思ってたら？」

妻が夫と縒《よ》りを戻したいと思っていたら、少しでも話をする機会を作ろうとするのではないか。たとえ子供に会わせることを口実に使ってでも。

「お母ちゃんの姿は、少なくとも白石さんのカメラには写ってない。佳菜ちゃんが言うような気持ちがあったら、ここまで一緒にきて遊園地に行かへんのもおかしくないか？　構図から奥さんを外す行為は、かなり二人の関係が壊れてると見ていいやろ」

「じゃあ、どうして写真を」

「うちは子供がせがんだんやと思う。男の子だけを撮ろうとしたけど、子供がお母ちゃんもって」

「仕方なく、ここで並んだということですか？」

「と、想像してる。そやからこの神社はお母ちゃんと子供の生活圏ちゃうか。とにかくまず就学前の園児として調べよ。数の少ない幼稚園から回ろか」

T幼稚園はバイクで五分とかからなかった。

「あの、私たちこういうもんです」佳菜子は幼稚園の入り口で声をかけると、出てきた若い女性に名刺を渡した。由美は後ろに控えていた。

「ああ、思い出探偵社」女性は、佳菜子ではなく背後の由美の顔を見ながら嬉しそうに微笑んだ。由美の顔の方が探偵社の名刺になったようだ。

「ある方の依頼でこの子を探しています」佳菜子が引き伸ばした写真を見せた。

「うちの園児ではないですね」と女性は即答する。

「いえ、これは二十二年前の写真なんです」

「二十二年！」女性は目を丸くして佳菜子を見返した。

「少し事情を説明した方がいいんとちゃう」由美が声をかけた。

「二十二年前だったら園長先生でないと分かりませんから、ちょっとお待ちください」女性は、やはり由美に頭を下げて奥へ引っ込んだ。

ややあって五十代ぐらいの眼鏡をかけた女性が出てきて、応接室へと案内してくれた。

応接室には、折り紙で作った動物や園長先生を描いたと思われる眼鏡の顔の絵が壁一面に貼ってあった。

「よくテレビを見せてもらっています。思い出を探す探偵なんてとても面白いですね」園長は名刺交換をしながら、やはり由美を見て言う。

名刺には宮古《みやこ》孝江《たかえ》とあった。

宮古からソファーに座るよう促されて、「突然お邪魔してすみません」と佳菜子は頭を下げながら腰を下ろした。「実は、この写真の男の子を探しています」二十二年前の忘れ物のフィルムに写っていた、この少年と会いたがっている人がいるのだと言った。そして、写真が白髭神社の石碑の前で撮られたというところまでは分かったのだと告げた。

「それで、この町から探すことにしたんです」

「なるほどね。それで幼稚園巡りということですね。確かに白髭神社は近いですし、よく存じてます。でも二十二年前ですね」

「卒園アルバムとかないでしょうか」由美が訊いた。

「卒園アルバムはあります。この子はいくつぐらいかな。五歳か六歳……」宮古が写真を手にして、「学校には上がっていないようですね」と言った。

「分かるのですか？」佳菜子が身を乗り出した。

「この子の帽子の横にマークがあるんです。写真ではよく分からないですけど。ここです」写真をテーブルに置いて宮古が指さす。

「少し白くなってるところですか」佳菜子が目を近づけた。

「四角いところをよく見てください。下の方に葉っぱのような絵が描かれてるんですよ」

そう宮古は言うが、佳菜子には分からない。横にいる由美も首をひねっていた。

「これは持ち物にそれぞれ付けてもらうものです。保育園に多いんですが、例えば『ももぐみ』の子供がいるとしますね。まだひらがなも読めないうちに入園してきますから、桃をかたどったアップリケを付けるんですよ」

「絵でクラスを分かるようにしたものなんですね」

「そうです。それを各お子さんの保護者の方に作ってもらうところと、一括《いっかつ》して園の方からお配りするところとがあります。これは業者が作ったワッペンだと思いますね」

「業者が作ったワッペン」佳菜子が由美を見た。

由美も佳菜子の方を見ている。

業者が一括して作ったとなると、その企業にも手がかりが残っているかもしれない。それに図案によっては園を特定できる可能性も出てくる。

そう思ってもう一度写真の中の帽子を見つめる。白く四角い枠の中に葉っぱがあるように見えてきた。念のため他の写真を確認してみた。しかし鮮明にマークが分かるものは残念ながら見当たらなかった。

「一番それらしいものが写ってるのが、やっぱりこの写真ですね」佳菜子は由美に告げた。

「そうやね」由美はうなずき、「葉っぱがあるということは、植物ですやろか?」と宮古に疑問を投げかけた。

由美のゆったりした声が応接室に響く。

「さあ、それは分かりませんね。子供も親御さんも見て楽しいデザインにしますから。ただうちの幼稚園でないことだけははっきりしてます」

アルバムを確認するまでもない、ということだ。

「そうですか」溜《た》め息《いき》混じりに佳菜子が言った。

「二十二年前ですよね。業者を使う保育園や幼稚園は少なかったと思いますよ」

宮古の言葉は、今度は由美にではなく、落胆《らくたん》していた佳菜子に投げかけられた。聞き込み先から慰められるなんて、まだ自分が半人前であることを佳菜子は実感させられた。

宮古は名刺ホルダーから、営業にきたことのある業者三社の名刺を見せてくれた。佳菜子はそれらをメモしてT幼稚園を後にした。

その日、佳菜子と由美は、もう二軒の幼稚園と三軒の保育園を回って話を訊いた。そこでも帽子のマークを確認したが、二十二年前に業者を使っていたところはなかった。日没近く、宮古に教えてもらった業者に電話をしてみた。そのうち一社は、高島市での販促《はんそく》ツール事業を始めたのが十五年ほど前だということだった。

残り二社のうち一社は大津市に、もう一社は彦根市に本社をおいていた。彦根市の「沢《さわ》井《い》デザイン」は次の日にアポイントメントをとり、探偵社への帰り道にある大津市内の「アド・ＢＥ」へ立ち寄った。

アド・BEの営業責任者である生方《うぶかた》は、急な問い合わせにもかかわらず、快く訪問を受けてくれた。

「テレビで見てた由美姉に会えるなんて光栄です」挨拶をして名刺交換を終えると、生方が由美に握手を求めて手を出した。

結局、ここでも注目されたのは由美だった。

由美がテレビの人気者であることをどうこう思ったことはない。むしろ誇《ほこ》りにさえ感じていた。しかし佳菜子が担当する事案で、こうも由美ばかりが存在感を示すとますます自信を失ってしまう。

「電話でも申しましたように、二十二年前に高島郡の保育園か幼稚園に対して製作されたシンボルマークについてお訊きしたいんです」気を取り直し、佳菜子はバッグから写真を取り出して生方に見せた。

「うちも何園かのCIをさせてもらってますよ。簡単に言うと、それぞれの園の個性をマークやカラーで印象づける仕事です。この写真はかなり引き伸ばされてますね。ちょっと拝見します」生方はワイシャツの胸ポケットの眼鏡をかけた。

「ぼやけてますが、T幼稚園の宮古園長は、葉っぱではないかとおっしゃってるんです」

佳菜子が言い添えた。

「なるほど葉っぱね。そう言われればそのようにも見えますね」

　生方の傍らには分厚いファイルがあった。彼は写真を手元に置いて、ファイルを開く。そのまましばらく双方を見比べていた。おそらくファイルは会社で手がけたシンボルマークをストックしたものだろう。

「確かに葉っぱで、その下は植木鉢だろうと思いますが、うちではないですね」顔を上げて眼鏡を外しながら生方が言った。

「これまで手がけられたマークと、似ているものもないですか」佳菜子は食い下がった。

「滋賀県は伊吹山《いぶきやま》、比叡山《ひえいざん》、そしてなんといっても琵琶湖に関連する動植物をシンボライズすることが多いんです。つまり自然というものを前面に訴えますんで、デザイナーも植木鉢の植物はどこか人工的な感じがして扱わなかったんじゃないですかね。似たものもないようですよ」

　二十二年前なら生方自身が前線で営業活動を行っていた頃だそうだが、やはり記憶にないと言った。

「秘密は守りますので、当時取引があった幼稚園、保育園を教えてもらえませんでしょうか」由美が笑みを見せて生方に頼んだ。

「秘密いうても昔のことですから、リストをお見せしますよ。ちょっと待ってくださいね」生方は席を立った。

「そうしたら、いくつか消去できるやろ」生方が部屋を出て行ってすぐ、由美がこちらを見た。

「そうですね。できるだけたくさん消去できた方が助かります」

「どうしたの佳菜ちゃん、元気ないね。疲れたん？」

「いえ。大丈夫です」

疲れていないのなら、なぜ元気がないのかと訊かれると答えようがない。由美に嫉妬《しっと》しているのかもしれないなどと、言えるはずもない。

「大丈夫なんやったらいいけど」由美がそう言ったとき、生方が一枚の紙を手にして戻ってきた。

「二十二年前ということでしたけど、その前後二年の取引先のリストを作ってきました。全部で九件です」

一度シンボルマークを作成すると、封筒類から連絡帳、ネームプレート、さらに通園バスのボディに至るまで反映させる。したがって最低でも五年以上は取引が続くのだそうだ。その間ワッペン類も数年分作り置きするため、単年の取引はあり得ないという。

「私も徐々に当時のことを思い出してきましたよ。あの子供はどこどこ幼稚園の園児だって分かることが、防犯とかにも役立ちますよって営業したんです」

生方の営業トークに半信半疑な幼稚園や保育園も多かったそうだ。その割に九件の契約は、出来過ぎだったと述懐《じゅつかい》した。

彦根市は琵琶湖を挟んで高島市のほぼ東の対岸に位置する。彦根城にほど近い場所に「沢井デザイン」はあった。約束は午前十時だったが、十分ほど前に会社に着いた。

今日も晴天で、由美のバイクの後ろに乗せてきてもらっていた。心に由美へのわだかまりを持ったまま彼女に摑まる佳菜子は、琵琶湖を見ても気分が晴れなかった。

ところが、事情を説明し終わって代表の沢井一臣《かずおみ》が写真を見ると、佳菜子は目の前がぱっと明るくなった。

「これはぼくがデザインしたものです」と、ルーペで写真を見ていた沢井が言ったからだ。

「それは確かですか」佳菜子が声を上げた。はっきりするまで喜んではいけない、と思いつつ訊く。

「ええ。間違いありません。独立して二年目で、本当にありがたい仕事だったから、忘れようがありません」

沢井は今年五十三歳で、二十八歳のときに大阪の広告代理店から独立したという。

「母が病気で弱ってしまい、ぼくが実家にいないといけなかったので、無理を言って会社を辞めさせてもらったんです。だから全然仕事がなくて」

母子家庭で一人っ子の沢井は、経済的な面と看病の両面を支えることになった。

「三年ほどがんばって、もうデザイナーを辞めてしまおうかと思ったときに、やっと手に入れた仕事だったんです」

「これは植木鉢に生えた植物ですか」

「植物ではないんです。植木鉢に生えたハート型の太陽です」

「ひまわりではなく?」

「はじめはひまわりにしようと思ったんですが、よくあるんで、花ではなくハート型の太陽にしました。お見せしましょう」沢井は棚からCD－ROMを取り出してノートパソコンへ挿入《そうにゅう》した。いくつか表示されたファイルの中のひとつを開き、シンボルマークを呼び出した。

マークは、赤色の植木鉢に緑の茎と葉、そして黄色いハート型の太陽が笑顔を見せている。

「こんなにカラフルだったんですか」

佳菜子たちが見ていた、拡大された古い写真はどうやら色が飛んでしまっていたようだ。

「かろうじて葉っぱと、よく見てもらうとハートの一部がかすかにあるのが分かるんですが」

「では、このシンボルマークを使ったのはどこですか?」気持ちを落ち着かせて佳菜子は訊いた。

沢井はキーを叩き、画面を見ながら言った。「ええっと、高島郡、いまの高島市安曇川《あどがわ》町の安曇川たいよう保育園ですね」

ついに男の子が通っていた保育園が判明した。

「ありがとうございます」佳菜子は勢いよく頭を下げた。

「しかし、二十二年も前の忘れ物で人探しとは、聞きしに勝る大変な仕事ですね」沢井が頭を振りながらタバコに手を伸ばした。

「沢井さんのご協力に感謝です。あのう……」由美が沢井を見つめた。

「何ですか」

「お母様のお体は？」由美の質問はさりげない。

「いまは病院です。入退院を繰り返してるんです」

「そうですか。じゃあ大変なんですね」

「でも本人はいたって気丈でしてね。病院にいる看護師さんをぼくに紹介しようとしたりします。あの娘は良く気がつくからいい嫁になるって。もうこの歳ですから無理だって言うのに」優しそうな顔で沢井は苦笑した。

白髪が混じり目尻のしわは目立つが、それほど老《ふ》けて見えない。服装も、佳菜子の知らないブランドものを着こなしている。

「ええ人が現れますよ、きっと」すかさず由美がそう言って微笑む。

沢井も満面に笑みを浮かべた。

佳菜子は自分には出てこない台詞《せりふ》だと思った。

沢井デザインを出てすぐ、聞いた住所をカーナビに入力して「安曇川たいよう保育園」へ向かった。

4

「分かりませんね」たいよう保育園の園長殿田洋子《とのだようこ》は、写真を見ながら言った。

これまでのいきさつをかいつまんで話すと、殿田は卒園名簿や卒園アルバムを引っ張り出して調べてくれた。

「シンボルマークの付いた帽子を被ってますんで、ここの園児だったと思うんですが」佳菜子は、殿田に思い出して欲しくて、沢井から借りたマークのコピーを示した。

「確かにマークはうちの園のものです。でも二十年以上前のことになりますとね」と殿田は言いながら、二人へ卒園アルバムを開いて見せた。「おっしゃった二十二年前から二年分のアルバムを見てるのですが、見当たらないんです。どうぞ、ご確認ください」

少年を探したが、二冊のアルバムに似た子供は見当たらなかった。

「他に当時の記録というのは？」由美がアルバムから顔を上げて尋ねた。

「卒園アルバムに載った子供の名簿は、記録してあるんですがね」

　卒園後、思い出の行事のお知らせをすることもあるため、保存しているのだという。

「ということは、この男の子、卒園してないということですか」

「かもしれませんね」

「病気をしたとか」

「いえ、病気や事故などの事情で卒園できない場合は、みなし卒園生として記録します」

　亡くなったときも卒園したとみなすようにしていると、殿田は付け加えた。生きた足跡を留《とど》めてあげるのが親御さんへの配慮なのだそうだ。

「病気や怪我《けが》で卒園式に出られなかったのではない、ということなんですね」佳菜子が確認した。

「そういうことになります。シンボルマークのワッペンは、入園説明会なんかに配ったこともありますからね」

　共働きの家庭が急増したため、二十数年前からは個別対応ではなく、希望者を何回かに分けて説明会を行うようになったという。そのときパンフレットに一枚ずつシンボルマークのワッペンを付けたのだそうだ。

「説明会に出席された方が、すべて入園できる訳ではないんでね」殿田は、保育園が共働き家庭の受け皿となり切れていない現状を嘆いた。

「そうですか。分かりました。写真のコピーをお預けしますので、もし何か分かったら私の携帯まで連絡していただけないでしょうか」

「ここにはいないんですけど、当時のことを知る職員にも当たってみます」

「よろしくお願いします」佳菜子たちは時間を割《さ》いてくれた礼を述べ、安曇川たいよう保育園を後にすることにした。

「上手くいかないもんですね」ヘルメットを被る前に、つい愚痴《ぐち》を言ってしまった。由美は返事をせずに、キーを差し込みバイクのエンジンをかけた。

社に戻ると、由美はその足でテレビ局での打ち合わせへ向かった。

探偵社の前でバイクから下ろされた佳菜子は、浩二郎や由美に庇護《ひご》されている自分がいっそう惨《みじ》めに思えた。

颯爽《さっそう》とバイクで走り去る由美の後ろ姿を遠くなるまで見送ると、いまの自分が下ろされた荷物であるような気さえしてくるのだ。

次の日、佳菜子は由美の同行を断ることにした。

二日間、一人で高島市内の保育園と学童保育を実施している児童センターなどを訪ね歩いた。ワッペンが外部に流出した可能性がある以上、安曇川たいよう保育園に絞り込む訳にはいかない。

しかしどの園でも写真の少年につながる情報は得られなかった。

もしかするとこの少年の生活圏は、高島市ではないのかもしれない。たまたま立ち寄った場所で記念写真を撮ったということも考えられる。そうなると、これまでの推理が瓦解《がかい》してしまう。

佳菜子は原点に戻り、白髭神社の社務所を訪ねた。かすかな望みを携《たずさ》えて、宮司《ぐうじ》に少年と父親の写真を見せた。

宮司は社務所にいた人たちにも聞いてくれたが、父子を知る者はいなかった。

書き出した訪問先のリストにチェックを入れるごとに気分がふさぎ、この二日間の報告会ではあまりの肩身の狭さに逃げ出したかったほどだ。

それでもこれ以上みんなのお荷物になりたくない一心で、歯を食いしばって聞き込みをした。けれども努力した分だけ結果が出るほど探偵という仕事は甘くなかった。

単独行動をして三日目、その日も空振りで戻り、探偵社の前までたどりついたとき携帯電話が鳴った。登録していない番号だ。

「はい。思い出探偵社の橘です」探るような声で出た。

「安曇川たいよう保育園の殿田です」

「先日はありがとうございました」

「分かりましたよ、あの男の子の件」殿田の声は明るかった。

「本当ですか。ありがとうございます。ではいまからお伺いしてよろしいですか？」思い出探偵社の看板に電灯が点ったのを見ながら、背を向けた。

佳菜子は事務所に戻ると、帰りを待っていてくれた浩二郎と由美に報告した。

「この男の子の名前は、池永保《いけながたもつ》くん。父親は池永秀彦《ひでひこ》さん、母親は保子《やすこ》さんで、住所は高島郡安曇川町○×、あどがわコーポ三〇一号でした」声がうわずっているのが自分でも分かった。

「一人でそこまで突き止めるなんて上出来だよ。それはどこから分かったんだい。卒園名簿にも、アルバムにも掲載されていなかったんだろう」浩二郎が柔和《にゅうわ》な表情で、自分をしっかり見てくれた。

「ええ。本人は卒園前に退園していて、たいよう保育園の卒園式には出ていません。ですが別の写真が残っていたんです」

「別の写真？」

「そうなんです。三年前に園を辞めている先生が、そのことを思い出してくれました」

その写真は、昭和六十一年九月に撮られたものだった。

夏休みの思い出をタイムカプセルに納め、二十年後の自分へ送るという企画があり、そのときの写真にその男の子はいた。

三年前にはタイムカプセルを開く催《もよお》しがあって、園から案内状を送った。卒園生二十一人中参加者は九名で、七名からは不参加の通知を受け取っていた。

ただ数名は案内状が宛先不明で返送されてきており、その中に池永保のものもあったのだ。

「あどがわコーポは商業ビルになってました」

「そうか」浩二郎が残念そうな声を出した。

「それで、タイムカプセルを開くときに参加した九名の方に連絡をとってもらいました。皆さん話をしてくださるそうです」

「その友人から情報を収集するということだね」

「はい。どんな小さなことでも、聞き逃さないようにしたいと思ってます」佳菜子は、自分の手に力が入っているのが分かった。

「よく調べた。殿田さんにも感謝しないといけないね」

「はい。あの、それから保君の居所が分かったら必ず、安曇川たいよう保育園にくるように伝えて欲しいと頼まれました。タイムカプセルから取り出した思い出を渡したいからって。思い出といってもほとんどの子がまだ文字を書けませんから、絵になるんですけど」

「未来の自分に宛《あ》てた思い出か」感慨《かんがい》深そうに浩二郎がつぶやく。

「それから……これを見てください」

佳菜子が伝えたかったのは、園長からの言付《ことづ》けではなかった。デジカメに収めた画像を浩二郎に確認して欲しかったのだ。

「これが少年の思い出？」デジカメのディスプレイを見た浩二郎が訊いた。

封筒にしまわれたものなら許されないだろうが、四つに折られている画用紙を、殿田が開いてくれ、佳菜子が撮ったものだ。

「子供たちがたくさん思い出を作った夏休み明けに、タイムカプセルに納める絵を描かせたんだそうです」と佳菜子は説明し、続けた。「何だか変な感じがしたんです。夏休みの思い出とは思えなくて……」

「これは妙だね。どう見ても降ってきているのは雪だ。それに建物の屋根にも雪のようなものが描かれているよ。佳菜ちゃんが言うように、とても夏休みの思い出とは思えない」

佳菜子と同じ感想だ。

「その綱引きしてるみたいな人、顔が真っ黒けに塗《ぬ》ってあるのと違う？」由美が佳菜子と浩二郎に割って入る。

「綱引き？　ああなるほどね。二人描かれている人間のもう一人の方の顔は黒くないな」浩二郎がデジカメの液晶画面に顔を近づけた。

「プリントアウトしましょう」そう言って佳菜子は、デジカメからメモリーを抜き取りプリンターにセットし、Ａ４判の大きさでプリントアウトした。

それを佳菜子が浩二郎と由美の間に置くと、二人が覗き込んだ。

「やっぱり雪だねこれ。それに二人の人物の着ているもの、これ洋服ではないように見える」先に浩二郎が声を発した。

「この二人、両親やろか。黒塗りの方が……もしかして母親？」由美が嫌々をする子供のように身体を震わせた。

「母親の顔を黒塗りした。それには、保君の心情が表れていると言うのかい？」

「心に傷を負った子供が、色のない絵を描くことがあるって聞いたことあるし」

「冬の景色、綱引きも保君の心を投影したものなのだろうか」浩二郎が深く息を吸った。

「ほな、綱引きいうのは、どっちの親に引き取られていくのかという不安なんやろか」

「だとしたら保君、可哀《かわい》そう」

由美の言葉に、佳菜子はつぶやき絵を見つめた。

将来目にするであろう保育園時代の思い出が、寒く、そして恨《うら》みに満ちた絵ということになる。

佳菜子は自分が通っていた心理クリニックでの治療を思い出していた。そこで佳菜子が描いた絵も、はじめはまったく色がなかった。

わざとそうしたのではない。白黒で完成していると思ったのだ。色を足す必要がなかったから、そのままにした。それが味気なく感じ始めた頃、気持ちもほぐれてきたような気がする。

保の絵は完全に単色ではない。綱引きをする二人の人間の服装に、薄いが青や赤が混じっている。

「子供にとって両親の仲違《なかたが》いほど嫌なものはあらへん。そないうちも思う。由真は口に出さへんけど、夜中にうなされてたことがあるわ。ゆすって起こしたらもうケンカせんといて、言うて胸に顔埋めたまま寝てしもたこともあります。それが離婚して二年も経ってからやし、深い傷を負ってるんやなと考えさせられたことがあったんです」由美が苦笑いした。

「いま、元気ならいいじゃないか。由真ちゃんも保くんも。過去に何があっても、それを肥《こ》やしにして深みのある人間になれば、それで勝ちさ。苦労した人には、誰よりも幸せになる資格があるんだ」浩二郎が真顔で由美に言った。

苦労した人には幸せになる資格がある。自分にも資格があるのだろうか、と佳菜子は思った。

「とにかく保君を見つけ出そう。そうだ来月から新人が入ることになった。二度目の面接後、今日正式に決めたんだ」

浩二郎の表情に明るさがなかったのが、佳菜子は気になった。

次の日からまた由美と一緒だった。ＫＡＴＡＮＡの機動力が必要になったからだ。あどがわコーポのあった場所の周辺を聞き込むと同時に、保育園の同窓生である九人にも話を訊くことにした。

コーポ周辺では町内会長や古い商店などを尋ね歩き、父である池永秀彦が大津市内にある電子部品工場に勤めていたことが分かった。

すぐにその会社へ問い合わせたところ、約二十五年前に退社したという返事をもらったのだ。その後の、つまり保とＨＡＭＡ遊園を訪れていた頃の仕事先は不明だった。

ただ池永保子が秀彦と離婚して、保を連れてあどがわコーポを出たことは確かめられた。保子の実家や旧姓でも分かれば、足取りをたどる大きな手がかりとなったのだが、そこまで知る者には会えていない。

一方同窓生九人に関しては、滋賀二名、大阪四名、京都二名、岡山一名と住所がバラバラだった。由美のテレビ収録などの都合もあって、八人に話を聞いた時点で三日を費やしていた。

それでもこれといった収穫はない。二十二年前は五歳児だったため、確かな情報源となり得なかったといった方がいいかもしれない。

ところが四日目に、大阪の同窓生、斉木憲吾《さいきけんご》から話を聞いたとき、佳菜子は大きな手がかりを見つける。

斉木は、大阪に本社のあるスポーツ用品店に勤めていた。

「池永君のことはあまり憶えてないですが、去年思い出したことがあるんですよ」そう言って、あるものを見せてくれた。

「これってルアーとちゃいますのん？」またしても隣の由美の方が早く反応した。

「よくご存じですね。釣りをされるんですか」斉木が由美に訊いた。

「ちょっと知り合いが……」由美にしては歯切れがよくなかった。

「ぼくは釣りをやらないんで、去年、釣り具を含むフロアに配属されるまで興味なかったんです。でももの凄《すご》く精巧《せいこう》なルアーを見たとき、それが初めてじゃないなって感覚を持ったんです」

「それが池永保君との思い出ですか」今度は由美に先を越されなかった。

「そうです。同じようなもんを池永君が持ってきて自慢してたのを、ふと思い出したんですよ」

「どんな風に自慢してたんですか」

「お父ちゃんが作ってくれたって、言ってたと思います」

この話を聞いて探偵社に戻ると、佳菜子は白石から預かった写真をすべて点検し始めた。社には由美と二人きりだった。

「佳菜ちゃん、どないしたん」由美は、真剣にルーペを覗く佳菜子に尋ねてきた。

「平日の雨の日ばかりだと聞いたとき、建設作業などに従事している人ではないか、と実相さんがおっしゃったんです」

「報告会でも、そんな話やったね」

「別の考えもできるかもしれないんです」

「別の考え。それが写真見たら分かるの?」由美は半信半疑の顔つきだ。

「鍵を持たされてたでしょう？　その鍵を見たときから気になることがあったんです。それは紐《ひも》の結び目です」

「男の子が首からぶら下げている鍵の紐のこと？」

「ええ。これが一番よく分かると思います」佳菜子は白石の撮った写真を見せた。

そこにはベンチに座ってお弁当を食べる手元が写っている。三角サンドウィッチを持つ男の子の手の後ろに、ちょうど首からぶら下げた鍵の紐が見えていた。

「結び目を、よく見てください」

「結び目、二つあるで」由美が確認する。

鍵を通して輪っかを作るために紐の端《はし》を結んでいるのだが、その結び目は、人の手と手ががっしりつかみ合うような格好をしていた。

単純な形だけれど簡単には解けそうになく、安心感のある結び方だと思った。「これはテグス結びといって、釣り糸同士をつなぐときに用いるんです。滑《すべ》りやすいテグス同士でもしっかり結べます」

「テグス同士か」思い出すように由美が言った。

「由美さん、釣りする人を知っておられるんでしょう」

ルアーだと言い当てたときそう思った。

「別れた亭主がな、ようやってたんや」

「すみません、余計なこと訊いて」佳菜子は頭を下げた。

「ええんよ、気にせんといて。それより佳菜ちゃんこそテグス結びやなんて、よう知ってるな」

「父の趣味だったんです。休日になると和歌山の海へ行ってました」

ルアーを見た瞬間、父の顔が出てきた。そして父が書斎で釣りの話をしている光景も浮かんできた。母があまり釣りに興味を示さないので、父は佳菜子を相手によく話をした。きっと男の子なら、もっと真剣に釣果《ちょうか》の自慢話を聞いてあげただろう。

だがそれ以上は思い出したくなかった。

「この子に鍵を持たせるときに、すっとテグス結びができる人だということですよね。ルアーの話とを考え合わせると、漁を生業《なりわい》としていてもおかしくないと思ったんです」

「漁師さんということか」

「ええ。もし漁業関係なら、池永親子が来園したのが、雨だけではなく風も強い日だったのもうなずけませんか」そう言ってから佳菜子は、「ですから、少し視点を変えてみる必要があるんじゃないでしょうか」と由美を見た。

この発見が、さらに保に接近するきっかけとなる。

それに気づいたのは、茶川だった。

すでに十一日を費やして、佳菜子にも焦りが出てきた日の午後三時、茶川が『ジュヴァンセル』のパウンドケーキを持ってきた。

栗や黒豆、小豆《あずき》などが入った和風テイストの洋菓子で、探偵社の皆が大好きなスイーツだ。このケーキを持参したときの茶川は上機嫌であることが多い。茶川はお酒も好きだが、甘味にも目がなかった。

「何かいいことがあったんですか」三千代が抹茶の用意をしながら訊いた。

「分かりますか。さすが三千代さんや。佳菜ちゃん、こないだはおおきに」茶川がえびす顔で頭を下げた。

「いえ、私は何も」

「佳菜ちゃんが、どうかしたんですか」浩二郎が訊いた。

「いやいや、佳菜ちゃんは大層いける口やで。ちょっとビールを付き合ってもろたんや。なあ佳菜ちゃん」

茶川が言ったのはあの偽物のビールのことだ。

「そんな」

「茶川さんあきませんえ、うちの佳菜ちゃんをのんべえにしてしもたら」由美が笑う。

「私は大丈夫です」由美のフォローをはじくように佳菜子が言った。

「茶川さん、何か発見したんでしょう?」浩二郎が茶川に椅子を勧める。

「頼まれていた結び目と佳菜ちゃんが撮ってきた保君の絵の分析のことで、寄せてもらいました。さあ、みんなケーキ食べてや」

三千代がパウンドケーキを切り分け、浩二郎はプロジェクターを用意した。そして茶川から預かったミニノートパソコンにつなぐ。

「結び目は佳菜ちゃんの言う通り、テグス結びによるもんやった。これが超拡大した画像や」

ホワイトボードにプロジェクターからの画像が映し出された。

「二重テグス結びですね。これはより外れにくい結び方だ。そうだね佳菜ちゃん」

浩二郎が佳菜子に視線を送ってきた。

佳菜子は黙ってうなずく。テグス結びのことを浩二郎に報告したとき、声を上げて喜んでくれた彼の嬉しそうな顔を思い出した。

「まず馴《な》れた人間やないとやらんやろな。それと、この絵や」茶川は画像を切り替えた。

「綱引き言うてたけど、まさしくこれは綱やと思う。よう見たら、子供ながらに縄目みたいな筋《すじ》を入れとりますわ。ここまで拡大すると見えるやろ」

「斜線を描いているんですね」浩二郎が確かめるように言った。

「うん。これが綱引きで、降ってるのは雪。そして問題の二人のうち一人の顔や。佳菜ちゃんが見方を変えたいって言うてたから、わしもこれを子供の心の投影とはとらえんとこと思たんや。綱に縄目を入れて降る雪をきちんと描いてる子が、ここだけに心情を込めるやろかってな」

「そこも、見たものをそのまま描いたということですね」

「そや。それで琵琶湖周辺で、冬に綱引きをする行事はないかと調べた」

「あったんですか」

「あった、有名な大綱引きが。福井県敦賀西町《つるがにし》の綱引きや。四百年ぐらい続いてるもんらしい」

　茶川が観光協会のホームページからとった綱引きの写真を映し出した。

「この人の顔……」声を出したのは由美だった。

「大黒《だいこく》さんの面や。子供には真っ黒に見える。夷子《えびす》と大黒の二つの軍に分かれて綱引きをする。ほんで夷子軍が勝てば豊漁、大黒軍が勝ったら豊作いう占いなんや。両軍の大将が大黒さんと夷子さんの面を被ってるちゅうことや」

「じゃあこの絵は、保君が敦賀西町の綱引きを、実際に見て描いたということになるんですね」

「そういうこっちゃ」

「だとすると、これを思い出として描いた保君にとって、福井県敦賀という場所は……。敦賀漁業組合に池永秀彦さんがいるか問い合わせてみよう」浩二郎が事務所の電話を引き寄せた。

5

浩二郎は、佳菜子と広島県東広島市の道の駅「湖畔《こはん》の里福富《ふくとみ》」のレストランにいた。午後二時半に、保と会う約束をしているのだ。現在は母方の姓を名乗り、牧村《まきむら》保である。

保の父、秀彦は敦賀で漁業に従事していた。事情を話すと、妻保子の実家、東広島に保が二十歳までいたことを教えてくれた。そして白石からの依頼については、保の意志を尊重してほしいと言い添えた。

聞いていた通り秀彦は保子と離婚して、幼い保は保子の手で育てられることになった。保子の実家が酒造会社で、子供を育てる経済力があったのだ。それでも二十歳になるまでは月二万円の養育費を支払ってきたが、この七年間、音信不通となっていたのだという。

保子の実家「富久《ふく》酒造」の住所はすぐに分かった。それほど大きな蔵元ではなさそうだったが、「幸富久楼《こうふくろう》」は広島の銘酒《めいしゅ》として有名だそうだ。

浩二郎は、保子にことの次第を話した。その上で保の居場所を教えてくれるように頼んだ。電話の向こうの保子は、かなり逡巡《しゅんじゅん》したようだった。それは息づかいでも十分分かる。

「二十二年間、一度もあの人に会わせていないんです」

保子の言葉から、秀彦との溝《みぞ》の深さを浩二郎は感じた。

つまり保が、浩二郎たちと接触することで、秀彦との再会に発展しないかを心配しているのだろう。

「あの子にとって遊園地の思い出は、たぶん楽しくて懐かしいものに違いないと思うんです」保子は、明らかに思い出を怖がっていた。

「よく分かりました。しかしその思い出は、現在二十七歳の保君のものです。彼に任せてみませんか。牧村さん」

「思い出は保のもの、ですか」

「ええ。他の誰のものでもない。お母さんのものでも、ないんですよ」

保子は黙っていた。

浩二郎も何も言わずに、受話器を握っていた。しばらくしてから、保子が保の携帯電話の番号を告げたのだった。

保は富久酒造の営業マンをしていた。事案の依頼を受けてから十三日目、道の駅「湖畔の里福富」へ商品を納品するついでになら会ってもいいと言ってくれた。

「本当に思い出探偵っているんですね」保は名刺をまじまじと見た。彼は電話でも同じようなことを言っていた。

「早速ですが、これを」

浩二郎が佳菜子に促すと、彼女はレンズ付きフィルムに残っていた写真を手渡した。

「二十二年も前の、こんなものが……」五歳の自分と再会した保は、複雑な顔をした。懐かしいが手放しで喜べないのだろう。短髪《たんぱつ》で眼鏡をかけた保は、富久酒造のネームの入った紺《こん》色の作業着が似合っていた。口元に少年時代の面影が残っている。

浩二郎は保が写真を全部見終わるまで、何も言わなかった。

「遊園地側が宣伝用に使用したい写真は、一番最後の、あなたが今したのと同じ表情のものです。驚きと嬉しさとが入り交じった」

「驚きと嬉しさか。こんなので、いいんですか」そう言って保は椅子にもたれた。一見、投げやりな態度に映る。

「私たちの仕事はあなたを探し出すこと、そして遊園地の支配人と会っていただけるかを確かめることで完結します。ただ、私はこの表情が気になって仕方ないんです」

「もう忘れました」と保は浩二郎の視線から目をそらし、「しかし、これらの写真だけでここまで調べるんですか」と質問した。

「写真だけなら、難しかったでしょうね。これが我々とあなたを結びつけてくれたんです」浩二郎は保の描いた絵を見せた。

「これは……」

「あなたがタイムカプセルにしまった思い出でしょう？」

「思い出……」保は下唇を噛んだ。

「みんなは夏休みの思い出を絵にしたようです。しかしあなたはこの冬の綱引きを描きました。そこで私はこんな風に想像したんです。これは幼い保君の願いではないかと」

「ぼくの願い？」

「そうです。あなたのお父さんは、あなたが安曇川たいよう保育園を去る二年前に転職された。どんな事情があったかは分かりません。ただ釣りが大好きだった。そのことと敦賀で漁業に従事されることに関係があったのかもしれません。とにかく敦賀の漁場が仕事場となった。まだご両親の仲がそれほど悪化していないときに、あなたは敦賀を訪れた。そのとき見た風景、それが敦賀西町の綱引きだったんだと思います。後に、あなたはどちらかに引き取られるということを聞かされたに違いない。保少年の心は、無意識ながら双方から引き合う綱引きを連想したのかもしれないですね。ただあの綱引きに負けはない。そのことを誰かから聞いたんじゃないですか？」

「お父ちゃんから聞きました。この歳でお父ちゃんなんて言い方、幼いと思うでしょう？

でもぼくには、お父ちゃんと呼んだ時期しか父親は存在しないんです」保はうつむいた。

「いや、それでいいじゃないですか。そのお父ちゃんが夷子と大黒のことを？」

「そうです。どっちが勝ってもみんな嬉しいんだって。でも結局、お父ちゃんはぼくの前からいなくなった。ぼくは何も嬉しくなかった。本当は、この写真を撮った日のことを憶えてます」

　保は両親の間がおかしくなっているのに気づいていた。

「ぼくは何とかしたかったんです。二人がケンカするのが耐えられなかった。この年の四月の末、保育園のみんながゴールデンウィークがどうのと騒ぎ出した頃、お父ちゃんが家を出ました。どこに行ったのかと訊けば、母は漁に出ていると言った。ぼくはみんなのようにゴールデンウィークに遊びに連れて行って欲しいとせがんだんです。一年ほど前に敦賀に連れて行ってもらったように三人で仲良く」

「その気持ちを、お父ちゃんに伝えたんですね」

「そうです。保育園にお父ちゃんがくることがあって、自分の気持ちを伝えました」

　その後、保育園に何度か迎えにきて、ＨＡＭＡ遊園に連れて行ってくれたのだそうだ。すべて母親には内緒《ないしょ》の行動だったのだという。

「そんなこと、いつまでも続きませんよね。お父ちゃんが保育園にちょっと用事があるのでって言って、ぼくを連れ出すんですから、そのうち母にばれました。そしてこの日、これが最後だっていうことになったようです。それをお父ちゃんから告げられたのが、ＳＬに乗ったときだった……」

「この表情は、それを告げられた瞬間だったんですね」浩二郎は問題の写真を手にした。

「後で母から聞けば、離婚調停が成立した頃だということでした。そしてここ、母の実家に戻ることも決まっていたんですよ。ぼくはお父ちゃんが好きだった。できれば一緒にいたかったんです」

そして保は訊いてもいないのに、両親の仲違いの原因は自分にあると言った。

「ぼくが母に会いにきた男の人のことをお父ちゃんに告げ口したんです」

実際に何度か母親に会っていた男性がいたらしい。しかしそれがどういう人だったのか、東広島市に引っ越してきてからも母は答えなかったのだそうだ。

「お母さんも言いたくないことはあるでしょう。ただ、ご両親の離婚があなたのせいだとは思えません。とにかく、新しいアミューズメント施設のポスターにこの写真を使っていいのか、そして白石さんという支配人に会ってくれるのかということに返事をください」

浩二郎の言葉が冷たく聞こえたのだろう、佳菜子が視線を向けてきた。

「そんな気になれません。お断りします」きっぱりと保は言った。

「そうですか、分かりました」

「それでいいんですか?」と言ったのは佳菜子だった。

「仕方ないじゃないか。強制はできない」

「でも……」佳菜子が困惑《こんわく》したような表情で浩二郎を見る。

「この手のフィルムはとても劣化しやすくて、二十二年も保存するのは大変なことらしいんです」浩二郎は、佳菜子を気にする様子もなく話す。

「はあ……」

「依頼人である白石さんは、このフィルムを大切に保管してきました。なぜだと思います?」

「そんなこと分かりませんよ」

「白石さんは、あなた方親子に昭和という時代を見ていたんです。家族の距離が近く、寄り添いながら生きていた頃のね。だから、こんなにあなたの姿をカメラに収めている」

白石のアルバムを開き、保の方へ向きを変えた。

「こんなの、いつの間に」

「いい写真です。白石さんの実家は写真館で、父親はそこのカメラマンだった。素質《そしつ》があるのでしょうね、彼の腕も相当なものだと素人目《しろうとめ》には映ります。いかがですか」

「よく分かりません。けど、お父ちゃんってこんなに笑ってたんだって、思いました」

「そんな写真より、白石さんは、あなたのお父さんが撮った写真の方がいいんだと言う。こんなちっぽけなカメラで撮ったのに」

野球ゲームの上に乗っているレンズ付きフィルムの写真があるページを開いた。

「思い出を置き忘れていくなんて？」保が声に出してキャプションを読んだ。

「そうです、こんな大事なものをどうして忘れていったんですか」

「あのとき……、ぼくが……」

「どうしたんですか」

「今日で最後になると聞いて、それじゃもう一回野球ゲームをしようって言ったんです。ぼくが勝ったら家に戻って欲しいって頼みました」

「お父さんはそれを約束したんですね」

「ええ。いつもはぼくが勝っていたから……。でも、そのときに限って大差がついて、もう負けが確実だった。だからぼく悔しくて、野球ゲームの最中なのに、その場から走り去ったんです」

保はそのまま遊園地のゲートを出て行った。それを父親が追いかけてきたのだという。

「大嫌いだと叫びました。お母ちゃんの方が好きだって。そしてぼくは保育園に帰るって泣いた」

「で、お父さんが保育園まで送って行ったんですね」

保は大きくうなずいた。

「そうでしたか。じゃあお父さんとはそのまま？」

「実はぼく、なんであんなひどいことを言ってしまったのかと、ずっと気にしてたんです」

「あなたはお父さんが好きだったたんですね」

「で、お父ちゃんは、どうしてますか」

「再婚して家庭を持っています」

佳菜子がまた浩二郎を見た。言わなくてもいいのに、という目だ。

「何だ、そうですか」

「がっかりしましたか」

「いえ、別に。そんなもんだろうと」保は少し顔をしかめた。

「牧村さん、お父さんを恨むのはお門違《かどちが》いだ。少なくともこのとき、あなたに愛情を注《そそ》いでくれていたんだから。でないと、こんないい写真、撮れません。愛情のたっぷり映り込んだ写真を見て、大勢の親子が来園する。それを白石さんは望んでいる。間違いなくここに存在しているのは、お父さんのあなたへの気持ちだ。それに嘘はないと私は確信している」それだけ言うと浩二郎は伝票を持って立ち上がり、レジへと向かった。彼の顔の映った写真だけ置いて――。

保から浩二郎の携帯電話に連絡が入ったのは、その夜だった。白石に会う気にはなれないが、ポスターに自分の写真を役立てて欲しい、と。

第二章

大芝居を打つ男

1

その日の朝礼は、十分早く始まった。

「今日から探偵見習いとして、ここで働いてもらうことになった、平井真《ひらいまこと》君です。平井君、自己紹介を」

十二月に入った最初の月曜日、浩二郎《こうじろう》が真を紹介した。

浩二郎に促《うなが》されて立ち上がった真は、顔色が良くなかった。風邪《かぜ》でもひいているのだろうか。飯津家《いいづか》に負けず劣らず、細身で長身なだけに、どことなくひ弱に映る。

浩二郎は心配そうな目を真に向けた。

「時間に間に合いそうになかったので、こんな顔ですみません」真はうっすらと髭《ひげ》の生えた顎《あご》を撫《な》で、「探偵の勉強をさせてもらいます、よろしくお願いします」それだけ言って、丁寧《ていねい》にお辞儀《じぎ》をした。

浩二郎が、由美《ゆみ》と佳菜子《かなこ》、そして三千代《みちよ》を紹介した。

すると由美が、「平井君、お医者さんになるまでの腰掛けと思てたら、勤まらへんよ。ここは学校とちゃうんやから」と、真に対して抱《いだ》いていた不安を口にした。

「大変なのは実相《じっそう》さんからもお聞きしています。でもぼく、勉強したいんです」そう言って真は席に着いた。

「そやから、勉強する以上、一人前になってもらわんとあかんの。分かる？」

「一人前、ですか。いま言えるのは、医者になるまで三年はここに……」

真が言ったのは、面接時に浩二郎が出した入社の条件だった。

「浩二郎さん、三年てどういうことですのん？」由美が浩二郎を見た。

「最低でもそれくらいいて欲しいという意味で、言ったんだ」浩二郎が由美に説明した。

「ええっ、そんなんで一人前の探偵になれますか」

由美の射るような視線が浩二郎に向けられた。

「それは当人の努力次第じゃないかい」真をちらっと見て答えた。

「それはそうですけど。三年で辞《や》めるて決めてしもて、努力できるんやろか？　そやから学校とちゃうて言うたんですけど」

「三年って、本当に何だか高校みたいだ」真は髪をかき上げ、笑《え》みを浮かべて由美を見た。

「笑い事やないえ」由美が睨《にら》み返す。

看護師時代に接してきた、軽薄《けいはく》な研修医を思い出したのかもしれない。

「まあ平井君も実際の事案を知らないんだから、ピンとこないのも無理はないだろう」由美と真の双方を見やりながら言った。

由美が思い出探偵という仕事に懸ける想いを、浩二郎は十分知っている。しかしそれと同じ気持ちを真に持たせることは難しい。

浩二郎が三年という期間を条件に出したのには、訳がある。人の思い出探しに奔走《ほんそう》することにやり甲斐《がい》を見出すことができない者は、一年も続かない。三年間一緒に汗を流せる人間は、この仕事の意義をよく理解できているはずだ。

そうなれば、たとえ医者になったとしても、外部スタッフとして協力関係を結ぶことができる。

それに、飯津家からどうしても思い出探偵社で人間というものを学ばせて欲しい、との再三の依頼があったのも気になる。

「恩人のお孫さんなんだ」と飯津家は言うが、普段は飄々《ひょうひょう》として物事を達観《たっかん》しているところのある飯津家が、それだけの理由で真にこだわるのが不思議でならなかった。

きっと何かある。

「とにかく三年間はここでみんなと一緒に汗を流してもらう。そう飯津家先生とも約束を交わしているんだ。平井君、その間はこちらの方針に従ってもらうよ」浩二郎はきっぱりと言った。

「そういうの苦手《にがて》なんですが……。頑張《がんば》ります、と言うしかないでしょう」

「ちょっと平井君」

由美が立ち上がった。真の他人事《ひとごと》のような口調が引っかかったのだろう。

「由美君、今日のところは……」手のひらを由美へ向けて彼女を制止した。紅潮《こうちょう》した顔の由美は、いまにも飛びかかりそうな勢いだったからだ。

「やっぱりこういう人がいるんだ……」つぶやきが真の口から漏《も》れた。

その言葉を由美は聞き逃《のが》さない。

「ちょっとあんた」由美は席を立ち、真の傍《かたわ》らへ近づく。

「だから、由美君」二人の間に浩二郎が割って入った。

由美は相当頭にきている様子だ。身体《からだ》から熱気のようなものまで感じる。

「浩二郎さん、この人の態度はあんまりやないですか」

怒りの矛先《ほこさき》を浩二郎へ向けかねない鼻息だ。

「分かった。分かったからひとまず席に着いてくれ」ここはなだめるしかない。

「はじめが、肝腎《かんじん》やから」由美は腰に手をやり、椅子《いす》の背にもたれかかっている真を見下ろした。

「平井君、まずは謝るんだ」と浩二郎が言ったが、真は面接のときと同じように黙り込んだ。「聞こえないのか」もう一度言った。

「………」

「ちゃんとこっちを見るんだ」

ようやく真は、顔だけをこちらに向け、「人の目、あまり好きじゃないんです」と小さな声で言った。

「それじゃ人から話は訊《き》けない。思い出というのは、とても個人的なものだ。しかも心の中にあるものなんだ。それを話してもらうことは、いわば腑《ふ》分《わ》けにも似ている。オペをする医師に信頼を寄せていない患者ほど不幸なことはない。それは医師を志す君には分かるだろう。目と目を合わせて話すことは、信頼構築の第一歩なんだ」

「……分かりました」真は、ようやく浩二郎の目を見た。

「とにかく謝るんだ」

「どうも申し訳ありませんでした」真は座ったまま、小さく頭を下げた。

朝礼が終わって由美は怒ったまま放送局へ、佳菜子は市内の聞き込みに出た。三千代は慰《い》安《あん》旅行の打ち合わせに旅行代理店へと、それぞれが行動を開始した。

「平井君、君に聞きたいことがあるんだけれど、いいかな」浩二郎は、真と二人きりになったのを見計らって、応接セットに座らせた。

「はい……？」

「確認なんだが、君は本当に、ここで働く気があるのかい？」穏《おだ》やかに尋《たず》ねた。

「正直言いますと、まだ気持ちが揺らいでいます。強く祖父から行けと言われているし、飯津家先生も熱心に勧めてくださるので」真は、また目をそらすようになっていた。

「周りの人に気を遣うのは分かるけど、やはり自分の気持ちが大事なんだ」

「思い出には興味があるんです。それは確かなんです」自分の言葉を嚙《か》みしめるような言い方を真はした。

「分かった。じゃあ、どうして興味があるのかな？」子供を相手にするような訊き方になった。

「臨床《りんしょう》に役立つのではないか、と」

「うん、臨床の何に役立つと思うんだい？」

「直接ではないですけど、患者と上手く話せるようになると思います」

「話せるようになることも大事だが、ここは君の研修のための施設ではない。依頼人からはお金を頂戴《ちょうだい》するんだ。君はその対価に見合う働きを要求されていることを忘れてはならない。いいかい？」

「腑分けなんでしょう？　要は気持ちの解剖《かいぼう》みたいなものですよね。解剖学は嫌いではありません。特Aだったから」真は笑みを浮かべた。

「解剖か。平井君、君にとって印象に残る思い出ってなんだ？」

解剖だと考えるのも結構だ。だが、人間の心はメスでは開けない。浩二郎は、真の思い出に対する考えを聞いてみたかった。

「思い出、ですか」真は黙って考え始めた。

「思い出にこだわりを持つというと、後ろ向きだと思うかもしれないね。しかしこんな経験はないかい？　たとえば山に登っていて、大変な思いをして八合目までたどり着く。もうそこに頂上が見えているんだけれど、疲労困憊《こんぱい》で動けない。そんなとき登ってきた道を振り返る。険《けわ》しかった山道をね。すると不思議にまた力が湧いてくる。つまり前を見るために振り返るんだ。そうだね、じゃあ楽しかった思い出に限定しようか」

思い出だけでは広範《こうはん》すぎる。

「楽しかった……思い出」真は腕を組んだ。

楽しい思い出を思い起こしているはずなのに、表情は悲しげでさえある。

「そう難しく考えなくてもいいよ。気楽に」助け船を出した。

「いい思い出ですよね」

「うん、思いつかないかい？」

「ちょっと待って、待ってください。いま、いますぐ思い出しますから」真はとても慌《あわ》てた様子で浩二郎の目の前に、両手を差し出す。

何も言わないで欲しいという意思表示のようだ。

「楽しい、楽しい思い出は。確かぼくが子供の頃に両親と一緒に海へ行ったことが……いや、これは楽しくなかったんだ。海じゃなく、冬山にスキーを」身体を揺すって、独《ひと》り言《ごと》をつぶやく。

真は真剣に楽しかった思い出を探している様子だが、どうやら見つからないようだ。

「平井君、質問を変えよう。君が医学部に合格したときの気持ちを教えてくれ」

「大学に合格したとき、そんなに嬉《うれ》しくなかったんです。ちゃんとぼくにもあったんです、実相さんに話せるような楽しい思い出が。それをいまお話ししようとしていますので、少し待ってください」真はそう言ってうなだれ、再び考え込んだ。

「邪魔するで」

そのとき、玄関のドアを開けて茶川《ちゃがわ》が入ってきた。

「邪魔なら、しないでください」頭を抱《かか》えたまま、真が言った。

「あら、すんまへん。お邪魔でしたか」首を引っ込めて茶川が謝った。

「ああ、茶川さん、いらっしゃい。彼はクライアントではないんです。今日からうちにきてくれることになった平井君です」浩二郎は恐縮する茶川に言った。

「なんや新人さんかいな、いきなり邪魔するな言われて、びっくりした」

「平井君、こちらは、うちがお世話になっている元科捜研《かそうけん》所長の茶川さんだ」

「すみません、考え事をしてたもので。ぼく平井真と言います、よろしくお願いします」

座ったまま真が会釈《えしゃく》した。

「ごっつ顔色悪いな」茶川がうつむく真の顔を覗《のぞ》き込んだ。

「あのう実相さん、思い出しかけてるんですが……」と真が浩二郎を見た。

「平井君、もういいよ」

浩二郎の言葉が聞こえないのか、真はうつむいたままだ。

「平井君？」もう一度呼んだが、真は耳をふさいだ。

「ぼく、今日は早退してもいいでしょうか」青い顔で真が尋ねる。

「なぜだ？」

「体調が良くないんです」それだけ言うと、鞄《かばん》を手にした。

「待つんだ平井君。別に思い出せなくてもいいんだよ」自分の思い出を探せなかったことを気にしていると思った浩二郎が声をかけた。

「いえ、そうではなく。ちょっと寒気《さむけ》もしますので、すみません」と謝ると、真は飛び出していった。

「何や、あれ？」真の背中を見ていた茶川が、ハの字眉毛《まゆげ》の顔を浩二郎に向けた。

「いや。風邪でもひいたんでしょう」

「今日が初日か？」

「ええ。飯津家先生からの紹介なんです」溜《た》め息《いき》混じりに言って、茶川をソファーへ座らせた。

「ああ、何やそんなこと言うてたな。飯津家はんやったらまあ見る目はあると思うけど。ちょっとひ弱そうやな」

「これからです。医学部を優秀な成績で卒業して医師免許も取得しているんですよ。飯津家先生に、優秀な人材であることは保証する、自分の恩人の孫だから頼む、と頭を下げられましてね。期待はしているんです」

「浩二郎も甘いな。カトンボのおっさんに騙《だま》されたんとちゃうか。免許がありながら医者にならへんのは、人間的に何か問題があるんやないか」

「飯津家先生がうちへ預けたいと思われたのには、その辺に理由があるのかもしれませんせん」

「さよか。まあ引き受けた以上、戦力になるまで育てるしかないやろけど」茶川は、浩二郎より深い溜め息をついた。

「時間がかかっても一人前に育って欲しいですね」

「雄高《ゆたか》君の抜けた穴は、そう簡単に埋まらんで」

「それは、茶川さん仕方ないですよ」

今の段階で、真を雄高と比べる訳にはいかない。

「けど雄高君はどないしてるんや」

「彼なりに頑張ってます」と言ったが、このところ目にする時代劇に出演している雄高は、台詞《せりふ》の少ない役が多かった。

「わしが映画監督やったら、絶対主役にするんやけどな」茶川は両手でカメラを持って撮影する格好《かっこう》をした。

2

テレビ時代劇『素浪人《すろうにん》・斬月進九郎《ざんげつしんくろう》』の第三回での本郷《ほんごう》雄高の役は、宿場《しゅくば》のやくざ者に雇われる用心棒だった。

町の二大やくざ組が、川の渡しの利権を巡って抗争を繰り返しているところへ、主人公の進九郎が現れる。この進九郎の首には千両がかかっていた。

雄高が出るシーンはオープニングで、いかに進九郎の腕が立つのかを示すために用意されたものだ。

「その首、もらった」台詞はそれだけだ。

役どころは居合《いあ》い抜きの達人であるが、太刀《たち》を抜いた瞬間に進九郎が身を翻《ひるがえ》し、二の太刀を打ち込む前に抜き胴で斬られる。

「居合いか。抜いてしまえば怖《こわ》くはない」と進九郎の台詞を悶絶《もんぜつ》しながら聞き、雄高は後ろ向きに倒れる。

エビ反《ぞ》りになったまま、肩胛骨《けんこうこつ》から地面へ落ちたところで、監督のカットの声がかかった。

「よかったよ、本郷ちゃん。いつもながら居合い抜きがすばらしい。仏倒《ほとけだお》れも一発テイクや」監督の若槻《わかつき》はそう言って、次のシーンを撮《と》る場所へと移動していく。助監督、照明、カメラなどのクルーも若槻の後をぞろぞろと付いていった。時計は午後四時半を回っている。

日の沈むのを待って雄高は着替え、今度は台詞のない渡し船の船頭《せんどう》役の準備にかかる。太秦《うずまさ》にある京都撮影所には江戸の町がオープンセットで再現されているが、今夕は大覚《だいかく》寺《じ》の境内《けいだい》を借りてカメラを回していた。

地面が固く、まだ肩胛骨がじんじんと痺《しび》れていたが、泣き言は吐《は》けない。役をもらえるだけでもありがたかった。

二年二カ月前に大物俳優の付き人として、大河ドラマの現場に入った。そのときに大勢のスタッフや俳優に名前を覚えてもらって、ようやく去年、付き人ではなく一俳優としてオファーがくるようになった。といってもたいした役ではない。

剣道で磨いた太刀さばきを買われて、殺陣《たて》に参加できるがちょい役、船を扱うのが上手《うま》いということで船頭役が主だ。その他はエキストラか、主演男優のスタントをこなす毎日だった。

辛《つら》くないといえば嘘になる。すでに三十五歳という年齢だけに、一日でも早く俳優ですと胸を張れるようになりたいという気持ちは強い。

しかし焦《あせ》っては何もよくならない。目の前にある役に全力で取り組むことだけを心掛けてきた。その結果、自分の一所懸命さが、認められているのではないか、という感触を持ち始めている。

それは監督や助監督から掛けられる言葉が、如実《にょじつ》に変わってきていたからだ。無視され続けたこともあったし、その時期を過ぎると罵声《ばせい》を浴びせられることも度々《たびたび》あった。けれどいまは褒《ほ》められることの方が多い。とくに辛口《からくち》の監督からの褒め言葉は励《はげ》みになった。

ワゴン車に戻り、船頭の扮装《ふんそう》をして駆け足で大沢池の畔《ほとり》に向かう。

月がきれいに見えている間に、クライマックスである悪代官と庄屋の娘の乗る屋形船《やかたぶね》に主人公が泳ぎ着くシーンを撮る。この悪代官には凄腕《すごうで》の用心棒が付いていた。

用心棒役は、大部屋から出発して、いまは台詞のある斬られ役の代表格と言われるようになった佐内忠《さないただし》だ。雄高が尊敬する俳優の一人である。

雄高が無視され続け、心底やる気を失っていた折、佐内に愚痴《ぐち》をこぼしたことがあった。

「きっと誰かが見ていてくれる、なんてことを信じていた訳じゃあるまい」開口一番、佐内の言った言葉だ。

辛くとも一所懸命頑張っていれば、誰かの目にとまるだろうと思っていた心中を見透《みす》かされたようだった。

「じゃあ、誰も見てないとおっしゃるんですか」

「見てなかったらどうだというんだ。見ててくれることを期待しているから頑張るなんて卑《いや》しいな」

「卑しい……。ぼくは、誰も見ていないところでも頑張ってきました」

「なら、見ていようといまいと関係ない。少なくとも本郷、お前自身がしっかりと見てるじゃないか」佐内がそう言って笑った。

それから雄高は、真に人の目を気にしなくなった。本当に誰も見ていないところでひたすら自分のできることをやり続けた。その結果が、いま佐内と同じ撮影現場に雄高を立たせていた。

斬られた佐内が、屋形船から落ちる演技、その息づかいを間近で感じられることが嬉しい。

佐内の斬られる様は、時代劇が好きな者にはたまらなく美しく見える。斬られ役は主役より背が低くなければいけない、と教えてくれたのは佐内だ。そういう佐内も雄高と同じく長身だ。

彼は低く見えるように、常に腰を入れて、なおかつ膝《ひざ》をくの字に折り曲げていた。

だが斬られた瞬間だけ、伸び上がる。そのため大木が倒れるような迫力が生まれた。さらに倒れる刹那《せつな》に、実際に太刀が身を斬ったのではないかと思うくらい切《せつ》ない表情を見せる。

その瞬間を佐内と息のあった照明監督の木俣荘吉《きまたそうきち》が、月明かりに見立てた照明で最大限に生かすはずだ。

木俣の照明は役者の深みを照らし出すと言われている。しかしその照明には怖さもあった。役者に人間の深み、厚みがないと彼の照明に飲まれてしまうことだ。

照明に飲まれるというのは、木俣自身の光の演出によってのみ輝いている状態のことを指す。つまり照明の演出なくしては、何も輝かない役者だということになる。

そんな役者の場合、並みのライティングの下ではどうなるか。そのとき初めて、役者の素《す》の力量が露呈《ろてい》してしまうのだ。同時に木俣の照明の凄《すご》さも痛感する。

そういう意味で今夜の撮影の、役者と照明監督、そして撮影監督は、文句の付けようがない玄人《くろうと》たちの集まりということになる。

やや興奮気味の雄高は、船に乗り込み棹《さお》を握っていた。

十二月の船のシーンで困るのは、冷え込みが船底からひしひしと伝わってくることだった。屋形船の中にいる俳優たちは撮影直前までカイロで手足を温めていられるが、船頭は裸足《はだし》だ。

船着き場で少し待っていると、娘役の女優と悪代官、そして用心棒の佐内が船に乗り込んだ。それから待つこと五分少々で、主役の進九郎がやってきた。

池の畔から、二台のチューリップ・クレーンでカメラと照明が俯瞰《ふかん》で狙っていた。一台には若槻とカメラマン、もう一台には木俣が乗っている。

拡声器で若槻のスタートが告げられた。

雄高は、水面に示されたライトの光輪《こうりん》を目印に船を漕《こ》ぎ、そこで停止させ碇《いかり》を下ろす。舳先《へさき》に腰掛け、おもむろにキセルを吹かしたところでカットの声がかかった。

「次は屋形船内部、影のシーンだ」若槻がクレーンを下げろと、畔にいる助監督に指示した。

それを受けて助監督が、拡声器を使って、「次は屋形船に泳ぎ着いた進九郎が、濡《ぬ》れ鼠《ねずみ》のまま丸腰で立つシーンから始まり、屋形の外で見張っている用心棒が進九郎に気づき、斬り合う。そして用心棒が斬られて池へ転落までの撮影に移ります」と、そこにいる全員へ説明した。

屋形船の中から船尾の障子《しょうじ》越しに映し出される進九郎の影を撮るために、カメラマンと監督が別の船から乗り移った。

そこでワンカットを抑《おさ》えておいて、濡れ鼠の進九郎の姿を足下《あしもと》からカメラで嘗《な》めて、顔のアップ。木俣はクレーンに乗ったまま、月光になりきり照明を当てていた。

代官が娘を手ごめにしようとするとき、用心棒は気を利《き》かせて屋形の外へ出ようとした。と、その瞬間進九郎に気づき、刀の柄《つか》に手をやり障子を開ける。

障子が開くのと同時に進九郎の腕が用心棒の柄にある手を摑《つか》んだ。それを振り払い、抜《ばっ》刀《とう》すると用心棒が外に出る。

進九郎は用心棒の太刀を諦《あきら》め、身を翻すと当て身を喰《く》らわす。その当て身は用心棒の鳩尾《みぞおち》を狙ったものだが、打撃が目的ではなかった。

空《くう》を切り引き戻す拳《こぶし》は、用心棒の脇差《わきざ》しを引き抜いた。

船上の斬り合いになった。山形という殺陣の形になって鍔迫《つばぜ》り合いをする顔のアップを抑えた後、進九郎が船尾の最後方に飛び退《の》きざまに、真っ向斬りを見せた。

「うわっ」とのけぞると同時に、佐内扮《ふん》する用心棒は手にした血糊《ちのり》を額の真ん中へ吹き付け、悶絶しながら池の中へ頭から飛び込んだ。

「カット。OK」若槻が叫んだとき、上から木俣の怒鳴《どな》り声が大沢池に響いた。

何を言ったのかよく分からなかった。

「俣《また》ちゃん、どうしたの？」若槻がクレーンに向かって訊いた。

年上で、撮影所の生き字引と言われる木俣には、若槻も一目《いちもく》置いている。

「監督すみません」と断って、「あかん、今日の佐内はなってない。監督、あんなんではあきません」木俣はクレーンから乗り出さんばかりの格好で叫んだ。

その様子に雄高は驚いた。厳しさでは有名な木俣だったが、佐内の演技に文句をつけたのを目にしたことはなかった。

「すみません」佐内はスタッフの漕ぐゴムボートに、上半身を載せたままの姿勢で謝った。

　そんな佐内も見たことがない。たとえ謝るにしてもきちんと監督の前で姿勢を正し、丁寧に頭を下げる。もっとも雄高が、佐内のダメ出しされるところに居合わせたのは、これまで二度しかなかった。

「それじゃ身体を乾かして、もう一度撮り直そう」

　一旦《いったん》スタッフたちは池から引き上げて、ガンガンで暖《だん》を取ることになった。ガンガンは石油の一斗缶《いっとかん》で薪《たきぎ》を燃やすだけの粗末《そまつ》なものだけれど、これが寒い撮影現場ではありがたい暖房器具だった。電気ヒーターでは、スタッフみんなで囲むガンガンほど暖まる気はしない。

　佐内はバスタオルで全身を拭《ふ》き、着替えるためにワゴン車の中へ入った。その後、身体を暖め、メイクを直してもらうことになっていた。

　普通大部屋俳優にメイクが付くことはない。通常は羽二重《はぶたえ》を巻き、ズラを被《かぶ》って、眉は自分で書き入れる。

　雄高も慣れないうちは、眉を左右対称に描けなかった。仕方なくしかめ面《つら》を作って、無理やり眉の位置を合わせたことが何度もある。

　ただしメイクがついてくれる場合がある。それは特殊なラテックスで顔に傷跡を作る場合や、今夜のように水に飛び込むシーンのあるときだ。

いくら斬られ役が名人芸の持ち主であっても、メイク直しのために他の役者の時間をロスさせることは許されないからだ。

「そんなによくなかったんですか?」隣でガンガンに手をかざしていた町娘役の杏菜《あんな》さゆりが、小声で訊いてきた。

「ぼくからはほとんど見えないんで、分かりません。ですが木俣さんが言うんだから、しっくりいかなかったんでしょうね」雄高も小声で答えた。

「そうですか。木俣さんって怖いんでしょう?」

「厳しい人です。でも後で考えると、やっぱり木俣さんの方が正しいことが多いんです」

とさゆりの顔を見た。

さゆりは二十歳で、十四歳のときモデルでデビューし、二年ほど前から女優として頭角《とうかく》を現していた。有名な清涼《せいりょう》飲料水などのテレビコマーシャルで人気を博し、その後時代劇映画でくノ一を演じたことがきっかけで、テレビ時代劇「素浪人」シリーズに抜擢《ばってき》された。

そんな彼女は、雄高たちのような、毎日何らかの役を求めて掲示板の前に陣取り、撮影のスケジュール表とにらめっこする類《たぐい》の俳優が存在することなど知らないだろう。まして や、朝から晩まで働いても日給一万円に届く日も少ないという待遇《たいぐう》だということも。

ただ彼女たちにしても、抜擢されたことが良かったかどうかは分からない。東京で活躍するタレントを抱える事務所のマネージャーの中には、時代劇のプロデューサーから声が掛かるのを好ましく思わない者もいると聞く。

それは時代劇そのものの人気の陰りと、ファン層に偏《かたよ》りがある上に、撮影のたびに京都へ出張させなければならないからだ。

劇場用映画なら一時的ではあっても宣伝効果なども期待できるが、テレビとなるとそれもそれほど望めないという。さらに和装が似合えば、それなりにタレントの幅も広げることができるのだが、現代っ子のプロポーションではなかなか様にならないのだ。

確かにさゆりもお腹に何枚もタオルを巻かれ、着物を着ていた。寒さ対策にはなるが、太く見えるから嫌だとふくれていたと、衣装さんが漏らすのを耳にしていた。

「そうなんですか。嫌だな、あんな風に怒られるの」さゆりは着物の袖口を摑んで大げさに身震いしてみせた。

「だけど佐内さんに限って、そんなに大きな失敗をやらかしたとは思えないんですけどね」

現に監督の若槻はOKを出していた。つまり若槻からすれば合格の演技だったということになる。木俣が言下に否定するほど悪くなかったはずなのだ。

「傷ついちゃいますよね」焚《た》き火の明かりが揺れて、さゆりの表情が泣き顔のように見えた。

「厳しいことを言うときもありますが、気持ちは温かな人ですよ。ただいい時代劇を作ろうっていう思いが強いんです」

「あなたも、怒られたことあるんですか？」

「もちろん。もっと、こっぴどくね」と微笑《ほほえ》んだ。

彼女は雄高の名前は知らないようだ。

それはむしろ当然だった。オープニングで斬られ、クライマックスシーンでは船頭として船を漕いでいる端役《はやく》の名前など、スタッフリストにはあっても台本には載っていない。

「時代劇って変わってますよね。監督さんが、カメラさんとか照明さんに気を遣ったり」

「昔からのスタッフは、時代劇を知り尽くした人ばかりですし。ぼくは日本文化の担《にな》い手なんだと思います」

「私、自信ないなあ」さゆりはうつむいた。着物の裾《すそ》から防寒靴《ぼうかんぐつ》が覗いている。

「しかし遅いな、佐内さん」

雄高がそう言った直後、助監督がガンガンに向かって走ってきた。そして言った。「おい本郷、佐内さんに、もう着替えなくてもいいですって言ってこい」

「どういうことですか？」

「木俣さんが監督に、あんなんでは何遍《なんべん》撮ってもものにならない。明後日《あさって》の晩に取り直すって言い出した」

「明後日の晩、ですか」

クライマックスとはいえ、随分時間を置くものだ。

「頭を冷やして取り直さないと無理だって、木俣さんが頑として聞かない」

「そんなに良くなかったんですか、今夜の佐内さん」

「それほどには……。しかし木俣さんがあそこまで言うのは、よほど佐内さんの月光に照らされた表情が気にくわなかったんだろうな。とりあえず明日、明後日の佐内さんのスケジュールはすべてキャンセルすべきだって、若槻監督に言ってたよ。相当荒れてるからお前らも気をつけた方がいい」

「分かりました」雄高は、その旨《むね》を伝えにワゴン車の方へ駆けていった。

「佐内さんが、いないんです」雄高はワゴン車から飛び出すと、打ち合わせをしている木俣と若槻に報告した。

「いない？　その辺も探してみたのか」若槻が訊いた。

「はい。探しましたが、どこにも見当たりません」

「用でも足しに行ったんじゃないですかね」助監督が軽い調子で言う。

「あの馬鹿、何をしてやがんだ」忌々《いまいま》しげに言ったのは木俣だった。

「もういい。どうせ撮りは明後日の晩だ。放っておけ。今日は全員撤収《てっしゅう》だ」若槻が助監督に指示をした。

そう言われたが、もう一度雄高は近くにいたカメラマン見習いと共にワゴン車とその先の寺のトイレなどを見て回った。しかし佐内の姿は、どこにもなかった。

他の役者たちが市内のホテルへ戻っていくのを尻目に、さらに二時間ほどかけて、大沢池の周り、大覚寺の境内をくまなく探したのだが、やはり佐内を見つけることはできなかった。

佐内のアパートにも立ち寄ったが、部屋は真っ暗で帰ってきた様子もない。

仕方なく雄高は、撮影所の大部屋で佐内の帰りを待つことにした。撮りが明後日に変更されたことや、それまでに入っているスケジュールの調整など、伝えなければならないことがたくさんあるからだ。

同じ「素浪人」シリーズに出演しているが、大沢池の撮影現場にはいなかった大部屋の先輩俳優、琴平君弘《ことひらきみひろ》が佐内の戻るのを一緒に待ってくれた。

「携帯鳴らしたんやけど電源が切ってあるんやろなあ、応答なしや。ロッカーからも聞こえへん、置いたままちゃうかと思うんやけど。おお寒《さ》っぶ」チンピラ風の着流しからどてらに着替えた琴平が電気ヒーターの前に座る。

「そういえば携帯、いつもしまってるのロッカーですよね」ジーパンにセーターの雄高が訊いた。

「そら我々クラスの役者が、現場に携帯電話なんか必要ないさかいな。邪魔になるだけや。それは佐内さんかて同じやろ。ロッカーには鍵《かぎ》がかかってるし、確かめられへんけどな」

「では、連絡を取る方法もないってことですね。今日のことはともかく明日、明後日のスケジュールがすべてキャンセルになったことを伝えないと」

「しかし佐内さんクラスが、木俣さんの雷くらいで、なんで逃げ出したんやろ。怒られ怒鳴られて、それに耐えてこそいまの佐内忠があるんやのになぁ」生粋《きっすい》の京都育ちの琴平がミカンを剝《む》き、口へ放り込んだ。風邪気味で熱があるからと、しきりにミカンをほおばる。

琴平の言葉に思い出したシーンがあった。雄高がまだ思い出探偵と二足の草鞋《わらじ》を履《は》いていた時期だ。映画『蒲田《かまた》行進曲』で有名になった池田屋階段落ちを、佐内がやったことがある。ただし助演俳優のスタントだ。

実際の池田屋は五メートルほどの高さしかなかったといわれているが、見せ場のセットの高さは十二メートルで急勾配《きゅうこうばい》の階段が組まれていた。誰もが尻込みする中、佐内が手を挙げた。

佐内も雄高も「東映剣会」に所属していなかったため、殺陣の中でも端役しか当たらない。しかし階段落ちは、助演のスタントでも主役級の扱いを受けるからだ。彼は撮影所に佐内ありというところを見せようとしたのだ。

その現場は、悲惨の一言につきる修羅場《しゅらば》が続いた。リハーサルを含めて佐内が階段を転げ落ちた回数は、三度に至った。それもプロテクターを装着せず、本番に近い衣装で佐内は挑んだ。スタントマンでも、プロテクターを付けず後ろ向きに階段を転げ落ちることはない、と言って止めたほど危険な芸当だった。

にもかかわらず、そのリハーサルの二回目に監督が、一度目よりも思い切りが悪い、と叱責《しっせき》したのだ。現場にいた全員が、耳を疑った。

後で分かったことだが、監督としては本番でプロテクターを装着させたい一心で怒鳴ったということだった。

それにしても、二度目の階段落ちで意識が飛んだ佐内へ向けられた怒号《どごう》は、いまも耳に残っている。そんな体験をした佐内が――。

「だいたい、撮影を中止させるなんて、あり得へんわな」琴平はビニール袋に入ったミカンをまたひとつ手に取った。

「ぼくもそう思います。どう考えても佐内さんが逃げ出すなんてあり得ませんよ。撮影日まで変更することないじゃないですか、木俣さんも」

「本郷、それはちゃうで。結果論でいうと木俣さんがスケジュールを変えたように見えるけど、佐内さんが消えた瞬間から今晩の撮影は終わったも同然や。むしろ佐内さんが姿を消したことがみんなに分かる前に、撮影延期って言うてくれて良かったくらいや」そう琴平が言って、「本郷はん。一個、百円でどうどす？」と舞妓《まいこ》のように科《しな》を作って、ミカンを手のひらに載せた。

「百円はちょっと高いんじゃないですか」ふくれてみせる。

「ほな、流行《はや》りの九十九円でどうどす。甘くて美味《おい》しおすえ」琴平がミカンに顔を寄せて微笑んだ。

「一円しか安くなってないですよ」

「このところ景気悪いのに無理して買《こ》うたんやで。貴重なビタミン源や」

今度はミカンでお手玉をする。

「景気が悪いのは認めますけど」

大部屋俳優の数が減っているにもかかわらず、役が回ってこない。時代劇を撮る本数も減少しているためだ。

そのくせ劇場映画版時代劇は大作主義で、とたんに殺陣のできる人間が足りなくなる。需要と供給のバランスが崩れている証《あかし》だ。

「けど、わしなんか、特別手当入らへんねんで」

「はあ」何の事かピンとこなかった。

「身体を張った過激なのは、みな本郷ちゃんが持っていかはるさかいな。危険手当もトンとご無沙汰《ぶさた》ですねんわ」お手玉をやめて雄高を見る。

「ぼくは、ただ……」

「冗談や、ほんまに本郷は生真面目《きまじめ》やな。生き残りをかけてるんやから、みんな必死で当然。恨《うら》みっこなし」琴平が笑って、雄高の手にミカンを載せると、「時代劇の本数は減ってるけど、絶対になくならへん。わしはそう信じてる。そやから三、四十代のわしらがしっかり引き継がんとあかん。歯を食いしばって頑張ろうや」と険しい顔つきに変わった。

「本当ですね。ぼくらが何とか踏ん張らないと」

雄高は礼を言ってミカンを剝いた。

「苦しいときこそ、小さなパイをみんなで分かち合うしかないさかいな。ほやけど、わしらみたいに四十代の役者はほんまに厳しい。身体がついていかへんもん。本郷の年齢が羨《うらや》ましいって思うで」琴平が溜め息をつく。

「でも、若いだけではね……。それにしても佐内さん、本当にどうしたんでしょうね」雄高も時計を見ながら溜め息をついた。

「そうや、佐内さんのスケジュールを確かめたんやけど、この一週間、彼がカメラの前に立たへん日はあらへん。中にはぱっと出てきてバサッと斬られてお終《しま》いちゅう役かてあるけどな。そやから明日の昼にはひょっこり戻るやろ。そのとき今日のこと伝えなしょうがないな」琴平がミカンを口へ放り込み、「けど、明後日の晩も池ぽちゃか。こんな寒いときに、同じ四十代としてわしゃ同情するよ。大沢池の水ってこの季節、異常に冷とう感じるさかい」と鼻を啜《すす》った。

「そもそもダメ出ししたのは木俣さんだけです。監督がうまく編集でつないでくだされば、二度目の寒中水泳は回避できたかもしれません。でも逆に佐内さんが許さないでしょうけど」

「本郷、お前まだ木俣さんの怖さ分かってへんわ。昔は世界的な監督の撮影まで止めたらしいで。おお怖っ。わしらも気ぃつけんといかんな」琴平は、大げさに身震いしてみせた。

「逆に言えば木俣さんに認められれば、本物だってことですよね」雄高は目を見開いた。

「そらまあそういうこっちゃけど。あかん、本郷も佐内さんと同じ穴の何とかや。四角四面では煮詰まってまうで。もうちょっと余裕いうか、柔らこうならな。案外佐内さんかて、どっかでお酒でも飲んで柔らこうなってはるんちゃうか」蛸《たこ》の物まね付きで琴平が言った。

琴平は暢気《のんき》なことを口にしつつも目は笑っていない。やはり琴平も、日頃の佐内の行動とは、かけ離れた行為だと思っているに違いなかった。

結局、雄高たちは近くの下宿に戻らず、大部屋で夜を明かした。

琴平は早朝から喫茶店《きっさてん》のアルバイトに出かけて行った。

雄高は立ち回りの打ち合わせをするためにオープンセットにいた。黒ずくめで、顔も映らない押し込み強盗の役だ。

セットの陰へ行き、日課である木刀の素振り三百本と柔軟体操で身体を温める。それだけはいくら徹夜明けでも欠かしたことはない。その日の体調を知るバロメーターでもあった。

自分の出番が近づいていたが、雄高は佐内のことが気がかりで仕方なかった。

午後一時にAスタジオで収録される隻腕《せきわん》の用心棒、それが佐内の役だった。すでにキャンセルされているだろうが、佐内にはまだ伝わっていないはずだ。オープンセットにいながら、何度もスタジオの方を見た。

もちろん中の様子を窺《うかが》い知ることはできない。

雄高は出番が終わると、スタッフに挨拶《あいさつ》を済ませAスタジオへ走った。

一目で佐内が戻ってきていないことが分かった。収録は終わりスタジオのドアが開かれていて、隻腕の用心棒が椅子に座っているのが見えたからだ。

そこには佐内とは似ても似つかない役者の姿があった。その日も、ついにその翌日も佐内は帰ってこなかったのだ。

素浪人シリーズの屋形船のシーンは、中堅《ちゅうけん》どころの俳優が代役を務め撮影は終了した。

次の日の夜、大部屋に松原武彦《まつばらたけひこ》が姿を見せた。松原は今はテレビドラマで助演俳優として活躍している。

「松原さん、お久しぶりです」松原に気づいた雄高が立ち上がって挨拶した。

松原の現代劇への転身は、時代劇をバックボーンとしている役者が成功した数少ない例だった。それだけに、時代劇に思い入れの強い役者からのやっかみが相当あったらしい。

同期の友人だった佐内が、それを心配していたのを雄高は知っている。

「おう雄高。佐内、戻らないんだってな」杏菜さゆりのマネージャーから聞いたのだ、と松原が言った。松原とさゆりは同じ芸能プロダクションに所属していた。

「もう丸三日になります。連絡もありません」

その間、雄高の知る佐内の立ち寄りそうな場所を探したことを松原に伝えた。

「撮影でダメ出し食ったんだって？」沈痛な面持《おもも》ちを向けてきた。

「それが原因かどうかは分かりません。ですが、その直後ワゴン車に着替えをしに入って、そのままいなくなったんです」

雄高は、自分が知っている範囲で佐内がいなくなった夜のことを話した。

「最近、何だかおかしいと思っていたんだ」雄高の話を聞いた後、松原が漏らした。

「何かお気づきの点があったんですか」

「まあな」松原が畳の上にあぐらをかいた。

雄高は正座する。

「電話があったんだ」滅多に連絡をしてこない佐内から電話があったのだという。

「役者って因果《いんが》な商売だなって言うんだ。脈絡《みゃくらく》がなかったんで、何かあったのかって訊いたんだよ」

「佐内さんは、どうおっしゃったんですか」雄高は身を乗り出した。

「いや別に、と言った。何が因果なのかって訊くと、お前の両親はこの仕事に賛成だからいいよなって」松原はちらっと雄高を見て続ける。「何を言いやがるんだって言い返した。うちだって最近、俺がテレビに出るようになってようやく認めてくれたんだ。それまでは秋田に帰って農業を手伝えってうるさかったんだから。そんなことを話してると、俺は斬られ役が性《しょう》に合ってるって言って切りやがった。何が何だか分からんだろう？　だけど妙に気になってな。だいたいあいつにしたって、おふくろさんから、立派にやりきるまで戻ってくるなって送り出されたって聞いてる。それほど反対されてるとは思えない」

松原はのど飴《あめ》を口に放り込んだ。以前、禁煙に躍起《やっき》になっていると聞いたことがある。

「ある意味、お母さんの言葉が背中を押してますよね」

雄高も、一人前になるまで鹿児島の土は踏まさん、と母が言ってくれたお陰で、父の反対を押し切って京都に出てくることができたのだった。

「そうだよ。おふくろさんにしちゃ、辛かったと思うぜ。佐内のおやじはあいつが子供の頃に蒸発してるからな」

「そうなんですか。ではお母さんを残して……。故郷はどこなんですか」

「それは聞いてない。言いたがらないからな。寒い地方だってことは何となく分かる。あいつ寒さに強いだろう」

「確かに。今回も大沢池の撮影でしたが、躊躇《ちゅうちょ》なしって感じでした」

「だろうな。とにかく弱音なんか佐内に似合わんよ。そう思うだろう?」松原は飴を口の中で転がした。

「ええ。その電話があったのはいつ頃ですか」

「五日ほど前だ。さゆりのマネージャーに俺のスケジュールを確かめていたそうだから、本当は何かを相談したかったんだと思う。そしたら今日になって三日前にいなくなったって聞いたから、飛んできて、あちこち心当たりを探していたんだ」

「まったくもって佐内さんらしくないですね。いつも黙々と木刀の素振りをしていて、自分の気持ちに迷いなんてない感じで」

役者としての佐内は、偏屈《へんくつ》で付き合いにくいと言わざるを得ない。しかし彼ほど自分に厳しく、少しでもいい殺陣を演じるために努力している役者は見たことがない。

雄高は、時代劇俳優として佐内を尊敬していた。

「俺も、あいつから愚痴のような言葉を聞いたのは、これが初めてだ。これは誰にも言っていないし、内密にして欲しいんだけど、俺がいまのプロダクションに移籍するとき、あいつにも声を掛けたんだ。いまよりも遥《はる》かにいい条件が提示されたが、あいつは靡《なび》かなかった。ばっさりと断ってきた。まさに袈裟《けさ》斬《ぎ》りって感じでやられたよ。そんな男さ」

「じゃあ、今回の行動にはそれ以上の何かがあったということですね」

「そういうことになるな。だから心配なんだ。俺も引き続き心当たりを探してみるが、雄高も何か分かったら教えてくれ」松原が飴の袋をジャケットのポケットにしまった。

「分かりました」

「頼んだぞ。じゃあ行くよ。これから練馬《ねりま》の撮影所に戻る。現代劇でも衣装やメイクに時間がかかるもんなんだ」

「これから撮影ですか」

時計を見ると、すでに最終の新幹線にしか間に合わない時刻だ。

「今日は徹夜だろうな。それじゃ頑張れよ」

大部屋を出て行く松原の後ろ姿は友を心配しているのか、不安げだ。

「お疲れ様です」雄高は松原の背中に頭を下げた。

衣装、メイクか。大沢池のロケに同行したメイク担当の森のことを思い出した。

あの夜、彼女は濡れ鼠になっていた佐内のメイクを直そうとしていたはずだ。つまり、佐内が姿を消す直前まで接触していた可能性がある。

雄高は、森に話を聞こうと大部屋を出た。

スタッフの控え室は別棟《べつむね》にあった。

中庭に出ると寒さが身に染《し》みる。十数メートルほどの距離だが、身体の芯《しん》まで冷気が染み込んでくるような気がした。大部屋の粗末な暖房でも大いに役立っていることを気づかされる。

スタッフ棟《とう》の窓を見ると明かりが点いている。それを確かめると、雄高は駆け足で建物に入った。

「遅くにすみません。森さん、入っていいですか」ドア越しに声をかけた。

「メイクを直すからって声をかけたのよ。そしたら気持ちを整えるので、自分が呼ぶまで一人にしてくれって」

佐内が着替えにワゴン車に入ったときの様子を、森はそう語った。

「確か森さんは、監督たちと一緒でしたよね」

「うん、ガンガンにあたってた」

「ワゴン車から一番離れた場所じゃなかったですか」

「そうね。気持ちの整理がついたら私の携帯に知らせるって言ってたから」

「じゃあ佐内さん、携帯を持ってたんですか」

琴平が言ってたように、普通大部屋俳優はロケに携帯電話など持っては行かない。まして佐内には、池に飛び込むアクションがあるのだ。だから琴平は大部屋のロッカーに携帯電話があると思っていたのだ。

「なるほど、携帯電話を持って現場に行くのはちょっと変ね」

「持って行ったとなると、撮影の間はワゴン車に置いていたんでしょうか」

「そうじゃないと、私に連絡のしようがないもの」

「佐内さんが、撮影現場に携帯電話を持ち込んだところなんて、見たことないんですが……」

「確かに、そうよね。なぜそのとき気づかなかったのかしら、私って大雑把《おおざっぱ》な性格だからダメね」森はかむりを振った。

彼女は長い髪を頭頂部でお団子《だんご》にしてまとめていた。その髪の中に櫛《くし》をいくつか差していて、役者の髷《まげ》を整えるときに使用する。紫色の作務衣《さむえ》が森のトレードマークだ。

五十代だと聞いたことがあるが、小太りの丸顔がかなり若く見せていた。彼女は大雑把だと言ったが、メイクに関しては切り傷や打撲痕《だぼくあと》を作る場合など、特殊メイクアーティスト顔負けの繊細《せんさい》な施術《せじゅつ》をする。

「佐内さんが森さんに嘘をついたとすれば、姿を消したのは計画的だったことになりますね」

ずだ。

いずれにしても用心棒姿のまま遠出はできないから、どこかで着替える必要があったはずだ。

池に飛び込んだ後であれば、着替えには必ずワゴン車を使う。そこに付き添うのはメイクの森だった。その森さえ遠ざけられれば、夜の大覚寺は容易に抜け出せるだろう。

「さすが、元探偵ね」森が嬉しそうに微笑む。

撮影所の多くの人間が、雄高が思い出探偵であったことを知っていた。

「でも、本郷君。木俣さんのダメ出しまで予想できるかしら」森がポットから紙コップにコーヒーを注ぎ、それを雄高に手渡しながら言った。森がみんなに振る舞うコーヒーは美味しいという評判を聞いている。

「いただきます」礼を言ってから香りを嗅《か》ぎ、雄高はコーヒーを一口飲んだ。「……そうですね。そればっかりは、いくら佐内さんでも無理ですよね」

むしろ若槻監督から注文がつくように演技することはできるだろう。だが木俣だけが、あれほど強行にダメ出しするように仕向けることは難しいのではないか。

「考えすぎですかね」

やはり計画的に姿を消したという推論には無理があるようだ。

「全部が計画的だったというのは、ね」

「そうだ。近頃の佐内さん、どこか変わったところはなかったですか?」

「変わったところ、そうね」そう言いながら森が、自分のスケジュール帳のページを繰る。その表情から、何か気になることがあったのだと雄高は思った。

「変わったこと、あったんですね」と確かめた。

「うん、変わったところというか、あれ、どうしたのかなって思ったことがあったわ」

「それはどんな？」

「ちょっと待ってね。いつだったかというとね」スケジュール帳をめくる森の手が止まった。「あった、あった。ええと、一週間ほど前だわね。『黄門漫遊記《こうもんまんゆうき》』の撮影でのことなんだけど」

黄門漫遊記は野崎進《のざきすすむ》監督率いる長寿テレビ時代劇だ。

「佐内さん珍しくラストまで生き残っていて、ラストシーンを撮ろうとしていたのね」

「最後まで生きてるなんて、珍しいですね」

「そう。だってご老公は斬るんじゃなくて杖で叩《たた》くでしょう」

「打擲《ちょうちゃく》ですよね。そして役人に捕らえさせます」

斬りかかった佐内に、黄門様の杖が下から刀を払い、上から額を打ち下ろす。佐内はつんのめって前方に転倒し、悔《くや》しそうに黄門様を見上げるところでカットがかかる。

「見上げた顔のアップを撮るために、額に杖で殴《なぐ》られた痕《あと》を付けるの」スタジオセットで撮っていたため、セット裏でメイクをしなければならなかった。

「そのときに、一点を見つめたままで固まってしまったの。そしてね……急に、変になっちゃったのよ」と言った森の表情が曇ったように見えた。

「変になるって、どういうことですか」

何事にも平常心を旨としている佐内だった。

「ねえ本郷君、私たちを泣かせるもの。何だか分かる？」クイズのように森が訊いてきた。

「森さんを困らせるものですか」

森も、よほどのことがないと動じないタイプのはずだ。「分かりません。何ですか」雄高はすぐ降参した。

「汗よ」

「ああ、なるほど」汗はメイクの敵だ。

「最近はいいファンデーションとかが出てるからまだましだけど、とくに額から滲《にじ》み出る汗は一番目立つので、本当にメイク泣かせなの」

「あの佐内さんが汗を？」

雄高は佐内から、自分は汗もコントロールできるように心掛けているという話を聞いたことがあった。

「それも急にね。それほどスタジオ内は暑くなかったから、具合でも悪いのかと思って声をかけたわ」

その森の問いかけに、『黄門漫遊記』の美術監督は誰なのか、と訊いてきたという。

「美術監督は誰か……」奇妙な返答だ。

「私、知らなかったんで、アシスタントに聞きにやろうとしたら、いやそれはいいんだって断った。けれど、ちっとも汗は引かないし、メイクのノリもよくないし難儀《なんぎ》したのよ」

「そのスタジオは野崎組がいつも使う第6スタジオですね」

第6スタジオは撮影所でも一番広く、百九十坪ほどあった。ロケやオープンセット以外のシーンを撮るときは、このスタジオ内に美術監督が場面に合わせてセットを組む。

美術監督はスケッチから図面までを描くと、それを基に道具係の職人たちを動かす。それは設計士のようでもあり、大工の棟梁《とうりょう》のような仕事でもある。

「第6スタ、いま撮影入ってるでしょうね」

「行ってみるの？」

「佐内さんが何を見つめていたのか知りたいんです」

「それなら、メイクをした場所に一緒に行きましょう」森がメイク道具をさっと片付けた。

「いいんですか？　助かります」

雄高だけでは無理な場所でも、森と一緒ならば簡単に入ることができる。

「本物の探偵さんのお手伝いするのも、いいじゃないの」

「……ぼくは、もう」探偵じゃないと言おうとした。しかし森はさっさと立ち上がって戸口へ向かっていた。

第6スタジオは撮影所の一番奥にあった。重厚な扉の向こうでは、深夜にもかかわらず撮影が続けられていた。

ドアの近くで森がスタッフに確認を取ると、現在休憩に入っているということだった。

「都合がいいわね」森が雄高に微笑みかけ、スタジオの中に入っていった。

中に入ると土と木材の匂いがする。床は土が敷き詰められ、再現された武家屋敷の門柱には結構太めの材木が使用されていた。

その屋敷の裏手に森は回る。セットは張りぼてというイメージからはほど遠く、本格的に木が組まれ、補強の筋交《すじか》いまで施《ほどこ》されてかなり頑丈《がんじょう》な作りとなっていた。

「この丁寧さは、甲斐《かい》さんではないですか」雄高が筋交いの数を見て、森に言った。

その筋交いの数は、緻密《ちみつ》さとリアリティを追求する美術監督、甲斐重三《じゅうぞう》ならではの工法だと、雄高は確信した。

「甲斐さんね。そうかもしれないわね。我が家でもこれほどの材木は使ってなかったわ」

作務衣の腰に手を当てて森が感心する。

「以前に、セットの解体の手伝いをしたことがあったんです。長屋だったんですけど、苦労しました。セットだと思ってたら痛い目に遭《あ》います、頑丈《がんじょう》で。それこそ、甲斐さんが美術監督をされたものでした」

「大道具さん泣かせだって言うものね」

甲斐の要求があまりに多く、職人たちの仲間内では、甲斐から声がかかることを召集《しょうしゅう》令状《れいじょう》をもらったと揶揄《やゆ》しているらしいと森が言った。

「召集ですか、それは凄い」

「まあ、労働基準監督署が聞いたら腰抜かすほど拘束《こうそく》されるから、無理ないか」豪快に森が笑った。

「この辺りが武家屋敷の真裏よ」

そこにも土が敷かれていた。映像に映るとは思えないが、庭のディテールにまでこだわっているのが、本物の植木を使用していることからも分かる。

「そう、そのすぐ後ろにテーブルと椅子があるでしょう」

森が言うように、少し奥に小道具を修繕《しゅうぜん》するための作業台が見えてきた。雄高がテーブルの前へ早足で歩み寄る。

「ここに、佐内さんが？」テーブルに両手をついた。

「そう、そこに腰掛けてもらってメイクをしてたの」

「大道具、小道具の指示書きで一杯ですね」雄高は静かに椅子を引いて座り、テーブルの上を見た。

「まあ本来はメイクできる状態じゃないわね。だってテーブルの上にあるものには、できるだけ手を触れるなって言われてたから」そう言いながら森が雄高の背後に近づき、同じ目線にまで姿勢を低くした。

「考えてみれば、ここに座って見えるものと言っても、一週間も経っているんですから、きっと変わってますよね」

「そうかな。多少テーブルの上は変わってるかもしれないけど、壁に貼ってあるものとかはそんなに変化ないように思えるんだけど」

「壁に貼ってある何かを、佐内さんは見ていた感じなんですか」

「そうね、断言はできないけど。じっと前を向いたまま、動かなかったからね」

　森の言葉に、雄高は壁に貼られた見取り図や細密な設計図、スケッチに色を塗ったデザイン画に目を遣《や》った。

『黄門漫遊記』に必要な小物類の詳細ではあるが、目新しいものはない。しかも今回のではなく、次回作「甘いか辛いか涙の恋歌～大塩裏磐梯《おおしおうらばんだい》編～」で使用する小道具であるらしい。

「なるほど、ひょっとしたら一週間前から変わっていないかもしれないですね」

「何か分かったの？」

「ここを見てください」雄高が指さした先には、「解体時に流用できる資材」と書かれていた。

経費節減を強《し》いられている折、美術監督もできる限り節約しようとしているのだ。

「根付けやキセルなどの持ち物、地元の漆《うるし》工芸品や、塩竈《しおがま》などの小道具と共に、店構えや民家など大道具への指示書きも貼ってあります。これが必要なのはこのセットでの撮影を終えてからですから、それまでは、ここにそのまま貼ってあるんじゃないですかね」

甲斐が自分のイメージを膨《ふく》らませていき、その都度《つど》浮かんだアイデアや演出を書き加えていっているのに違いない。

「じゃあその張り紙の中に、佐内さんが汗をかくほど驚くものがあるっていうの？」

「言い切れませんが、何かを見つけたのかもしれないですね。これをむやみに触るといけないと思いますから、甲斐さんに了解を得てみます」

「そうした方がいいわ。甲斐さん、撮影所きっての偏屈らしいから、筋《すじ》は通しておいた方がいいわ」

「そうします」

雄高は野崎監督を通じて、甲斐と話ができるように頼むことにした。

スタジオの向かいにある事務室へ行き、野崎の所在を確認した。すると、野崎の方からスタジオのセットのある所まで駆けつけてくれた。野崎とそれほど接点はなかったが、佐内のことを持ち出すと協力的だった。

それほど佐内が、現在の時代劇に欠かせない役者だということなのだろう。

ただ残念なことに、甲斐本人は次回作のロケハンに出かけているということだった。ロケハンといっても、すでに野崎が撮影場所は決めていた。

甲斐の仕事は、いかにその時代の土地らしく、道具で演出できるかを模索《もさく》するものらしい。通常は監督、助監督、カメラマンなどのクルーに参加する。美術監督が単独で現地に赴《おもむ》くことは珍しい、と野崎は言った。

「本当に、そこの美術資料を見て佐内がそんな風に？」野崎が、森がメイクに使ったテーブルに目を遣る。

安定的な人気番組を受け持つ野崎は、比較的穏和《おんわ》な性格で話しやすかった。

「ええ。森さんがあれっと感じたのが、その資料を佐内さんが見ているときだったとおっしゃっているんです」雄高が傍らの森の顔を見る。

「あくまでも勘なんですけれど……」と前置きして、森が雄高に伝えたことを野崎にも話した。

「ぼくは、森さんの感性を信じたいんです」雄高も自分の推測を野崎に伝える。

「なるほどな、感性か。その言葉に弱いんだ。よっしゃ、現状復帰を条件に美術資料のコピーを許可しよう。甲斐ちゃんが戻ったら事情を説明しておいてやるから」

「監督、ありがとうございます」雄高が勢いよくお辞儀をすると、

「本郷は、何でも全力投球だな。俺はちゃんと分かってるからな」野崎が小声で言った。

「ありがとうございます」と、また深く頭を下げた。その姿を他の役者が見れば、たくさんの台詞がある役に抜擢されたと思うだろう。

もちろん役をもらうことが一番の望みだったが、監督の「ちゃんと分かっている」という言葉が心底嬉しかった。佐内が「見ていようといまいと関係ない」と言ってくれ、その後人目などまったく気にせず仕事に打ち込めた自分が、誇らしくも思えたのだ。

隣の森もにこやかに笑っていた。

3

「実相さん、すみません。お忙しいのにここまで出てきていただいて」大映《だいえい》通り商店街と呼ばれる一角にある喫茶店に入るなり、雄高が頭を下げた。

礼儀正しさは以前とまったく変わっていない。少し痩《や》せた印象を持ったが、その分以前にも増して目が鋭くなったように浩二郎は感じた。

雄高は由美や佳菜子、そして妻の三千代への気遣いも見せた。

その律儀《りちぎ》さも以前のままだ。

「いや、会えて嬉しいよ。元気そうだし、雄高が出るテレビはかかさず見てるよ。それに

茶川さんは漏らさずＤＶＤに録《と》ってコレクションにしてるんだ」

ＤＶＤを自慢げに見せびらかす茶川の様子を話した。

「ぼくなんか、まだまだなのに」雄高は短髪の首筋に手をやった。

「茶川さんは根っからの時代劇ファンだから、批評眼《ひひょうがん》も鋭そうだけれど、雄高のことはいつも褒めてるよ。雄高の殺陣は本物だって」

「うれしいです」雄高は照れくさそうに微笑んだ。

「で、どんな依頼なんだい？」

ウエイトレスが、二人の頼んだコーヒーを置いて立ち去るのを待って訊いた。

「佐内忠という方が四日前の夜、失踪《しっそう》したんです。斬られ役で有名な男優なんですが、ご存じでしょうか」

「佐内忠、茶川さんからよく聞く名前だ。ドキュメンタリー番組の録画を見せられたことがあるよ。確か『せっしゃ、今日も斬られて生きる』って題名だったんじゃないかな」

「そうです。その佐内さんです。ぼくが探せばいいのですが、スケジュールが決まらず身動きがとれないんです。お願いできないかと……」

「純粋に人探しだね」

「はい。そういうことになります」

「もちろん、お受けする。けれど雄高個人で依頼をするのかい」

人探しという目的がはっきりしていても、依頼人の望みを知っておかなければならない。それがたとえ旧知の間柄であっても、この仕事にとっては重要なことだ。

ひとつは、調査報告に満足して初めて納得してもらえるということ、もうひとつは依頼が犯罪に結びつく要素がないことを確かめなければならなかった。

「いえ、佐内さんと同期の俳優の松原武彦さん、照明の木俣荘吉さんにも依頼費を出していただきます」

「照明？」

俳優仲間が佐内を探すのは分かるが、照明というのに引っかかりを覚えた。

「実は、佐内さんがいなくなった夜のことなんですが」雄高は、直前に木俣が佐内の演技にダメ出ししたのだと説明した。

「タイミング的にそのダメ出しが、佐内さんの失踪の原因ではないかと言う人もいます」

「木俣さんは責任の一端を感じたということか」

「いえ。木俣さんが、そのことで責任を感じることはあり得ないと思います」

「ほう、ではどうして依頼人の一人になったんだい？」

「時代劇には必要な人材だからだそうです」

「随分婉曲《えんきょく》な言い方だね」

「厳しさという点では、先輩の役者も震え上がるような人なんです」そこで言葉を切って、雄高は、「こういう言い方でした。役者としてはどうか知らんが、斬られ役としてはあんなもんでも必要だって」と木俣の言葉を再現した。

「斬られ役として、必要か」

木俣という照明監督にとっては、褒め言葉の類なのだろう。

「ぼくは、失踪の二日ほど前に同期の松原さんへ漏らした言葉や、四日前にメイクの方に見せた様子などから、他に原因があるように思うんです」雄高は、松原と森から聞いたことを詳しく話した。そしてショルダーバッグから数枚の紙を出して、テーブルの上に置いた。

「これは何だい？」

浩二郎が手にしたものは水彩画《すいさいが》で、江戸時代のどこかの民芸店と武家屋敷と思われるものが描かれていた。

「テレビでも映画でもすべてをロケ地で撮る訳ではないので、本物さながらにスタジオなどでセットを組むのが大道具さんたちです。その指揮を執《と》る方を美術監督といいます。これらは、甲斐さんという美術監督が描かれたもののコピーなんです」

「要するに役者たちの背景になるものということだね。細かいところまで指示がある」

描かれた民家の壁は土壁「ぎんすすたけ色」、違い棚の正面「ちょうじちゃ」、土間《どま》「せんさいちゃ」などと鉛筆で指定されている。

「甲斐さんは撮影所でも仕事が緻密で通っています。これらは、人気シリーズの『黄門漫遊記』の次回作に使用される大道具や小道具を描いたもので、消えた佐内さんがこれらを見つめていたという証言を得ているんです」

「そして、普段は汗をかかない佐内さんの額から汗が流れ、メイクをしていた人間があれっと感じたというんだね」コピーから顔を上げて雄高を見た。

「森さんの勘ですけれど……」

「その森さんの勘は、雄高から見て信用できるんだね？」

勘と言うと人は馬鹿にするが、豊富な経験の持ち主の直感は、論理的な思考や物的証拠よりも有効なことがある。

それは、浩二郎が刑事時代に多く体験してきたことだ。茶川に言わせれば、経験豊富な人間の脳におけるデータ処理能力は、スーパーコンピュータを凌駕《りようが》するほどなのだそうだ。脈絡《みやくらく》がなく一見勘としか言いようのない事柄も、実は何百万通りの解《かい》の中から精選した結果だという場合があるらしい。

そういう意味で、浩二郎は勘を馬鹿にしない。いやむしろ勘を大事にする捜査《そうさ》で、刑事時代は実績を上げてきたといってもいい。

その代表的な事件は、浩二郎が刑事になって三年目の秋に起こった。

東山にある古刹《こさつ》で、住職の妻が何者かに鈍器《どんき》で殴られて殺害された。犯行の夜、住職は檀家《だんか》と祇園に繰り出して寺にはおらず、帰宅して本堂の厨子《ずし》の前に倒れている妻を発見した。厨子の裏にある隠し扉が開いており、中に安置《あんち》されていた寺に伝わる秘仏《ひぶつ》がなくなっていた。

犯人は秘仏を盗みに本堂へ侵入したところを、妻と出くわし凶行に至ったようだ。

浩二郎が現場を見たとき、ことさら住職が妻の死を嘆き、秘仏などどうでもいい、という発言を繰り返すことに違和感を抱《いだ》いた。

住職でありながら、秘仏より妻の方を大切に思うことをおかしいと思ったのではなく、軽く扱う言葉が引っかかったのだ。調べると事件からひと月後に、十年ごとの秘仏ご開帳法要が行われることになっていた。それなら秘仏がないことを、少しぐらいは気にしてもいいはずではないか。

さらに犯人側からしても、隠し扉を閉めておけば、少なくともひと月は秘仏がなくなっていることに気づかれなかったはずだ。秘仏の価値を知る者ならば、ご開帳の法要があることも承知しているに違いない。これ見よがしに開きっ放しだった隠し扉も気になった。

浩二郎は勘だけで、住職に同行を求めた。

事件の真相は、住職が檀家から借金をしていて、その返済のために寺にある文化財をお金に換えていたのである。とうとう秘仏にまで手を出したのだが、それを妻に発見されて咎《とが》められ、揉《も》み合ううちに、三鈷杵《さんこしょ》という法具で頭部を殴った。

物的証拠もないという状態だったが、まさに勘が発端で事件が解決したといっても過言ではないだろう。

「感性の鋭い方だと思います」コーヒーの香りを嗅いで、雄高が言った。

雄高もコーヒー党で、依頼人への報告書作りが徹夜仕事になり、浩二郎の淹《い》れたコーヒーを何杯も飲んで眠気を覚ましていたことを思い出す。

「傷をメイクで作ることがあります」

森が顔の傷を作るとき、切っ先の進入角度や強さなど、居合道《いあいどう》に通じているのかと思うほど正確で驚いたことがあったらしい。技術の高さもあるが、そこに鋭い感性を感じたと雄高は言った。

「なるほど。まあ雄高の話から、その人の人柄も分かるよ。分かった、それでヒントは、この絵という訳だね」

浩二郎は佳菜子が受け持った事案が無事解決したことと、その際にも子供が描いた絵が大きな手掛かりになったことを話しながら、一枚一枚のコピーに目を落とす。

「そうですか、佳菜ちゃんが。彼女も頑張ってるんですね」しみじみと雄高が言った。

佳菜子が殺されそうになったとき、雄高も一緒に救出に向かった一人だ。雄高にとって佳菜子は妹のような存在で、あの事件以降の彼女の様子が気がかりだったそうだ。

「自分の考えを口に出せるようになってきた。それこそ元々勘のいい女性だから、数をこなすうちにいい探偵になるよ。雄高の抜けた穴をみんなでカバーし合っているんだ」

「そうですか、少し安心しました。それでぼくの代わりの方はまだ?」

「うん……。飯津家先生の紹介でね」思わず手が止まった。

「飯津家先生のお眼鏡《めがね》にかなった人なら期待できますね。それはよかった。中途半端なま辞めたことが申し訳なくて、気になってたんです」

「それは気にしないで欲しい。ただこの仕事は特殊だからね、雄高のような戦力となるには、少し時間が必要だ」小さく息を吐き、再び浩二郎はコピーを見た。「しかしこれらは、すべて時代劇の背景だね。何か特別なものが描かれているとも思えない」

「大きく分けて、寺の庫裏《くり》と民芸風の漆職人の家屋の二軒をセット再現するようです。そのほかは、そこに配置する小道具です」

「次回作の台本はあるんだね」

「完全版ではないんですが、できあがっているみたいです」

「完全版じゃないって?」

「野崎さん、このシリーズの監督なんですけど、撮りながら変更するそうで、事実上完全版は存在しないということでした」

「ほう、そうなのか。で、次回作はどんな内容なんだい」

舞台は会津《あいづ》若松。会津藩内の利権争いに、塩作り職人が巻き込まれていくというストーリーだ。

会津の大塩裏磐梯温泉は塩分を多く含んでおり、江戸時代はそれらを煮詰めて製塩していたという。源泉《げんせん》を祀《まつ》る寺と江戸の薬種問屋《やくしゅどんや》が手を組んで、万病に効く「会津御霊塩」と称して法外な値をつけ、民《たみ》を謀《たばか》る計画を立てる。

その秘密を知った塩作りの職人と、許嫁《いいなずけ》の漆職人の娘が惨殺《ざんさつ》された事件を、水戸のご老公一行が解決するというストーリーを雄高が語った。

「温泉から塩か。そんなことがあったんだね」

塩辛《しおから》い温泉の存在は知っていたが、製塩《せいえん》できるほどとは思っていなかった。

「ぼくも台本を見て初めて知りました」

「ところで、佐内さんの出身地は福島県なのかい?」

「それを知る者はいません。プロフィールにも、実相さんが先ほど言われたドキュメンタリーなんかでも、出身地は紹介されなかったようです」

「そうか。ただ福島の裏磐梯出身だとしても、だからといってその懐《なつ》かしさに汗を垂らすのも変だからね。郷愁《きょうしゅう》を誘われたという単純な感情ではないだろう」

佐内という役者が雄高の言うようなストイックな人間だとして、これらの絵を見て動揺し、演技にまで影響したとなれば、それ相当の理由があったと見るべきだ。

「問題は、どうしてあんな形で抜け出さないといけなかったかです」

「重要な用事があるのなら、きちんと言えばいいんだからね。確認するが、演技のダメ出しに衝撃を受けて姿を消したという線はない、と雄高は思うんだね」

雄高はすぐには答えなかった。佐内の性格を知る雄高としては、慎重《しんちょう》にならざるを得ないのだろう。

浩二郎は彼の言葉を待つ間、普段は入れないミルクを入れて、ゆっくりかきまぜた。

「役者って、ある程度大胆《だいたん》でないとやっていけないのですが、同時に繊細さもないと上手くはいかない仕事です。どんな役者でもそのバランスが狂うことはあるでしょうから、自分の演技に情けなくなって、逃げ出したい衝動《しょうどう》にかられることがなかったとは言えません。ただぼくは、佐内さんがそんなことで現場を放り出しはしない、と信じたいんです」

雄高が佐内を役者の先輩というだけでなく、人間として尊敬しているのが伝わってきた。その一途《いちず》さは雄高の長所でもあり、同時に短所だ。尊敬のあまり雄高は佐内に限りなく近づこうとしているが、それだけでは佐内を越えることができないからだ。

それは大河ドラマの主役級である俳優の付き人をする、と言ったときも心配の種ではあった。結局、大河ドラマが終わると同時に、雄高は置き去りとなった感が否《いな》めない。もちろん付き人の任を解かれたのは、これからは自分の足で歩けという役者の世界の愛情なのだろう。雄高も道筋を付けてもらったと、恩義にさえ感じている。

「分かった、雄高」

「ただ、佐内さんがいくら最近斬られ役として、マスコミに名前が取り上げられるようになってきたとはいえ、やはり端役、大部屋の一俳優に過ぎません」雄高は苦々《にがにが》しい表情を見せた。

いなくなった分、他の誰かにスポットライトが当たる。さすがに露骨《ろこつ》に喜ぶ者はいないが、これをチャンスだと受け止めている俳優たちがいることも事実だと、雄高は言った。

「雄高たち以外は、それほど深刻に受け止めていない、ということか」

「撮影はいまも行われています。いつもと変わらず……」雄高は悔しそうな顔つきを見せた。

その顔に、役者の世界に厳然とあるヒエラルキーの残酷さを浩二郎は感じた。

「とにかくこれを預かるよ」雄高が持参したコピーを手に取った。

「よろしくお願いします」額がテーブルに付きそうなぐらい彼は頭を下げた。

浩二郎は茶川の事務所にいた。彼の時代劇ライブラリーから、佐内のドキュメンタリー『せっしゃ、今日も斬られて生きる』を見せてもらうためだ。

茶川は実験室まがいの部屋の隣の、大型テレビのある部屋へ浩二郎を招き入れた。

「一〇〇型テレビに、5・1チャンネルのスピーカーや。わしはなんとええ趣味をしてるんやろ。我ながら感心するわ」茶川はソファーにもたれて、ＤＶＤプレーヤーのリモコンで録画した番組を選択しながら言った。

「本当に、助かってますよ」隣に座り、雄高から預かったコピーをテーブルに並べた。

「見てみいな、わしにだけ点る巨大キャンドルや」窓から顔を突き出して、点灯し始めた京都タワーに目を遣り、「一杯やりとうなるやろ。暖房きつう入れたら冷たいビールが旨《うま》いで」と浩二郎を誘った。

「アルコールは、まだ飲めません」

「意志が堅《かた》いな、浩二郎は。けどちょっとは肩の力抜かんと、お前の身体がもたへんで」

「私は大丈夫です」

「まあそれだけ、三千代ちゃんへの愛情が深いっていうべきか」自分で言って、茶川が照れ笑いを浮かべた。

「そんなんじゃないです。三千代も頑張ってますから」照れ隠しに否定した。

「見えないところで飲んでも分からへんのに、とわしやったら思うんやけどな。けど、あの人との約束やったら、こんなわしでもきちんと守るやろうと思う。誠実な面があることを、ちゃんと強調しといてんか」

「強調って、誰にですか」由美だと分かっていながら、浩二郎は尋ねた。

「そないなこと、わしの口から言わせなや」茶川のスキンヘッドが少し赤らんだ。

「案外、誠実かもしれないですね」

「案外は余計や」

「すみません。彼女にはちゃんと伝えます」浩二郎は笑みを浮かべ、「それで、茶川さん。これが雄高から預かったものです」と真面目な声で言った。

「ほう、絵描きはん顔負けの、達者《たっしゃ》な絵やな」茶川が食い入るように見つめた。

茶川は日本画を学び、科捜研時代はその玄人はだしの似顔絵が、事件解決に結びついたこともある。その彼が感心するほど、上手い絵だった。

「美術監督というのは、そこまで細かい指示を出すんですね。私も初めて知りました」浩二郎は、絵に顔をつけんばかりの茶川に言った。

そうしているうちに、テレビ画面に浪人姿の役者が現れた。素早《すばや》く刀を抜き、上段の構えをしてこちらを睨み付ける顔のアップが映し出される。

対峙《たいじ》するのは若武者で、こちらは静かに抜刀して正眼《せいがん》の位置で剣先を止めた。

浪人が佐内なのだろう、裂帛《れっぱく》の気合いもろとも袈裟《けさ》懸《が》けに斬りつけると、その太刀を払いのけられ体が入れ替わった。

浪人は振り向きざまに悔しげに顔を歪《ゆが》めると、二の太刀で斬りかかる。次の瞬間、若武者は胴を斬って走り抜けた。剣道でいう抜き胴だ。

「ぐわっ」唸《うな》った浪人がさらに顔を歪め、そのまま反《そ》り返って背中から地面にドサッと落ちた。

そこで『せっしゃ、今日も斬られて生きる』というタイトルがオーバーラップした。

「剣道をやってた者としても、佐内の太刀筋は決まってますね。兄の道場で師範代《しはんだい》を務めるほどの腕をもった雄高が尊敬するのも分かる気がします」

「剣豪実相浩二郎の眼鏡に適《かな》ったたっちゅう訳やな。わしは時代劇ファンとして、彼の斬れっぷりというか、倒れっぷりが好きや。背中が地面に着く瞬間も目を開けてるんや。よう見てみ」

茶川は、佐内が倒れる瞬間だけをもう一度再生した。「どや？」

「本当ですね、これは凄い」

佐内は真後ろに倒れるのだが、少しも柔道の受け身のような仕草《しぐさ》を見せていなかった。受け身は少しでも広い面積で衝撃を受けようとするため、両手もしくは両肘《りようひじ》で地面を叩く。ただそうすると斬られた人間の動作としては不自然になる。だから佐内は、受け身を取らない。

相当な衝撃と、恐怖が伴うはずだ。

「仏倒れというんやけど、ここまで見事なんは、いままで見たことがないな。おそらく時代劇の黄金期にかておらんかったと思う」

「稽古《けいこ》のたまものですね」

「凄い努力家やと思うわ」

番組では、茶川の言葉を裏付ける普段の佐内の姿も紹介していた。酒もタバコも一切やらない。食事は質素で、玄米と納豆《なっとう》や豆腐《とうふ》が中心、肉をほとんど摂《と》らない。

朝、九十分のジョギングと三百本以上の木刀振りに、柔軟体操と筋力トレーニングは何があっても休むことはないという。

空き時間ができると、撮影所近くにある合気道《あいきどう》の道場へ行って、体《たい》さばきや受け身の練習をし、就寝前は本身《ほんみ》を使った居合いの稽古で締めくくるという徹底ぶりだ。

雄高も三百本の素振りをしていると聞いたが、佐内の影響もあるのだろう、と思った。

ここまで見てきた限り、撮影の現場にいる以外は自己の鍛錬《たんれん》に時間を使う佐内を映し出すことに、番組のほとんどを費やしたといってもいい内容だ。

「NHKでないと作らん番組やろ」

「バラエティ好きのいまの人がいう面白さには欠けていますが、佐内という役者のことはよく分かります。それに次々と数珠《じゅず》つなぎに編集した斬られる場面は、思わず見入ってしまいました。これだけ斬られるシーンばかりを見て、綺麗《きれい》だと思ったのは初めてです」

佐内に会いたい、という気持ちが湧いてくる。

「それを分かってくれる浩二郎が、わしは大好きや。綺麗であることを理解してもらえるなんて、それだけでもこのDVD見せた甲斐がある」

「あの、ＤＶＤ鑑賞にきたんじゃないのですが」

「分かってるがな、人探しやろ。ほんでもって佐内いう役者の本質を知ろうとしてる訳や。役者も凄いけどメーキングのシーンに出てくる監督とかカメラマンとか照明とか、その他の訳の分からんスタッフらの真剣な顔見たか」

「熱気が伝わってきますね」

「これがな、昔ながらの時代劇のええとこや」

昔話が出ると茶川の語りは長くなる。

「時代劇談義、また今度ゆっくり聞かせてもらいますので」

「何や、そうかいな。せっかくこの事案名を考えたったのに」茶川はすねた顔を見せる。

「聞かせてくださいよ、茶川さん」

「聞きたいか」

「ええ、ぜひとも聞きたいです」そう言わないと彼の機嫌は直らない。

「大芝居を打つ男ちゅうのはどうや」

「大芝居、ですか」

「そやがな。相手も役者や、ドロンぱっと消えるのも芝居のテクニックやないか。あかんか」媚《こ》びるようなくりくりの目を向けてくる。

「ちょっと外連味《けれんみ》、ありますが……。まあいいでしょう。ええ、それいただきます」大げさに膝を打ってみせた。

「おおきに、おおきに」茶川が手を叩いて、子供のような顔で笑った。

「ところでここまで見てきて、佐内さんの生活態度には感心しますね。時代劇のため、それも斬られるために徹底的に節制してます。なかなか真似《まね》のできるものではないですよ」

「ほんまや。彼の自宅アパート、いや下宿いうた方がええな。四畳半一間《ひとま》みたいな狭いとこに住んでる。プロフィールを読むと、中学卒業してすぐ時代劇俳優を志して撮影所で下働きをしとる。質素な暮らしにも苦しい生活にも慣れてるんやろうけど、彼ほどたくさんの仕事をこなしていれば、もう少し贅沢《ぜいたく》をしてもバチは当たらんやろうに」

「暮らし向きを変えたくないんでしょうね。下働きをしていた十七歳のときに、原谷勘助《はらたにかんすけ》という殺陣師に見出されたということでしたが、原谷というのはどういう方なんですか」

時代劇は嫌いな方ではないが、茶川には遠く及ばない。とにかく刑事時代は、テレビや映画をゆっくり見ている時間はとれなかった。

「もう五年ほど前に七十いくつかで亡くなったんやけど、時代劇の殺陣にリアリズムを取り入れた奇才だといわれている。まあ剣の道を知る浩二郎にわしが教えるのは口はばったいようなんやが、真剣で斬り合うというのと殺陣との間にはかなりの距離がある。歌舞伎《かぶき》のような型を決めて、役者も観てる方も納得していたのが従来の殺陣やとしたら、原谷勘助はそこに斬るか斬られるか、生きるか死ぬかの緊迫感《きんぱくかん》を演出しようとした。そうや、このちょっと後に、分かりやすい斬り合いの場面がある。それを見てもらった方が話は早いやろう」

茶川がリモコンを手にして早送りをしようとしたその瞬間、浩二郎の目が普段着の佐内をインタビューしているその背後の書棚に止まった。

「茶川さん、待ってください」

「へえ？」

「少し戻してもらえませんか」

「殺陣はこの先なんやけど。まあええ、何か気になるもんでも見つけたんか」茶川がリモコンのボタンを押した。適当に頭出しをしてコマ送りで再生する。

「ここです。ここから再生してください」

「へぇへぇ」

画面は、佐内が四畳半の自宅にインタビュアーを請《しよう》じ入れるところから再生された。薄汚れた天井、古びた畳をカメラが映した後、照れながら佐内が押し入れの襖《ふすま》を開く。上段には布団《ふとん》、下段には数本の模擬刀《もぎとう》と竹刀《しない》、素振り用の重い木刀、鉄アレイやバーベルがあった。

どこの撮影地に行くときも、木刀と模擬刀は持参するのだと言いながら、佐内は模擬刀の一振りを抜いて見せた。刃は摩滅《まめつ》させてあるが、材質は鋼《はがね》であることが浩二郎には分かった。できるだけ本身に近い太刀で居合いの練習をしたいからだ、と佐内の言葉をマイクが拾った。

書道も嗜《たしな》むらしく、文机《ふづくえ》には硯《すずり》と水差し、洗った筆がカーテンレールに洗濯ばさみで干してある。インタビュアーがこれまでの作品を見せて欲しいと要求すると、佐内は掛軸を取り出し、「一刀両段」と自ら揮毫《きごう》したものを披露《ひろう》した。

「ここで止めてください」浩二郎が叫んだ。

「一刀両段が気になんのか？　あれ？　両段は、両断と書くんとちゃうのか。なんや誤字に気づいたんかいな浩二郎は」茶川が画面を止めて訊いた。

「ああ、これは柳生新陰流《やぎゅうしんかげりゅう》の剣法のひとつです。先に斬り込ませておきながら、逆に面を打ってしまう技ですよ。だからこの字であってます」

「ほななんや？」

「後ろの書棚に置かれたもの、この絵にあるものに似てませんか？」浩二郎はコピーを一枚取り上げ、テレビ画面に向かってかざし茶川に見せた。

「ほんまや、似てる。そっくりとちゃうか」茶川が大きな声を上げた。

「茶川さん、このＤＶＤお借りしていいですか」

「かまへん。旅先でも観られるようにポータブルＤＶＤプレーヤーも持ってけ」茶川が浩二郎の肩を叩いた。

4

浩二郎は真冬の福島県にきていた。

撮影所の事務所に甲斐の携帯電話の番号を尋ね、宿泊先の大塩裏磐梯温泉で話をすることになった。

佐内がいなくなったことを甲斐に伝えたのだが、彼の声からはそれほど驚いている感じを受けなかった。

浩二郎はそれが気になった。甲斐が京都へ戻る予定は三日先と聞き、これは会う必要があると思った。

東北新幹線に乗って郡山《こおりやま》駅で磐越西線《ばんえつさいせん》に乗り換え、会津若松で下車して土産物《みやげもの》店を覗いた。そして再び磐越西線で喜多方《きたかた》駅へ向かい、そこから大塩裏磐梯温泉へ二十分ほどバスに揺られる。

甲斐の宿泊している旅館に到着したのは、五時半を回っていた。午前十時に京都を出てから実に七時間が経過していた。最初は珍しく見入った雪景色にも徐々に飽《あ》き、バスに乗ってから少し微睡《まどろ》んだ。

バスを降りるとやはり寒い。京都の底冷えとはひと味違う冷気に、慌ててコートの前を合わせた。真っ白の山がすぐそこにまで迫っていて、見た目にも寒かった。

指定された宿泊先は、国道四五九号線沿いに建つこぢんまりとした和風旅館だった。ロビーを入ると小さな幟《のぼり》があって、そこには温泉から作った塩をあしらったマスコットが描かれている。

浩二郎はフロントでチェックインの手続きを済ませると部屋に荷物を置いた。そして聞いていた部屋番号へ内線電話をかけてみた。

「お疲れでしょう。一緒に湯に浸《つ》かりませんか」浩二郎がいま到着したことを告げると、甲斐はしわがれた声で言った。

「分かりました。お部屋へ伺います」

ドアをノックすると、すぐに姿を見せた甲斐は、思っていたより小柄だった。白髪《はくはつ》のオールバックで、顔に刻まれた皺《しわ》は六十代のものと思われた。

「初めまして実相です。こんなところまで追いかけてきて申し訳ありません」浩二郎は改めて頭を下げた。

「いや、思い出探偵というものには、前から何となく興味があったんです。こんな形でお会いできるとは思いませんでしたが。さあ、行きましょう。ここの湯は塩化物泉で、そりゃあ温まりますよ」甲斐はなぜだか嬉しそうに、浩二郎を先導した。

白い湯煙が充満した内風呂には他に誰もいなかった。

掛かり湯をして木製の湯船に身を浸《ひた》すと、甲斐が言ったように高温の湯が皮膚《ひふ》に染みいり、身体の芯まで温まる気がした。

手の甲を舐《な》めてみるとかなり塩分濃度の高いことが分かった。匂《にお》いはそれほどしない。

湯から首だけを出して、甲斐と並ぶ。

「佐内が戻らないなんて……。考えられません」甲斐の方から、呻《うめ》くような声で切り出した。

「それは、佐内さんの性格からそう思われるのですか？」と訊いた。

「ええ。佐内は近年では珍しいほど一本気な役者です。私もこの業界では偏屈で通っていますが、彼は殺陣においては私以上かもしれません。そんな人間が、撮影に穴を開けるなんて」と甲斐は、細く長い息を吐いた。

彼の前の湯気が小さく渦巻いた。

「私が甲斐さんを訪ねてきたのは、あなたが描かれた美術資料を佐内さんが見つめ、そのときに驚くほど汗をかいていたというメイクの方の話を聞いたからです」

「メイクの森女史か……」

甲斐のつぶやきに、彼女なら気づくかもしれない、という響きを感じた。

「ええ、メイクの森さんです。そして、佐内さんは同期の友人である松原さんに『役者って因果な商売だな』と愚痴を漏らしたと知り、私はあなたの絵に何かがあると調べ始めたんです」

「それであの起き上がり小法師《こぼし》、いや会津地方では起姫《おきひめ》というんですが、あれに目を付けられたんですか。いや驚きました」

「その起姫と同じものを、佐内さんの家の書棚で見つけたんです」

あえてドキュメンタリーのＤＶＤで見たことは話さず、まずは甲斐の反応を見たかった。

「それだけで、私に会いに、ここまで……」甲斐は首を振って感心してみせた。

「松原さんの話では、佐内さんが家に飾っている起姫は木製で赤漆が塗られていたそうです。ここへくる途中で、会津若松の土産物店に立ち寄ってきました」

浩二郎は会津地方の起姫がどういうものか、自分の目で確かめたかった。

「若松の土産物屋には、必ず置いてありますでしょう?」甲斐は両手で湯を掬《すく》い顔に浴びせた。

「ええ。ですが、そこに置いてあるものは紙製でした。佐内さんの持っているものとは顔つきも違うように見えました」

「顔つき、ですか」

「そうです、表情が違う。店の人に聞くと、昔はそれぞれの家ごとに手作りしたそうですね。それが近年は業者が作ったものを正月十日の十日市《とおかいち》で購入するようになった。家族の数よりひとつ多く買って、神棚や仏壇に祀り、家内安全を祈る、民間信仰だと聞きました。つまり家族一人一人に自分の起姫があり、手作りだった頃はそれぞれ表情も違っているということです。それでここからは私の推理なんですが」

「出ませんか」浩二郎の言葉を遮《さえぎ》るように甲斐が言った。

話の腰を折られた格好となった。

「ええ。のぼせてしまいそうですね」浩二郎も目に入った汗を拭《ぬぐ》いながら、湯船から出た。

仲居《なかい》さんに頼んで、甲斐の部屋に夕食の膳を運んでもらった。浴衣《ゆかた》だけでも、汗が滲むほど身体は温まっている。

甲斐はビールを、浩二郎は大塩で湧く天然炭酸水を注文した。そして二人は意味もなくグラスを合わせた。

「実相さんの推理をお聞きしましょうか」甲斐はさらりと浩二郎に訊いてきた。

その屈託《くったく》のない表情に、浩二郎は戸惑《とまど》いを覚えた。

自分が考えていることは、間違っているのだろうか。

浩二郎は迷いを振り切るように、炭酸水を勢いよく飲み話した。「ひと月ほど前に、佐内さんを撮影したテレビ番組がありましてね」

「『せっしゃ、今日も斬られて生きる』ですね」即座に言った。

「やはりご存じでしたか」

佐内出演の番組であの起姫を目にしたとき、甲斐は何を思ったのか。

「ええ。撮影所内でも評判だったもんでね」

評判？　ただそれだけ――。

「では、内容を説明するまでもないですね。そこに起姫が映っていたんですよ」

「ほう、そんなものが」と言った甲斐の表情にとくに変化はない。

「その起姫なんですが、木製だと作るのは難しいだろうと、土産物店の人も言ってました」

起き上がり小法師だから、重心をできるだけお尻へ下げないといけない。ましてや赤漆となると、漆器《しっき》職人でないと無理なのだそうだ。

「そういう意味では、次回の『黄門漫遊記』の漆器職人の場面で登場する起姫は、事実に即してるんです」

「と、いうことになりますね」どこか他人事のような言い方をして、甲斐はイワナの塩焼きを口にした。

「そこで私は、ある仮説を立ててました」浩二郎もイワナにかぶりつく。温泉の塩がイワナの甘みを引き出していて旨い。

「拝聴《はいちょう》しましょう」落ち着いた声だった。

甲斐は平静を装っているのだろうか。

「あなたが描いた起姫を目にした佐内さんは、色や形が自分の持っているものとそっくりであることに驚いたんです。会津地方では珍しくない起姫の顔ですが、その表情はどれも微妙に違う。そこに描かれていた起姫は、自分の持っているものととても似ていた。さらにそこに書かれた指示書きを見て、彼は確信したんです。自分の持っているものと同じ種類の起姫であることを」

浩二郎はあらかじめ用意していた封筒から、甲斐が書いた絵のコピーを取り出した。

「ここに書かれた指示は、あなたのもので間違いないですね」起姫の傍らに書かれた文字を指さした。

そこには「木製で、光沢《こうたく》のある赤色。赤漆に見えるように」とあった。

「ええ。間違いなく私の指示書きです」躊躇なく答えたように見えた。

「そんな珍しい起姫を、なぜあなたはご存じだったのか。そしてその顔を、佐内さんの持っている起姫にどうして似せることができたのかを考えたんです」

「……うん」グラスを持ったまま手を止め、甲斐は聞いている。

「少なくとも、佐内さんの起姫を目にしたことがあるはずだ。それは私と同じようにテレビですか。いや、テレビじゃ材質は分からない。あなたは初めから佐内さんが持っている起姫が、木製で赤漆だと知っていたんです」

「私が知っていたと」甲斐はゆっくりグラスをテーブルに置く。

「そうです。すなわちそれは、あなたが佐内さんの家族に近い人間だからです」

「近い人間か。昔は時代劇のスタッフはみんな家族みたいなものでした。そういう意味では近い人間なのかもしれませんね」

　甲斐はあくまで冷静だった。

「そんな意味ではなく、実際に近い人間ではないですか」

「どういう意味です?」甲斐の目が大きく開かれた。

　絵筆を握るとき、彼の目はそんな輝き方をするのだろうと思わせた。

「佐内さんは、起姫が木製で赤漆であることに加え、その表情を見て動揺したんです。そしてこの絵が描けたということは、あなたもこれと同じものを持っているのではないですか。つまり……」浩二郎は言葉をたたみ込もうとした。

「実相さん、ちょっと待ってください。それは違います。いや違うんですよ」甲斐は手のひらを向けて、浩二郎の言葉を止めた。

「違う?　どう違うんですか」今度は浩二郎が、射るような視線を甲斐へ投げた。

「いや、そこまで実相さんが考えておられるのなら、ちゃんと話さねばならんでしょうね」甲斐は座り直し、浴衣の襟元《えりもと》を整えた。「これには訳があります。そして、他言無用に願いたいのです」甲斐はビールで喉《のど》を潤《うるお》すと、話し出した。

「あの美術の資料を作っていたとき、会津地方らしさを何とか出したいと様々な書籍を読んでいたんです。そこへやってきた人が、これはどうだろうか、と起姫を見せてくれたんです」甲斐がタオルで汗を拭う。

「では起姫の持ち主はあなたではない、とおっしゃるのですか」

「そうです。起姫を見せてくれたのは……」甲斐は少しうつむき、またタオルで顔を覆い、「照明監督の木俣さんなんです」と言った。

「何ですって、それじゃ……」

木俣は佐内にダメ出しを告げた張本人であり、彼を探す依頼人の一人でもある。

「木俣さんは、この起姫の持ち主であり、佐内がいなくなるきっかけを作った人間、そして……佐内の実の父親です」甲斐は一気に言って、浩二郎を見た。「ですから、実相さんの仮説は間違っているとは言えません」

「佐内さんの父親が、木俣さん」浩二郎は自分に聞かせるように、声に出し、「幼いときに蒸発したとされている父親が、同じ撮影所に」と念を押すように言った。

「木俣さんは、会津若松で漆器職人をしていました。奥さんの父親の元で一緒に仕事をしていたといいます。佐内が生まれた年、自分と妻、佐内とその兄二人、つまり三人の息子の分で家族五人、そしてプラスひとつ、六つの起姫を作った。それぞれのお守りとするために丈夫《じょうぶ》な木製で赤漆を施したんだそうです」

ところが佐内が一歳、木俣二十六歳のとき、どうしても時代劇俳優になりたくて家を出たという。

「漆器職人が嫌になったんではなく、義父には敵《かな》わないという気持ちがずっとあったらしいんです。どうやっても越えられない壁だったようです。その鬱屈《うっくつ》した気分のときに、大《おお》内宿《うちじゅく》で時代劇のロケがあったんだそうです。それを目にして、子供の頃に夢見た役者への夢が怒濤《どとう》のように押し寄せたと言ってました」

「すると佐内さんが、時代劇俳優になったのは……」

「血ですね。それで片付けるのは安易でしょうが、そうとしか考えられないことが世の中にはありますから」

血か。甲斐が言うように、すべてを安易にそれで片付けることはできない。しかし眷属《けんぞく》というものを完全に否定できるほど、人間は論理的な生き物とも思えない。

しがらみとしがらみが絡《から》み合い、人間関係が成り立っている気さえする。そして自分ではどうにもできないもののひとつが、血縁であることは誰しも認める事実だろう。

「しかしながら木俣さんは、俳優でなく照明の道へ進まれた」

挫折《ざせつ》か、選択か。

「挫折です。木俣さん自身、役者として大成し、故郷に錦《にしき》を飾るまでは戻らない覚悟《かくご》だった。人の何倍も努力したはずですが、まったく芽が出なかった。そうなると帰りづらくなったんです。こんな身の上話も彼が照明係、私が美術係の駆け出しの頃にぽつぽつと話してくれたことで、他には誰も知らんでしょう。私が聞いたのも三十年近く前のことです」

木俣の気持ちは、何度となく故郷の家族の方へ向いた。

「でも帰る訳にはいかなかったんですね」

佐内の場合、彼の性格は、そのまま父親の気質と酷似《こくじ》していると見ていいだろう。そして逆も真《しん》なりだ。

「そうです。意地です、何としてもものになるという」

役者から裏方への転向はよくあるが、一流となるにはそれ相当の苦労があったに違いない、と甲斐は溜め息をついた。

戦前から照明をしていた先輩たちは、教えるということをしない。見て盗めと言う。できなければ殴る蹴《け》るは当たり前だった時代があった。その厳しい中で役者を捨て、一から照明技術を学んだ。職人で培った我慢《がまん》強さがなければ、とうに逃げ出していると木俣が言っていたらしい。

「しかし、撮影所に佐内さんが入ったとき、名字で分かりませんか」

「佐内忠は、殺陣師の原谷勘助さんが付けた芸名です。そして木俣荘吉さんも俳優時代に名乗った名前なんです。本名は澤井多朗《さわいたろう》といいます。映画の撮影所には、本名を知らない人がたくさん出入りしてますから」

木俣は佐内のドキュメンタリー番組を見て、起姫の存在を知ったという。

自分が作った起姫だから、すぐに三男のものであることは分かった。しかしそれを持っているのが本当に息子の津村拓三《つむらたくぞう》なのか木俣は確かめたい、と言った。

「津村というのは母方の姓ですか」

「奥さんは、津村明子《あきこ》さんといいます」

生死が七年間明らかでないとき、家庭裁判所に申し立てれば、失踪宣言されて死亡扱いとなり、離婚を成立させることができる。

「木俣さんはかなり悩んでいました。しかし親子の名乗りをするべきかという悩みではありません」

「では何に悩んでおられたんですか」

「親子であるということを知った上で、いかに私情を捨て去るかということです」

「冷たい言い方ですが、そのまま知らずにいればいいのではないですか」

佐内のことを気にかけた時点で、木俣の悩みは始まったのだ。確かめようと思わなければ、苦しまなくてもよい。

「いや、それを知った上で、木俣さんという人は……鬼になりたがっていたんです」

「鬼、というのは？」

悩んでいる父と、鬼という言葉に違和感を覚えた。

「さらに厳しく、佐内を鍛《きた》えたいということです」

「どういう意味ですか」

「息子なら、もっともっと厳しくできるはずだ、と」

肉親であると分かればさらに厳しく接することができると、信じていたのだという。

「木俣さんは自分が役者で失敗したのは、もう一歩自分に厳しくなれなかったからだとおっしゃってました。故郷に錦を飾ろうと、がむしゃらに頑張ったが、どこかで限界を作ってしまっていた。壁にぶつかったとき、他のことに逃げた。それが悔しいと。息子には、何があっても壁を乗り越えて欲しいという気持ちがあるんです」

「鬼になるためにはまず、息子かどうかを確かめないといけない、ということですか」

木俣は自分の踏んだ轍《てつ》を踏ませないために、鬼に徹しようとしていたということか。喉の渇《かわ》きを覚え、浩二郎は気の抜けてしまった炭酸水を口に運んだ。

甲斐は、浩二郎がグラスを置くのを確かめて言った。「自分と同じ血が流れていれば、いくらでも厳しくできると思っているんです」

「しかし、本当にそんな風にできるものですか」

企業の経営者が肉親を秘密裏に自社で雇うことがある。その場合多くの経営者が、他の社員より、ことさら肉親に厳しくすると主張するが、実際に社員に聞くと、その甘さゆえに肉親であることが分かるという。

「実相さん。私は、木俣さんならやれると思います」甲斐が遠くを見るような目つきをして、「側《そば》で見ててもあれほど自分に厳しい人、知りません。そんな木俣さんが役者になれなかったのは甘さだと言うんです。私らには理解できませんが、木俣さんの血を引いた佐内ですから」と納得するようにうなずいた。

木俣の考えを聞いた甲斐は、息子なのかどうかを知るために、メイクを直す際に腰掛ける机の前に美術資料を張り出す提案をした。

「実相さんが持ってこられている、起姫の絵です」

「では、わざと佐内さんが見るように仕向けられたものだとおっしゃるんですか」

この事案の発端は偶然ではなく、仕組まれていたということか。

「起姫に思い入れがあれば、必ず見つけると確信していました」

そしてそれは功《こう》を奏《そう》した。佐内は美術班に指示書きをしたのは誰なのか、と問い合わせをしていた。「その知らせを受けて、私が裏磐梯に下調べをするのを利用して、津村家の様子を探り、本当に息子なのか確かめることにしたんです」

「木俣さんは、なぜご自分で確かめようとしないのですか」

木俣自身が元妻に直接話をすれば、事足りるではないか。

「実相さん、それは酷《こく》ですよ。錦を飾るとまではいかなくても、役者として一廉《ひとかど》の人間になるまでは決して家には戻らない、と決心して出た故郷です。帰れなかったことがすでに敗北なんですから、いまさら奥さんに電話などできません。ましてや息子なのかどうかを尋ねるなんて」

「……なるほど」

「佐内も同様で、厳しい人間です。おそらく父親だと分かったら……」急に甲斐が黙った。

「どうするとおっしゃるんです?」浩二郎が訊く。

「彼は京都撮影所から姿を消すでしょう」険しい目でこっちを見た。

「それが、いまの状態?」

「ええ。ただ、この私を父親だと思っていますがね」

佐内は肉親が同じ撮影所にいるということだけで、それ自体が甘えだと考えているに違いないと甲斐は言った。

「その辺りが、やっぱり父子ということですか」

「つまり、時代劇の火がまたひとつ消えるということです」

「じゃあ彼を撮影所に連れて帰るのなら、まずは甲斐さんが父親でないことを告げないといけませんね。その上で撮影所には父などいないということにする」

甲斐は黙ってうなずいた。

「父子が一緒にいながら、生涯名乗らず、ですか」浩二郎が深い息をした。

「そうです。あくまで斬られ役と照明監督として」それでいいじゃないかと言わんばかりに、甲斐の眉が上がった。

そんな父と子のあり方が許されるのか。いやそれでも息子が成長できれば、父の仕事は全うしたことになるのではないか。

子供を一人前にするために親子を名乗らない、そんな関係もあるのかもしれない。もし浩志《こうし》が生きていたら、自分との関係はどんなものだったのだろう。そこまで厳格な父になっただろうか。

浩二郎自身は、思春期に父親の振りかざす正義というものに反発しながらも、父のような刑事になろうと思った。しかしいつどう変化していったのか、憶《おぼ》えていない。

「しかし事態が変わったんですよ」ビールを飲み干し、甲斐が言った。

「どういうことですか」

「津村家を訪ねたとき、呼び鈴《りん》を鳴らしたんですが、返事がなかった。すると隣の婦人が昨日、佐内のおふくろさんが救急車で運ばれたというんです」

母親は脳梗塞《のうこうそく》で倒れて、会津若松市のT病院に運ばれたが危篤《きとく》状態だという。婦人は、医者から身内に連絡を取るように告げられているから、自宅に誰かが訪ねてきたらそのように伝えて欲しいと頼まれたと言った。

「婦人は私を親戚《しんせき》の人間だと思ったようです。それで京都に役者をしている息子がいるのだが、と言ったら、連絡はとったらしい、という返事でした。私はびっくりして、その旨を木俣さんに電話で伝えたんです」

元妻が脳梗塞で倒れたと聞いた木俣は、息子にだけは一目会わせたいと言ったそうだ。

「ですが、母親が死に瀕《ひん》しても自ら帰る佐内ではないことを、木俣さんは知っていました」

「なるほど、それで木俣さんが大芝居を打ったんですね」浩二郎が甲斐の目を覗く。

「大芝居ですか。そうですね、そういうことになるのかもしれない。私はこちらにいて詳しくは分かりませんが、一泊二日して戻ってくるだけの時間を稼《かせ》ぐために、木俣さんは佐内の演技に文句を付けるつもりだと言ってました。空白時間ができれば、一日だけでも会えるだろうって」

「そうして消えた佐内さんですが、いまだに戻っていません。それで心配になってうちに依頼をされたということですね。しかしどうして木俣さんは、あなたに連れて帰るように頼まないのですか」

「それは、佐内が私を父親だと思い込んでしまっていることを知っているからだと思います。そんな私が彼を迎えに行けば、本当のことを言わざるを得なくなりますよ」

確かに美術監督が、佐内の実家の在処《ありか》を知っているはずはない。それで雄高を使ったということか。

「ですが、いずれ起姫のことは彼に話さないといけないんじゃないですか」

「例のドキュメンタリーで見たと言うしかないでしょう。これでも私は画家を目指した男です。一度見た画像は素早く記憶できるとでも言いますよ」

「その手がありましたか」

「はい。しかしあの佐内が、いまだに戻らないのが気に掛かりますね。私を父だと思っているためか、おふくろさんの容態《ようだい》が相当悪いのか……」

「明日、佐内さんの母親が運ばれた病院へ行ってきます。あと佐内さんの実家の住所も教えてもらえませんか」

「分かりました」甲斐は少し赤い顔で言った。


浩二郎は次の朝早く、旅館を出た。バスに乗って磐越西線喜多方駅へ行き、そこから会津若松駅に向かう。

昨夜甲斐の部屋を出る直前に聞いた彼の言葉が、妙に頭に残っている。

「木俣さんを尊敬されているんですね」食事を終えて部屋へ戻るとき、浩二郎が尋ねた。木俣を思う甲斐の気持ちが、浩二郎にはひしひしと伝わってきていたからだ。

甲斐はほんの少し考えて、こう言った。「主役を大きく見せなきゃならない街道のつづら折のセットがあったんです。カメラのレンズを誤魔化《ごまか》すために、極端な遠近法を使うんですが、私が設計ミスをやらかしましてね。そのとき寸法からやり直している時間がないという窮地《きゅうち》を、木俣さんがライティングで救ってくれた。それで私の首がつながったんです。俺は苦労をした人間を放っておけねえんだってね。私がその前の晩に徹夜で組んだセットだって、木俣さんはちゃんと見ていてくれたんです。ようやく美術の人間だと思えるようになった頃でしたが、一方で一瞬で消えていく淡雪《あわゆき》のようなセット作りに空《むな》しさも憶えていた時期でした。私と木俣さん、年齢は二つしか変わらないんですが、親父みたいな大きさを感じたんです」

親父みたいな大きさ、か。

ホームの時計は午前九時過ぎを指していた。今日の天気は悪くはないが、寒さは厳しそうだ。

コートの襟を立てて首をすくめて改札口を出ると、会津若松駅前に停車しているタクシーを拾う。

タクシーが駅前通を南に走ると、ほどなくT病院の建物が見えてきた。

T病院は総合病院ということもあって、中に入ると外観よりも広く思えた。浩二郎は救急病棟の受付で病室を尋ねた。

ところが個人情報保護の観点から、すぐには教えてもらえなかった。

仕方なく入院患者の息子、津村拓三の知り合いで、本郷雄高だと名乗った。

五分ほど待合室で待つと、ＤＶＤで見た佐内が奥の階段を降りてきた。待合室を見回して雄高の姿を探しているようだ。

「佐内さん」と声をかけると、佐内はギョロ目をこちらに向けた。

「どなたですか」

「本郷雄高の知り合いで、実相浩二郎と言います。すみません偽名《ぎめい》を名乗ったりして」

「実相……、思い出探偵。じゃあ雄高が……」

雄高は思い出探偵社のことを話しているようだった。

「そうです、あなたを探して欲しいという依頼を受けました」

「しかし、どうして私の本名を知ってるんですか。雄高も知らないはずなのに」佐内は小首をかしげた。

「まあその辺は、探偵の端《はし》くれですから。それより、お母さんの具合はいかがですか」

「探偵というのは何でも見つけ出すんですね。一昨日、峠は越えたみたいです。今日の午後から、早期リハビリを開始します」

「そうですか。それはよかった」

「あの、雄高に伝えてください。私は、もう撮影所には戻らない、と」と言って眉間に皺を寄せた。

「それは撮影に穴を開けたからですか」

「大部屋俳優の分際で、絶対にやってはいけないことなんです」

「そうですね。大部屋俳優でなくても、やってはいけないことです」佐内が鋭い視線を投げてきた。

「カチンときましたか?」

「いいえ。あなたの言う通りです。一流と呼ばれる俳優で、穴を開けた人は少ないですから。なおさら戻れないことを分かってください」そう告げると、佐内が立ち去ろうとした。

「佐内さん、それでは済まないんだ。こちらも仕事です。戻れない、はいそうですか、としっぽを巻く訳にはいかんのです。お母さんの容態が許すなら、少し話しませんか」

「午後からリハビリがあると言ったでしょう」

「それが終わるまで待ちましょう」

「どうぞ、勝手にしてください」

「佐内さん。もう行方《ゆくえ》を晦《くら》まさないでください。逃げるのはあなたの流儀《りゅうぎ》じゃないでしょう」

「………」佐内の足が止まった。

「リハビリが終わったら、ここへきてください。何時まででも、待ってますから」

佐内は返事をせずに歩き出し、降りてきた階段を駆け足で上っていった。

佐内の姿が完全に消えるのを見届けて、浩二郎は中庭に出た。少し歩いて、携帯電話を手にすると撮影中であろう雄高にメールを送っておく。

――佐内氏と接触できた。彼は脳梗塞で倒れた母の看病をするため会津若松のT病院にいる。本日午後、再度事情を聴取《ちょうしゅ》する。

いまはこれくらいの情報で留《とど》めておく。佐内と接触できたことだけでも知らせておけば、雄高も安心するだろう。

浩二郎は院内に戻らず、花壇《かだん》の前のベンチを見つけるとそこに腰を下ろした。気を落ち着かせて、社に電話をかける。気掛かりなことがあった。

「それで平井は出てきたかい？」三千代にこれまでの調査報告を終え、おもむろに訊いた。

「それが大変なの。由美ちゃんとやり合って」

心配していたことが起こっていた。

「で、いま二人は？」

「いないわ」

平井真は飛び出し、由美はテレビ局へ行ったという。

「諍《いさか》いの原因は何なんだい」

「私が取った依頼の電話が発端よ」

三千代が取った電話の主は、上条《かみじょう》と名乗る男性だった。昭和三十九年頃に歌声喫茶で知り合った仲間を探して欲しい、という依頼らしい。

「その電話がどうして諍いの発端になるんだい？」

「その依頼人の上条さんが、今度の火曜日の夕方にお見えになることになったのよ。由美ちゃんがそのときなら自分が話を聞くって言ったら、佳菜ちゃんが、由美さんは忙しすぎるから私と平井さんで対応した方がいいんじゃないかと提案したの」

「佳菜ちゃんと平井か」

佳菜子には少し荷が重いだろう。短い時間ゆえ、浩二郎にしてみても、真の特性をとらえきれていなかった。

「心配はよく分かるわ。それで、とりあえずあなたに相談してからって言ったらね」

「平井は何を言ったんだい？」

「ぼくは、できたらひとりでやりたいって」

「あいつ、そんなことを言ったのか」

いきなり一人前の口を利けば、由美が噛みつくのは容易に予想がつく。不要と言われた佳菜子の方の憤《いきどお》りも、手に取るように分かる。

入社数日とは思えない言葉を真は発した、という訳だ。

「で、由美ちゃんが平井君に厳しくお説教すると、じゃ若い方と組みますって」溜め息混じりの三千代の声が、その場の悪い雰囲気《ふんいき》を伝えている。

「若い方だなんて言ったのか……分かった。明日の夕方には戻るから、これ以上揉めないように平井には厳重注意するよ。二人が戻ったら、そう伝えてくれるかい」

「分かりました。そうそれであなた、事案名だけど、決まりました？」

「うん。茶川さんの発案なんだけど『大芝居を打つ男』でいこうと思う」

「いいじゃない。それじゃ、『大芝居を打つ男』とパソコンに入れておくわね」電話の向こうからキーボードを叩く音がした。

「うん、よろしく頼む」

電話を切り、真のことを考えるとつい溜め息が出る。

見た目は整った顔立ちで、理知的な印象だ。医師だと言われればそう見えるし、教員だと言われてもうなずけるだろう。それでいてエリートにありがちな冷たい感じはしなかった。

自信を持てないことが問題なのかと考えてもいたが、ひとりでやりたい、とは。

真を探偵として一人前に育てるには、まず真が育った家庭環境を知るところから始めないといけないのかもしれない。

母親や父親はどんな人間なのか。いやもっと他に何かが潜《ひそ》んでいるのか。

浩二郎は深呼吸をしてみる。飛びきり冷たい空気が肺に入り込んできた。澄《す》んだ会津の風が、気持ちを切り替えてくれそうだ。

ただ浩二郎にとって、いま直面している問題は、これからいかに佐内を説得して撮影所に帰らせるかだ。雄高の話や、例のドキュメンタリーを見る限り、彼は人一倍自分に厳しく生きてきたと見ていい。

そんな人間が「もう撮影所には戻らない」という言葉を口にしたのだ。そこには相当の覚悟がある。

まずは実の父の名を明かさず、甲斐への誤解を解消しなければなるまい。その上で、撮影所へ戻るように説得する。

彼の心を動かすには、どうすればいいのだろう。

5

五時から始まる夜間診療の患者たちが、徐々に増え出した。婦人たちは防寒用の毛糸のほっかむりを外し、紅潮した人なつっこい顔を覗かせる。

浩二郎は最後列の長椅子に座って、佐内を待っていた。

あまり一カ所に留まっていると怪しい人物と思われるため、時折出入り口の見える範囲でうろうろしていたが、結局いま座っている場所に落ち着いた。ここからなら待合室全体が見渡せ、午前中に佐内が使用した階段、さらにその隣にあるエレベーターも確認できる。

半日以上病院にいると、様々な人生を垣間見《かいまみ》せられる。以前入院していた三千代に付き添っている際も、命について深く考えさせられる場面に幾度《いくど》か出会った。

妻はアルコール依存症から肝機能《かんきのう》障害を患《わずら》い内科病棟に入院していた。

四人部屋のもっとも年嵩《としかさ》の真野文子《まのふみこ》という女性は、肝臓《かんぞう》がんで余命三カ月の宣告を受けている。にもかかわらず文子は、明るく他の三人の世話を焼くというのだ。

三千代の話では彼女は六十六歳で、時折中学生の孫娘が見舞いに訪れるのだが、あっけらかんとして半年以上先の花見の約束を交わすのを耳にしたという。むしろ三千代の方が胸の軋《きし》むような思いに駆られたのだが、文子の表情に暗さはなかったらしい。

さらに文子は抗がん剤治療で辛く、苦しい中にもかかわらず、自分の病室だけでなく病院の中を知った人間を訪ね歩いているのだそうだ。

ある日三千代は、洗面所でうずくまるその文子を見つけた。ある人に清涼飲料水が飲みたいと言われたから、売店に行く途中だという。

「私が代わりに買いに行きます。病室番号とお名前を教えてください」三千代は文子を抱きかかえてそう言った。

「お言葉はありがたいですけど、何とか痛みが治まったら自分で行きます」

「でもお辛そうです」

「大丈夫。痛みは治まりますから」

しかし文子の額には脂汗《あぶらあせ》が滲んでいた。

とりあえず三千代は、文子を近くの談話室へ連れて行った。

浩二郎がなかなか病室に戻ってこない三千代を探しに談話室を覗いたのは、ちょうどそのときだった。

二人が窓際に座っているのを見つけ、番茶を運んでいこうとした。

「私が顔を出さないと、何かあったんじゃないかって心配するから」文子の言葉が聞こえた。

「だからってお身体に障《さわ》ります」

「私、みんなに余命三カ月だって言ってるでしょう？　でもその三カ月間、どこまでみんなにエールを送り続けられるか挑戦してるの」

「エールを送る挑戦って」

二人に声をかけるタイミングを逸《いっ》したまま、彼女らの後ろの席に背を向けて座った。盆に載せた三つの茶を見つめたまま、二人の会話を聞いていたのだ。

「入院してる知り合いで、私より重い病気の人はたぶんいないわ。だったら、誰が励ますより効くんじゃないのかなって思ったのよ」

確かに三千代の口から、文子の明るさに対して自分も頑張らねばいけない、という言葉を何度も聞いた。つまり文子の姿を通して知らず知らずに励まされていたのだ。

「それは凄いことなんですけど……」

三千代の心配も当然だ。人を励ますために、本人の具合が悪くなるのを見るのは辛い。同部屋の者でさえそうなのだから、家族は堪《たま》ったものではないだろう。

「周りに心配させるなんて、最低よね。実相さん、本当にごめんなさいね。醜態《しゅうたい》をさらしちゃったわ、私としたことが。でも、こうして休んでいると痛みも和《やわ》らいできたから、もう大丈夫、心配しないでくださいな」

文子の言葉に、三千代は返事をしなかった。

「近いうちにホスピスへ転院するの」文子がつぶやいた。

「そうなんですか」と言った後に、少し間が空き、「それは、いつですか」囁《ささや》くような三千代の声がした。

「手続きが終わり次第だから、二、三日後になるでしょうね」

「真野さんがいなくなると、寂《さび》しくなります」

「もう死んじゃったと思えばいいじゃない」文子の笑い声がした。

「そんなこと！」三千代が声を荒らげた。

「冗談よ、ごめんなさい。ホスピスで同じように死を待つ人を徹底的に励まそうと思ってね。それはもう、遠慮会釈なしにね。一分一秒でも余命宣告より長生きして、お医者を驚かせてやろうって」

「真野さんってお強い方です。私なんかとても」

「何言ってんの。私はとても臆病《おくびょう》な人間よ。怖がりだから、かえって自分を鼓舞《こぶ》しないとめげちゃう。でも病気と闘うのはもちろんだけど、ただそれだけじゃしんどいわ。実相さん、子規《しき》って人知ってる？」

「俳句の正岡《まさおか》子規、ですか」

「そう。あの人、結核《けっかく》で三十五歳の若さで亡くなったでしょう。病気が酷《ひど》くなって寝たきりに近い状態のときに俳句の改革やらたくさん仕事をしたそうなの。身体が思うようにならなくて、みんな若いのに可哀《かわい》そうだと思ってるけど、実は本人はそうでもなかったらしいわ。病気になったらなったで、『病気を楽しむということにならなければ、生きていて何の面白味もない』なんて書き残してる。悲しみ抜いて苦しみ抜いた結果、そう思ったんだわ。結局、死ぬまで生ききらないと。だから私は生き抜くわ。そしてみんなに嫌がられようが、死ぬまで一緒に生きてることを楽しみましょうって励ますの。究極《きゅうきょく》のお節介婆《せっかいばあ》さんになってやるつもりよ」

　だから自分で売店に行き、頼まれたものを買い、それを病室へ届けるんだと文子はまた笑った。

その後、三千代は退院し、通院する中で文子が余命宣告より一年以上も長くホスピスで生き抜いたと聞いた。

文子が亡くなる直前に届いた暑中見舞に、俳句が書かれていた。『蚊《か》の刺してどっこい我は生きている』

彼女は動けなくなり、他人を励ます力もなくなったとき、自分の血を吸った蚊までも生きながらえさせた。しかも、その蚊によって自分の「生」を確認した。

今日のように長く病院にいると、文子のことを思い出す。明るい笑い声が、聞こえてきそうだ。

階段に佐内の姿を見つけた。腕時計を見ると午後六時前だ。浩二郎は、佐内に向かって手を上げた。それを彼が見て、どういう反応に出るのかを確かめたかった。

気づかないふりをするのか、それとも浩二郎の姿を認めて逃げ出すのか。

その態度で、佐内のいまの気持ちが分かる。

佐内は浩二郎を一瞥《いちべつ》すると、小走りで近づいてきた。

脈ありか。

「本当に待ってらしたんですか。実相さんって、雄高から聞いていた通りの方だ」佐内が苦笑いを見せた。

「彼は私のことを何と？」

雄高の爽《さわ》やかな顔を思い出した。

「諦める、ということを知らない人だって言ってました。まあ雄高も同じですがね。ちょっときてください」

そう言ってきびすを返す佐内の後に、浩二郎は付いていった。

佐内は階段ではなく、エレベーターに乗った。そして扉は五階で開き、そこで降りる。ナース・ステーションのすぐ隣、五〇一号室の前で佐内が立ち止まった。ナース・ステーションから、バイタルサインなどをモニターしているのだろう、独特の電子音が複数聞こえてくる。

この音を聞き、消毒液の匂いを嗅ぐと何となく緊張する。

以前の依頼人で、重篤《じゅうとく》な心臓病を抱えて、いまだ入院している婦人がいた。

彼女が十四歳のとき、戦後間もない大阪で米兵に襲われそうになったところを少年に助けられた。気が動転していて、少年の名前もどこの人間なのかも訊けなかった。

半年ももたないと言われた心臓だから、せめてそのときの礼を述べてあの世へ旅立ちたい、というのが彼女の望みだった。

少年を探す手掛かりは、米兵との格闘の際に落としたお守り袋だけという難しい事案だったのである。

彼女は半年との余命宣告から二年半、療養型の病院で生きている。思い出の効用と、生きていくことへの執念《しゅうねん》とが医学上の常識を覆《くつがえ》した好例だろう。ただいつ発作に見舞われないとも限らず、ベッドサイドでは常に心音が気になってしまうのだ。

彼女と面会した後はしばらく、モニターの電子音が耳の奥で鳴り続けた。

「ここに母がいます。私が病院に駆けつけたときは、まだＩＣＵにいました。一昨日、移ったばかりです」そういう佐内の表情は、先ほどより柔らかく感じた。

「お会いしていいんですか」

「手の消毒だけお願いします」

扉のすぐ横、腰の高さほどの場所にある消毒液の容器を示した。

浩二郎が手を消毒していると、「右半身は麻痺《まひ》しています。左脳がやられて話せませんが顔を見てやってください」と佐内が小声で言った。

「まったく見知らぬ人間が顔を見せて、混乱されませんか」

「ええ。一昨日までＩＣＵにいたとは思えないほどしっかりしてますから、大丈夫だと思います。もう帰られたと思ったもので、つい、京都から私を訪ねてきた人がいたんだって言ったら、どうしても挨拶がしたいと」

「そうですか」

倒れたばかりの病人が挨拶をしたいとは。

浩二郎は戸惑いを隠せなかった。もしや母親は、京都からの客ということに特別な意味を感じ取っているのかもしれない。

中に入ると強めの暖房で、室内はむっとしている。

個室の奥に低いベッドがあり、ジャッキアップした状態で母親は座っていた。やや右頬が下がっている感じがしたが、顔色は悪くない。

髪の毛を押さえつけるために、白いネットが被せられていた。そのせいか尼さんのように見える。

「母さん。この方が京都から見えた実相さん」佐内がそう声をかけると、母親は浩二郎の顔をじっと見つめながら、おもむろに頭を下げた。

彼女の目に、期待と落胆《らくたん》を見たと感じるのは、思い込みなのだろうか。いや明らかに、瞳《ひとみ》の奥にそんな光を見た。

表情を見る力、読顔力とでも言えばいいのか、それが刑事に必要な資質だと父が言っていたことがある。とくに目の奥の光を見逃すなと。どんなに笑顔でも、悲しい光を放つ人間がいる。いくら悲嘆に暮れていても、希望の光を持つ人間もいる。そしてどれだけ柔和で耳に心地《ここち》いい言葉を並べていても、人を見下す光しか持たない人間もいる。

その光だけは嘘をつかないと父は言っていた。

母親の丁寧なお辞儀に、すべての言葉が込められていると思った。

「大変なことでしたね。でも顔色もいいですし、安心しました」

すると母親がもう一度頭を下げたのだが、今度は左手を胸の前に出し、浩二郎を拝むかのような格好をした。

やはり母親は、浩二郎が撮影所の人間であると思い込んでいる。自分が倒れたせいで息子が仕事を放って帰り、迷惑をかけたと謝罪してるのだと感じた。

「いいんですよ、お母さん。すべて承知でお母さんの側にいてもらっているんです。息子さんのことは心配しないで、早く良くなってください」

まずは安心させることが肝腎《かんじん》だ。

浩二郎の言葉に、また母親が片手で拝み、深く頭を下げた。

次に佐内を伸びきらない指で差し、再び浩二郎に向き直る。そしてこれまで以上に深々とお辞儀した。

「分かりました。とにかくお辛いでしょうが、リハビリ頑張ってください。できないことを数えず、できることをゆっくり徐々に増やすつもりで」

母親の息子への愛情に圧倒され、堪らず外へ出るように佐内に目配せをした。

「佐内さん、良かったですね。大丈夫そうだ」廊下に出ると佐内に言った。

「一時は危なかったんですが、本当に頑張りました」

佐内が病院に駆けつけたとき、脳梗塞の後に急性の腎不全《じんふぜん》を起こして尿毒症《にょうどくしょう》に陥《おちい》り、八割方ダメだろうという状態だったのだという。

「佐内さん、お母さんの側で声を掛けてあげたんでしょう?」

「ええ。そんなことしかできませんから」

「その声が、聞こえたんです。佐内さんの応援が、お母さんの胸に届いたんだと思いますよ」

すべては応援だ。身内にできることは生きることを信じて、励まし続けることだけだ。しかし、これが患者の命に大きく影響を与える。

絶対に必要な命なんだと、一切の疑いもなく信じ切れるかどうかに掛かっているといってもいい。周囲の人間に、九割ダメだと言われても、残り一割に希望を見出せるかが、生死の狭間《はざま》で闘う人の心に影響する、と飯津家はよく口にする。

完全なる応援団、命のサポーターになりきった家族が、多くの奇跡を生み出している、と。望みや可能性を信じ切る力は、すべての人、とりわけ病人の生命力を燃やす燃料となるのかもしれない。

「私など、何の力にもなれない」佐内は廊下を歩き出し、「ですが、ここで母を看《み》たいと思っています」と強い口調で言った。

「本当に京都には帰らないと」

「ええ」

「時代劇に未練はないとおっしゃるんですか」

あえて役者とは言わなかった。佐内がこだわったのはただの役者ではなく、時代劇の役者だとドキュメンタリーを見て感じたからだ。

佐内にとって、チャンバラは人生そのもののような気さえする。

「時代劇の方が私を寄せ付けません。こんな未熟者など必要ないと」

「未熟者とは思いません」

ドキュメンタリー番組の斬られる場面を見た感想を述べた。

それを佐内は黙って聞いていたが、浩二郎が一刀両段のことを話すと、彼の目の色が変わった。

「柳生新陰流で最初に学ぶことですが、実際にはできない技だ。奥が深いです。相手から先に斬らせて、後手《ごて》の剣先が先に相手の頭部もしくは籠手《こて》に到達するなんて、よほどの胆力《たんりょく》がないとできませんよね」人差し指を剣に見立てて、佐内が首を振る。

「しかし、相手が斬ってくる場所は分かっていますからね」浩二郎が言った。

通常は、自分の左首筋に大きな隙を作って、そこを斬らせるようにする。

そこに相手の神経を集中させて、剣先も一直線に首筋に振り下ろさせるのだ。つまりこの時点で、相手の動きははっきりとこちらの手の内にあることになる。

あらかじめどこに斬り掛かるか分かった相手ほど、御《ぎょ》しやすいものはない。

「その相手が必ず斬ってくる場所に、隙を作ることができないんですよ。怖いですから」

佐内が顔を向けた。

「確かに、隙を作るのにも実力が必要ですね。ここに座りませんか」フロアの奥に食堂兼談話室があり、その前の長椅子に浩二郎が腰を下ろす。

隣に佐内が座るのを待って、「私の友人はあなたの仏倒れを見て、これほど見事なものは、時代劇の黄金期にもないだろうと絶賛していました。地面に付くまで目を開けてる、と」浩二郎は、茶川の佐内評を口にした。

「よく見ていただいているんですね。ありがたいことです」

「しかしながら、佐内さんでも恐怖心はあるでしょう?」

「それはもちろん」

「胆力は充分備わっていますよ」浩二郎はうなずきながら言った。

「いやまだまだ未熟なんです。今回、私はそのテレビ時代劇の黄金期に、三船敏郎《みふねとしろう》、萬《よろず》屋錦之介《やきんのすけ》、勝新太郎《かつしんたろう》、中村敦夫《なかむらあつお》、里見浩太朗《さとみこうたろう》、松平健《まつだいらけん》、緒形拳《おがたけん》、ああ挙げれば切りがないほどの役者を照らしてきたベテラン照明監督に、ダメ出しされたんです。もちろんいま名を挙げたような大俳優の足下にも及ばないことは百も承知ですが、その方の目は確かだ。その方から、二日も頭を冷やせと言われたんですからね」

「だから、逃げてしまったんですか」

「そうとってもらってもいいです。とにかく私は時代劇役者として精神が弱過ぎたんです」

「佐内さんが、お母さんの倒れたことを知ったのは、いつですか」

「そんなこと、もういいじゃないですか」

「少なくとも、同期の松原さんに連絡した前ですね。すなわち、あなたが現場から姿を消した夜から三日前ということになります」

「だから、どうだと言うんですか」

「あなたが、お母さんのことを気にして当然だ、と言っているんです」

一旦は親の死に目にも会えない職業だと諦めたのだろうが、頭の片隅では母を心配する気持ちがあった。いつ母の急変を告げる連絡があるやもしれないと、普段ロケ現場に持ち込まない携帯電話を所持していたとしても、誰が責められるだろう。

「だからダメ出しをされてもいい、許されるんだとおっしゃるのですか。そんな言い訳こそ、失格者の戯言《ざれごと》です。自分の未熟さを、母親のせいにする卑怯者《ひきょうもの》です。実相さんは、私をそんな卑怯者にしてまで、撮影所に連れて帰りたいのですか。それは私にとって屈《くつ》辱《じょく》です」佐内が語気を荒らげた。

それはある意味当然の反応だろう。それほどに佐内が責任と誇りを持って仕事をしていることを、浩二郎は分かっているつもりだ。しかし、あの夜の佐内の演技がたとえ完璧《かんぺき》であったとしても、木俣はダメ出ししているはずだ。それが木俣の打った大芝居なのだから。

ところが佐内は、母への心配が招いた失態《しったい》だと思い込んでいる。自分の甘さが許せないのだろう。自分を責め抜く佐内と、そうでもしないと母の元に駆けつけないことを知っていて息子を叱責した木俣。

「あなたが言う通り、屈辱かもしれません」浩二郎ははっきりと言った。

「戻れないと言った意味、分かってもらえたようですね」佐内が立とうとした。

「しかし佐内さん。屈辱、卑怯者、失格者。それがどうだというんですか。失礼ながらあなたは主役じゃない。助演でもない。ただの斬られ役です」浩二郎は前を見たまま言い放った。

「言いたいことは、それだけですか」佐内が立ったまま、浩二郎を見下ろす。

前を向いたままで顔は見えないが、きっと斬られ役を演じるときのような怒りの形相《ぎょうそう》をしているだろう。それが分かっていて、浩二郎はさらに言葉を継いだ。「斬られ役など、代わりの人間は何人もいる。あなたが消えても、撮影に支障《ししょう》をきたさないと思っているんですか」

「実相さん、あなたは本当に雄高の尊敬する人なんですか。もう少し……」佐内が言葉を飲み込むのが分かった。

「佐内さん、訊いたことに答えてください。一人ぐらい斬られ役がいなくても、何も変わらないと思っているんですね」質問を繰り返した。

「ええ、そう思っています。私がいなくなったって何の支障もないって。むしろ役が回ってきて喜ぶ大部屋俳優だっているくらいでしょう」

「しかし、雄高は私にあなたを探し出す依頼をしてきた。依頼人は彼だけではないんです」

「雄高だけではない？」

「そうです。名前は出せませんが数名の方からの依頼です」

「その中に……」さぐるような言い方をして佐内は、浩二郎に視線を投げてきた。

「何ですか」浩二郎はとぼけて佐内の目を見返した。

「……あの、美術監督で……甲斐という人は」一瞬間が空いて、佐内が重い口を開いた。

「これを描いた方ですね」浩二郎が起姫の絵のコピーを見せ、「この方、甲斐さんの名前は出なかったですね。この方が何か？」と、そ知らぬ顔で尋ねた。

「いや、別に」佐内が慌てて否定する。やはり佐内は、甲斐こそが自分の父ではないかと思っている。

「この絵、あなたのドキュメンタリーを見て、ササッと描いたそうです。上手いもんですね」さりげなく甲斐と起姫の関係を切っておく。

「テレビを見て、描いたんですか」

「ええ、そう聞いてます」

浩二郎は、佐内がメイク中に壁に貼られた起姫の絵を熱心に見ていたことを聞き及び、そこに何かがあると思って甲斐と話して分かったことだ、と付け加えた。

「……一瞬でこれを描いたなんて思いもしませんでした。単純な目鼻ですけど似せるとなると、案外難しいのに」佐内にしては弱々しい声だった。

「甲斐さんは絵描き志望だったそうですね。一度見たものは、それがたとえわずかな時間であっても、興味をかき立てられたものであるなら、細部まで記憶できるんだとおっしゃってました」

「ほんの一瞬だったはずです、これが映ったのは。そんなものでも記憶できるということなんですか。いや、やっぱりおかしい。変です」眉をひそめて佐内が言った。

「変というのは、どういうことですか」

「材質までは分かるはずありません。この指示書きには、木製で赤漆と書かれてます」佐内は、浩二郎の持っているコピー紙を指さした。

「それはシチュエーションからの想像だそうですよ。舞台が会津、漆職人の家にある起姫なのですから、木地であり、塗料は赤漆だと。さすがに一流の美術監督さんだと思いました」

まだ納得できないという顔つきの佐内に、浩二郎は続けた。「私は、あなたが起姫を見つめていたことに何かあるのではないかと踏んだんです。甲斐さんからの手掛かりで、会津地方に目を向けました。佐内さんのプロフィールにも出身地は明かされてませんでしたからね」

何より民間の探偵に住民票を調べる権限もない。

「そう、そうだったんですか」

力なくうつむいた佐内に向かって、「いずれにしても、私の依頼人は、自分の時間とお金を使ってあなたを探しているんです。あなたご自身の言葉を借りれば、大失態を演じた卑怯で失格者の斬られ役を。そのことを考えていただけませんか」と告げた。

「しかし……。どうあっても、もう帰れないんです。自分では演技に没頭《ぼっとう》したつもりだったんだ。なのに、見事に見破られてしまった。二日も頭を冷やせなんて、これまで一度もなかったダメ出しなんですよ」佐内が訴えるように言った。

「確かにきつい言葉ですね。でも叱責だけが原因とも思えないのです。あなたはもっと辛い状況を乗り越えてきたはずだ」

浩二郎は佐内が数多くの辛酸《しんさん》をなめ、その都度血の滲むような努力でそれらを凌《しの》いできたのではないか、と言った。

「私は自分の精神が許せなかったんですよ。自身のできる最高のものをと演じたのに、最低だった。それは気持ちの中のどこかに、母の容態のことがあったからです。日頃、役者稼業《かぎょう》なんて親の死に目に会えないものと嘯《うそぶ》いているのに、心を鬼にできなかった。中途半端なら辞めた方がいいんです」

食堂兼談話室の前に給食用ワゴンが止まった。六時から夕食なのだろう、各病室から食堂へと向かう患者たちの声が聞こえてきた。

「お母さんの食事はいいんですか」

思いつめた佐内の気持ちを、余所《よそ》へ逸《そ》らせたかった。佐内は自分の言葉の縄で、自らをますます締めつけているようだった。

「まだおもゆで、看護師さんが食べさせてくれるんです。上手く飲み込めないと危険だからって」

「なら、もう少しいいですね」

母親のことを話すときの佐内の表情が、思惑通り少しほぐれるのを見て取った。

「話しても気持ちは変わらない……」

「戻る戻らないはあなたが決めることだが、依頼人へは報告しないといけないんです。私の仕事も理解してください。あなたが消えた夜のことを詳しく教えて欲しいんです」

「それは、思い出したくないです」再び彼の表情がこわばった。

すよ」

「姿を消した直後のことだけでも、お願いします。雄高たちはあなたを懸命に探したんで

「申し訳なく思ってます」

「私に仕事をさせてください」頭を下げた。

「そんな、やめてください」そう言ってから少し沈黙が流れた。

浩二郎も黙って床を見ていた。

沈黙が与える心理的な効果。刑事の取調べ研修で教えられたことだ。ときとして饒舌《じょうぜつ》な説得よりも、相手の胸に訴えるものがある。

それに確かな効果があることを、浩二郎は実戦で確信を得てきた。

まず佐内は、撮影所に迷惑をかけたことに心を痛めている。その原因が自分の未熟さにあることも痛感している。だが、自分の失敗を母の病気のせいにするほど落ちぶれたくない。根が真面目なだけに、自分自身を追い込んで、どうにもならない状態にまできているのだ。

撮影所に謝罪する勇気を出させるためには素直になることも、また奮起《ふんき》を促すことも大事になる。

焦ってはならない。佐内自身が勇気を奮《ふる》い起こさない限り、どうすることもできないのだ。

沈黙が続く。

食事を終えた患者たちが食堂から病室へ戻り始めた。歩けない患者の元へ配膳されたトレーを、看護師や面会にきている家族らがワゴンに返しにくる。

廊下のざわつきが一段落ついた頃、佐内が咳払《せきばら》いをした。

「話してくれますか、あの夜のこと」機を逸せず、静かに訊いた。

「……ダメ出しをされた後、私は着替えるためにワゴン車へ行きました」渋い顔で佐内が話し出した。

「それは、ダメ出しがなくても予定通りだったんですね」

木俣にすれば、佐内の行動は手に取るように分かっていた。

「ええ。オーケーが出ても濡れた髪や衣装を乾かさないといけませんからね。そうしたら、照明監督が車の外にこられて」

「ダメ出しをした方が？」

それは雄高も知らない事実だ。

「ええ。ワゴン車の外から『まったくなってない。あんなんじゃ、このシーンのライティングはできない。二日間、撮影延期が決まったから、頭を冷やしてこい』と怒鳴られたんです」佐内が唇《くちびる》を噛んだ。「その瞬間、頭を殴られた気がしました。さっきも言ったように、あまりの未熟さに」そう言ってから、きつく瞼《まぶた》を閉じた。

「それで、お母さんのところへ行こうと思ったんですか」

「それはずっと頭にはありました。けれど、演技中は完全に忘れていたはずだったんです。精神統一していたつもりだった」そう言って堅く拳を握り、呻くように言った。「魔が差したんです」

どうせ二日間は謹慎《きんしん》の身のようなものだ。大義名分《たいぎめいぶん》が立つと勝手な思いに駆られ、そのままその場から抜け出したのだそうだ。

「一泊あれば母の顔が見られると……」

「お母さんの様子を見れば見たで、帰れなくなった？」

「必死で闘ってる母をそのままにしては帰れませんでした。一日だけ、せめて母の容態がはっきりするまでと看病している間に、もう復帰は無理だろうって」

「そうだったんですか。とにかく一旦、私と撮影所へ戻りませんか。そして監督さんたちに詫びを入れ、必要ならば、もう一度お母さんの側についてあげるというのはいかがですか」

「撮影所のことを知らないから、そんな暢気なことが言えるんです。帰っても私の居場所などありませんよ」

「なければ、一から作ればいいじゃないですか」

「もういいんです。私はここで母と暮らそうと思いかけています。四十歳を過ぎて、遅いかもしれませんが、親孝行のまねごとでもしようと」

「それは本当ですか、本心なのですか」浩二郎は佐内の目の奥を覗こうとした。

「ええ。心からそう思ってます」そう言いながら、佐内は浩二郎の視線を避けて床を見た。本心を見透かされることを嫌ったとしか思えない。

「あなたの人生ですから、ご自分で決めてください。ただし、これをお母さんに見せたい。その許可をください」浩二郎が出したのは、茶川から借りているＤＶＤだった。

「これは何ですか」

「あなたのドキュメンタリー番組の録画です」

「そんなもの、母に見せてどうしようと」佐内は、戸惑いとも憤りともつかない目をした。

「ただ見ていただくだけです。私は何も言いません。約束します。ただ見終わってから、お母さんにあなたを連れて帰っていいか、とだけ訊かせてください」

「そんな馬鹿なこと」

浩二郎の魂胆《こんたん》が見えないことへの苛立《いらだ》ちが、佐内の言葉を荒くした。

「一瞬でもお母さんが躊躇されたら、ここにいてあげてください。それがお母さんの望むことなのですから」佐内の訝《いぶか》る目に、浩二郎が真顔で言った。

6

「佐内さんは、監督や照明監督にこっぴどく怒られてました。それは酷い言い方をされて。でも戻ってきてくれて良かったです。本当にありがとうございました」雄高の電話の声は嬉しそうだった。

「雄高も、はやく彼に追いつき、追い抜くんだ。いいね」と言って、浩二郎は携帯電話を切った。

「雄高ちゃんには期待してるんやで、わしかて」茶川がソファーにもたれて言った。

「彼も佐内さんに似てるところがありますから、打ち上げ花火のように、ぱっと売れっ子にはならないでしょうけど、いい役者になると思います」

浩二郎はDVDを返すために茶川の事務所にきていた。

「そやな。わしもその方がええと思う。何より雄高らしいわ」

「ええ。これはお礼です。張り込んだんですよ」

「おお会津の地酒やな。これは何よりや」一升瓶《いっしょうびん》を抱きかかえて目を細め、茶川がスキンヘッドを撫でた。「けど、そないに、あのDVDが役に立つとはなぁ」

「いや本当に、助かりました」

DVDには、撮影現場の様子が数多く収録されていた。もちろん佐内を中心としたものだが、その中に監督や助監督、そして照明監督の姿も映っていた。

病後の妻に、それが何十年も前に別れた夫であると分かるのか不安だった。

しかし、彼女は一目でそれと気づき、嗚咽《おえつ》し始めた。側で見ていた佐内は、自分の姿を見て泣いているのだと思ったようだ。

浩二郎は、ＤＶＤを見終わり、ことさらゆっくりとこう言った。「息子さんを、撮影所に連れて帰っていいですか」

母親は何の躊躇もなく、涙を流しながら膝にかけた布団に額がつくほど深く一礼したのだ。

「けど、佐内忠はこれからが正念場やな。一遍死んだと思て、頑張らんとな」茶川が早速、一升瓶の栓《せん》を開けようとしていた。

「ええ。そうですね。しかし彼は大丈夫でしょう」帰りの列車での佐内とのやり取りを思い出しながら、浩二郎はうなずいた。

「蚊の刺してどっこい我は生きている」と車窓を見ながら、浩二郎が佐内に聞こえるように言った。

「俳句ですか」佐内が訊いてきた。

「ええ。私の知っているご婦人の作った句です」

文子の病院での振る舞いやホスピスへ転院した経緯などを、かいつまんで話した。

「強い方ですね」

「本人は弱いから鼓舞したんだとおっしゃっていた。しかし自分を弱いと認められることは、本当は強いことなんです」

「弱さを認める、強さですか」佐内が確かめるようにつぶやいた。

「ええ。佐内さんは隙がない。いや、なさ過ぎるんです。それでは相手は打ち込めない。一刀両段をきめるのは無理ですよ」

「実相さん」佐内の表情がはじけるように変わった。その笑顔を見て、浩二郎は佐内が時代劇を捨てない、と確信した。

大芝居を打った父の息子として――。

第三章

歌声の向こう側に

1

由美《ゆみ》は四条《しじょう》通りに面した高丸《たかまる》百貨店に入ると、迷うことなく階段を使って地階へ降りた。

階段だと「京都珈琲《コーヒー》」に一番近いと聞いてきたからだ。

平日の午後七時、地下食品売り場は買い物客で賑《にぎ》わっていた。最近、百貨店の経常利益が激減していると、テレビ局の営業社員から聞いていたし、自分でも閑散《かんさん》としたフロアを何度も目にしている。

ただ食品売り場に関しては、客足が減ったという印象を持ったことがなかった。この時間帯でもそれなりに人出があるところを見ると、客数がそのまま購買につながっていないのかもしれない。

地下に降りると暖房の温かい空気と共に、いろいろなお菓子やお総菜《そうざい》の匂《にお》いがした。右手にあるパン屋の向かい側、その一角にコーヒー豆を入れたケースが並んでいる。

コーヒー豆専門店「京都珈琲」が出店している喫茶《きっさ》コーナーだ。そこにいるのが相談者の川津茉希《かわつまき》に違いない。七時半になれば閉店するので、その後、話ができると聞いている。それまで由美はカウンター席に座り、茉希の仕事ぶりを見ようと思った。

手の届きそうなほど近いキッチンにいる彼女は、由美がカウンター席に座っても知らん顔だ。

黙々とケトルの湯加減を見たり、カップを洗浄したり、また使用済のペーパーを捨てたりとめまぐるしく動いている。

テレビでうちの顔、知ってるはずと違うんやろか？

「あの、ホットコーヒーを」このままでは放っておかれると思い、由美は声をかけた。

茉希はぼそっと何かをつぶやいたようだ。けれど注文が聞こえたのかどうかさえ分からなかった。メニューを見直しながら「本日のブレンドコーヒー」と言わないといけなかったのかと思っていると、豆を挽《ひ》く音がして芳《かんば》しい香りが漂《ただよ》い始めた。

茉希がペーパーをセットして挽いた豆を入れると、タイミングよく湯が沸騰《ふっとう》し踊《おど》り出す。サッと火を止め、ケトルを濡らした布巾《ふきん》の上に置き、適温に冷ましてからドリッパーに湯を注《そそ》いだ。

バラの絵柄のカップにコーヒーを注ぐと、ソーサーにシュガーとスプーンを載せて由美の前に置いた。

「三八〇円です」先にお金を払うシステムのようで、茉希は素《そ》っ気《け》なく言った。

やはり由美に気づいてはいないようだ。

由美からお金を受け取ると、その手でコーヒー豆の滓《かす》をゴミ箱へ投入した。そしてすぐさま器具を洗い、キッチンを拭《ふ》き、すべての器具を元通りに戻す。

手際がいいというか、その動きは精密な機械のようだった。

客がやってきて椅子《いす》に座ると、茉希はまた機械のように同じ動作を繰り返した。

その様子を見ながら由美はコーヒーに口を付けた。酸味が少なく、コクがあって美味《おい》しいと思った。

七時半になり、茉希は「本日の営業は終了しました」と書かれたプレートをカウンターに置く。

それとほぼ同時に由美の横の男性客が席を立ったのを機に、「川津茉希さんですね。思い出探偵社の一ノ瀬《いちのせ》です」と名乗った。

「どうも」と茉希は小さくうなずいただけだった。

歓迎されていないのだろうか。

「お話、どこでしましょうか」

「ここで」

茉希はキッチンを整頓《せいとん》すると、エプロンを外《はず》してカウンターをくぐった。「三十分くらいは大丈夫です」と言いながら彼女は隣の席に座った。

三十分で済む話とは思えない。

「改めまして、一ノ瀬由美と言います」由美は名刺を渡す。

茉希は、電話での印象とほとんど変わらず堅《かた》く暗い。

「接客態度、不可。愛想がない」無表情で茉希が言った。

「は？」

抜き打ちで接客の様子をチェックした、本社の人間の会社への報告だと茉希が説明した。

もちろんクビになりたい訳ではないが、ほぼ八割を占める男性客に愛想を振りまく気になれなかったのだ。抑揚《よくよう》のない話し方で茉希は続けた。自己紹介のつもりなのだろうか。

「でもコーヒー、美味しかったですよ」

「仕事ですから」

本来はコーヒー豆を売るのが主眼《しゅがん》の店だが、会社はコーヒーを淹《い》れて客に出すことにも力を注いでいるようだ。

美味しいコーヒーを飲んでもらえば、豆の質の高さが分かっていただけると思います、と京都珈琲のホームページには書かれていた。

売上データを見れば、この不況下にもかかわらず、伸びている。黙りこくって、客の質問に最小限の言葉でしか答えようとしない茉希だったが、それはそれで客にとって煩《わずら》わしくない存在なのかもしれない。

依頼人の日常を押さえておくことが、具体的な事案に取りかかる前にすべき仕事だと由美は考えていた。

些細《ささい》なことでも依頼人の指向性を知る手がかりとなる。それは、依頼人に納得してもらえる報告書作りに役立った。

喫茶コーナーは、コーヒーの他にロールケーキとクッキーが提供されるくらいで、キッチンには調理器具と呼ばれるものはほとんどない。コーヒーケトルが大小二つ、二カップ用と六カップ用のコーヒーサーバー、それぞれに合うドリッパーが整然と並べてあった。

「いつもそこに立っていらっしゃるんですね」由美は磨かれたケトルを見た。

「ええ」

茉希は多くを語らなかった。それでも質問を繰り返し、断片的に得た情報だと、休みは週に一日、毎日八時間働いて手取りは十六万円あまり。

家賃八万円とその他光熱費などを払うと五万円ほど残り、それでどうにか、やりくりしていた。贅沢《ぜいたく》はできないが、それほど不満は感じないと言った。

おしゃれして街に繰り出す機会がなく、ファッションにもメイクにも興味はないと言い切った。離婚は二度経験していて、その原因はいずれも夫のギャンブルがらみだったという。離婚後、四十のときに『京都珈琲』へ就職、現在の年齢は五十歳だ。

そこまで聞き出したとき、百貨店の閉店時間の八時になってしまった。

「懸案《けんあん》の男性と出会ったとき、その方はすでに記憶を失ってたんですね。出会いからの経緯を教えて欲しいのですけど、今夜は無理ですか」由美はボイスレコーダーをバッグにしまった。

「ええ」

「けど、それを話してもらわないとね」

本題に入れないではないか。

「そうなんですが……」背筋を伸ばし、真正面を向いたまま茉希が曖昧《あいまい》な返事をした。

茉希は、まだ迷っているのだと由美は感じた。

「では日を改めるとして、ひとつだけ教えてもらえます？」

茉希はこちらを向いた。

「川津さんは、その方の身元引受人にならはるおつもりですか」

茉希が「はい」と言いながら下を向き、息を飲んだのが分かった。

「分かりました。こんど病院で面会される日、私もご一緒させてください。よろしいですか」

ごく小さく茉希はうなずいた。

2

佳菜子《かなこ》は阪急《はんきゅう》電車に乗ってすぐ、真《まこと》に向かって言った。「私、あなたが思っているほど若くありませんよ」

車内はそれほど混んでいない。だが佳菜子は座席に座らなかった。電車のドアが開くと同時に車内に駆け込み、隅《すみ》っこを見つけて自分だけ座った真の横に座る気になれなかったからだ。つり革につかまり彼を見下ろすと、急に昨日言いたかった文句が口をついて出た。

「そう。でもあそこでは一番若いでしょう。気にしないで」

気にしないで、とはどういう言い草だ。歳より若く見られたことを気にしているとでも、思っているのだろうか。

「気にするとかではなく、女性に対して、若いとかそうでないとか言うのは、ちょっとデリカシーに欠けるのではないかと……」佳菜子の声はだんだん小さくなっていった。

事務所を出るとき、テレビ相談の依頼人の件で動き始めた由美が、真を同行させることになった佳菜子を心配そうに見送っていた。その際、由美は真と目も合わせなかったのを、佳菜子は知っている。

「一ノ瀬さんのこと、気にしてるの。確かにあんなに怒らなくてもいいのにね」

「そういうこととも違うんですけど」

佳菜子が年下の真に丁寧語《ていねいご》を使うのは、そうすることで一定の距離が保てると思うからだ。

「ああ。じゃあ、本当はいくつなんですか?」

「いくつって、私の歳を訊《き》いてるんですか」

いまデリカシーがないと言ったばかりなのに、女性に年齢を訊くなんてどういう神経をしているのだろう。

彼は、佳菜子が何を言いたいのかまったく理解していないようだ。年齢のことで女性に不愉快な思いをさせていることなど気づかないのだろう。

佳菜子が真にどう反論しようかと考えていると、「二十三、四ってとこですか？　もしかして俺と同い年？」と勝手なことを言い出した。

事務所では「ぼく」と言っていたのに、私には「俺」――。

「違います。私は来年三十……」むきになった瞬間に、自分の年齢を言ってしまった。

佳菜子は慌《あわ》てて周りを気にした。三十歳という年齢を口にするのには、少し抵抗があった。

「俺より上なんですか」真は佳菜子を見上げて、口元をほころばせた。

「そうです、年上です」

彼の嘲笑《ちょうしょう》したかのような顔が堪《たま》らず、佳菜子は口を結んだ。

「すみません。いや、意外だったんで。てっきり大学を卒業したばかりじゃないのかって思ってました。だってとても三十前には見えないし、ちょっと幼いくらいだから」

真のねっとりとした視線に、二年前の事件を思い出し、ぞっとした。

「そんな風に、見ないでください」

「どこに問題点があるんでしょうね」

「問題って?」

どうしてそんなに幼く見えるのか、と周囲に聞こえるような声で真が答えた。

「ちょっと、そんなこと……」つい大声になって、佳菜子はまた周りを気にした。

幼く見えるのは、たぶん背中まであった髪を切ったからだ。この寒空にいまどきの高校生もしないようなショートカットにしたために違いなかった。

由美に憧れて伸ばしていた髪をばっさりと——。

「あなたって、本当にお医者さんなんですか」思いついた言葉を口にしてしまった。

「医師免許持ってますよ。なぜ?」

「いえ、ちょっと」口ごもってしまった。

「口べただからでしょう?」

「ええ、まあ」口べたとは違うのだが、佳菜子はうなずいてしまった。

「人を相手にする臨床《りんしょう》タイプじゃないからな、俺。どちらかといえば、研究者タイプなんですよ」

「人を相手にするタイプでないのなら、どうしてうちに?」

「そうですよね。俺もそう思ってました。だけど医療って、結局人間相手だから。とくに俺の専門は脳だし、いわゆる心の在処《ありか》も医療のテーマになってくる。だから人間の心を相手にする思い出探偵というのも、研究の一環と言えるんじゃないですかね」

医療とか研究という言葉を使うときの、真のしたり顔が鼻についた。

「心の在処って、そんなこと簡単に分かるとは思えないんですけど」難しいテーマなのに安易に口に出した真へ、はっきりと言った。

男性にそんな態度をとったことで、心臓がドキドキした。

「俺には分からないっていうんですか」真の目が鋭くなった。

「い、いえ、そういう意味じゃないんですけど」

恐怖で喉《のど》が渇《かわ》いた。

「なぜ、どうして俺には分からないと思うんだ」真はさらに語気を荒らげた。

「そんな怖《こわ》い顔しないでください」真から目を逸《そ》らして佳菜子は言った。

「あなたが言ったんだよ。自分の言葉に責任持って欲しいな」真は、三千代《みちよ》に言われて身《み》嗜《だしな》みは整えてきたが、それでも目にかかるほどの前髪の間から睨《にら》み付けてくる。

若い子たちの間ではイケメンというのだろうが、佳菜子にはクールな顔立ちが、いっそう怖かった。

「ただ女性の心を知らないと思っただけです。女の人は、見た目で年齢を判断されるの気分良くないから」

「じゃあなぜ、アンチエイジングに血道を上げるのかな」

「それは……」答えに窮《きゅう》した。

「結局は見た目じゃないんですか？　老いは遺伝子のプログラムです。そんなもん俺にはどうすることもできない」

ずれている。真の論点は完全にずれてしまっている。それに彼は気づいていない？　いや、気づかないふりをしているだけなのだろうか。

「もう分かりましたから。仕事の話をしましょう」隣の婦人が真の言葉に耳を傾けている気がした。

「じゃあ、素直《すなお》に謝りますか」真の口元だけが笑っている。

「言い過ぎました。ごめんなさい」

謝る理由がないが、これ以上興奮させると何を言い出すか分からない。

頭を下げたとき首筋に鈍痛が走った。たぶん肩こりのせいだろう。その肩こりの原因は、きっと目の前の真だ。

「いいですよ、それじゃ仕事の話をしますか」真は、さっきより嬉《うれ》しそうに見上げた。

「契約までの大事な打ち合わせですから、クライアントの話は私が聞きます。今回は研修ということで、横でメモを取ってください」

「いいですよ。一ノ瀬さんが言ったように俺、まだ探偵じゃないですから。あの、メモこれで取っていいですか」真はコートのポケットからミニノートパソコンを取り出して、佳菜子に示した。

「パソコンで、メモを？」

「この方が慣れてるし、速いから」

「分かりました。そうしてください」

大人しくしていてくれるなら、それでいい、と佳菜子は思った。


火曜日に思い出探偵社を訪ねてくるはずだった上条裕介《かみじょうゆうすけ》に急用ができ、後日こちらから訪ねることになったのだった。上条は、お店にきてもらった方がかえって話がしやすいし、分かりよいと言った。

彼は大阪市鶴見《つるみ》区の緑地公園の近くで喫茶店『ハーモニー』を経営している。約束は昼のランチが一段落する、午後三時だ。

阪急、大阪市営地下鉄と乗り継ぎ、探偵社から一時間三十分ほどかかる場所に店はあった。

佳菜子は、小学生の頃に国際花と緑の博覧会を見学するためにこの駅に降りた記憶がある。ただしそれは春休みで、十二月の寒空ではなかった。花と緑に溢《あふ》れたというイメージがあっただけに、いっそう寒々しく感じる。

それでもホームから見える常緑樹の緑は、気持ちを和《なご》ませてくれた。一緒に歩いているのが真だからか、物言わぬ木々に優しさを感じ気持ちが癒《いや》される。

駅から歩いて十分かからないと、上条から聞いていた。

「こっちですよ」真《ま》っ直《す》ぐ行こうとしたとき、真が声をかけてきた。彼は電車の中でも開いていたノートパソコンを、まだ見ている。

「いえ駅を出て、駅前を真っ直ぐのはずです」

喫茶店に着く前に、また一悶着《ひともんちゃく》ありそうだ。

「こっちですってば」真が顎《あご》で方向を示す。横柄《おうへい》な態度だ。

「いいえ、こっちです。ちゃんと上条さんから説明を聞いてますから」

「そっちの方が目印が多いから、分かりやすいだけ。方向音痴《おんち》の人でも店にこられるように、上条さんの配慮ですよ。近道はこっち」

「方向音痴って」文句を言おうとしたがやめた。

「とにかく俺のパソコンが正しいんです」真はパソコンの画面をこっちに向けた。

「地図を見てたんですか」

画面には、駅周辺の地図が表示されていた。

「ええ。初めての場所ですからね」

「で、そこにある地図では、左なんですか」

「そういうことです」

「地図を確かめているんだったら、そう言ってくれれば……。私はてっきり」

ゲームで遊んでいると思っていた。

「俺、ゲームとか、やらないですから」佳菜子の気持ちを察知した真は、むすっとしたまま歩き出した。

佳菜子は彼の背中に、「ごめんなさい」と謝って後を追う。

どうして私が謝らなければならないの。しかも今日二度目だ。

佳菜子は、真と一緒に依頼人と会うのが憂鬱《ゆううつ》になってきた。一人の方がどれだけ楽だろうか。

そんな佳菜子の気持ちを余所《よそ》に真は、初めての土地とは思えないほど迷いなく路地を進んでいく。しばらく黙ったまま歩くと、『ハーモニー』の看板文字が見えてきた。

腕時計を見ると六分ほどしか経っていない。確かに近道だったようだ。

約束の十分ほど前に、店に入った。間口《まぐち》は狭いが、奥行きは思った以上にある。京都によくあるウナギの寝床《ねどこ》といわれるタイプの店だ。

四人掛けのテーブルが五脚《きゃく》並び、その左側がカウンターになっている。カウンターにも六席あった。店内に客はいない。

一番奥にある教壇のような一段高くなったスペースに目がいった。そこには椅子だけがあって、乗っているのは年季が入ったアコーディオンだった。

「そこがステージになるんです」カウンターから出てきた上条が、佳菜子たちに声をかけた。

ロマンスグレーの髪を綺麗《きれい》にオールバックに撫《な》でつけ、白いYシャツが眩《まぶ》しかった。電話では六十五歳のじいさんです、と言っていたが、顔色がよく、額につやさえある。小太りだけれど肥満体ではなく、貫禄《かんろく》があるという感じだった。

「初めまして、思い出探偵社の者です」佳菜子がお辞儀《じぎ》をした。

「いや、わざわざきていただいてありがとうございます。上条です」上条は胸ポケットから名刺を出した。

「申し遅れました、橘《たちばな》と申します。こちらは」佳菜子が名刺を渡し、そう言いかけると、

「平井《ひらい》といいます」と真も名刺を出した。

「ほう、医師免許を持った探偵さんですか」と上条が平井の名刺を先に見て言った。

上条は、二人に一番入り口に近い席に着くよう促《うなが》すと、自分も座った。

まだ真の名刺の準備ができていないと思っていた佳菜子は、驚いて上条の手元を覗《のぞ》き込む。そこには医籍登録番号が記載され、肩書きはすでに思い出探偵となっているではないか。

「平井さん、このこと実相《じっそう》さんは？」佳菜子はささやき声で言って、真の顔を見た。

「では、お話をお聞かせください。どうぞ」真は佳菜子を無視して、上条を促した。

「あのボイスレコーダーで録音しても構いませんか」佳菜子は慌ててバッグからボイスレコーダーを出し、テーブルに置いた。

「ええ、構いません。ちょっと待ってください」

上条がコーヒーを淹れてくれた。

喉が渇いていたため、佳菜子は一緒に出されたコップの水を先に飲んだ。

隣の真はカップを手にしていた。「このコーヒー酸味が強いですね。ぼくは苦《にが》みが強い方が好きです」

「はあ、それはすみません」上条が謝った。

「あの上条さん、私はとっても美味しいと思います」佳菜子は笑顔で言った。

「へえ、酸味が好みなんだ」

佳菜子は咳払《せきばら》いをして真を睨み付けた。そして上条に向き直って言った。「彼は気にしないで、私にお話しください」

「そうですか。いや、何からお話しすればいいですかね」上条が座り直す。

「さっき、ステージになるとおっしゃったんですが」佳菜子は気持ちを入れ替えて質問した。

歌声喫茶で知り合った仲間を探して欲しいとは聞いていたが、上条の店も普通の喫茶店とはどこか違う。

「五年前に始めた店で、ここも歌声喫茶なんですよ。土日だけの限定ですが」

自分がアコーディオンを演奏して、客の中から数人がステージに上がって得意の曲を披《ひ》露《ろう》するのだと、上条が言った。

「あの、勉強不足ですみません。歌声喫茶というのはどういったものなんですか」

話に聞いたことはあるけれど、実際どういうものか佳菜子は知らない。上条が説明してくれたこともピンとこなかった。

「お嬢さんほど若い方だと当然ですね。失礼しました」

「いえ、こちらこそ、申し訳ありません」

若いという言葉が、今日はひときわ耳につく。佳菜子は真に目を遣《や》った。

どうやら真は大人しくなったようだ。黙ってノートパソコンのキーを叩《たた》いている。

「歌声喫茶というのは、簡単に言えば、店の人間と客とが一緒に合唱して、そのひとときを楽しく過ごす飲食店です」

「合唱を楽しむお店なんですね」

「一時期流行ったカラオケ喫茶のように、一曲ごとにお金はいりません。昔通った歌声喫茶はコーヒーが七十円でした。だいたいそれを頼んで席に着くんです」

「バラバラに来店した人たちが、みんなで一緒に唄《うた》うんですか」

「ええ、でも唄う時間は決まっています。五時に開店して、お客さんが揃《そろ》った頃、そうですね六時ぐらいに第一回目のコーラスタイムというのが始まります。舞台に見立てたスペースに四人ほどの従業員が並ぶ。ロシアの民族衣装を着ていることもあります。マスターが指揮をとるんですが、その前にあらかじめ配られた歌集のページをみんなに告げるんですよ。するとアコーディオン奏者がイントロを演奏し始める。そんな段取りで、コーラスタイムは四十分ほど続きます。そういうのが五ステージ、最後までいると十二時になってしまう」

「五ステージも」

「そうです、そのたび一体化してね。ときには肩を組んで唄ったりもするんですよ」

「肩を組んで。キャンプファイアーのときにするようにですか」

佳菜子がそんな経験をしたのはたった一度だけ、中学生のときに学校行事で参加したキャンプでだった。

京都市内の最北端、山間に流れる清流の畔《ほとり》で薪《まき》を焚《た》いた。確かにそのときも歌を唄った覚えがある。

「キャンプファイアーですか。似てるかもしれません。ロシア民謡をよく唄いました。歌は『カチューシャ』『トロイカ』『ともしび』、でも『野バラ』や『サンタルチア』、日本の民謡『こきりこ節《ぶし》』とか『わすれな草をあなたに』なんかもあってバラエティに富んでました。昭和の二十年代なら、イデオロギーにかぶれてるみたいに思われたもんですが、ぼくらのときはもうそんな雰囲気《ふんいき》はなかった。大阪の道頓堀《どうとんぼり》に昭和三十九年頃、『暖炉《だんろ》』という歌声喫茶があったんです。少なくとも『暖炉』はロシア民謡や反戦歌に偏《かたよ》っていませんし、そこに思想を持ち込むんじゃなく、ただ合唱して楽しむというムードに溢れていました」

上条の言葉に熱がこもるのを、佳菜子は感じた。

「仲間というのは、どういったお知り合いですか」

ここからが本題だ。

「あ、いや、その『暖炉』で知り合った……」

言い淀《よど》んだ上条が照れ笑いを浮かべる。

「そこで出会った人、ということでよろしいんですね」

佳菜子は上条につられて笑顔になる。

「電話では言いにくかったんですが、実は小野田百恵《おのだももえ》さんという、初恋の女性を探して欲しいんです」そう言って上条は首の後ろをさすった。

佳菜子は百恵の漢字表記を訊きながら、「分かりました」と堅い表情で言った。六十五歳の男性が初恋という言葉を使い、はにかんだことに佳菜子自身が気恥ずかしくなった。

由美なら気の利《き》いた冗談で、この場をもっと和ませ、上条の気持ちをほぐすに違いない。

　けれどそんな柔軟性を自分は持ち合わせていない。佳菜子が常に思い悩んでいることだ。

「居場所を突き止めた後は、どのように？」

　依頼人の要望を知っておかないといけない。経費のこともあるが、何より報告書の内容を大きく左右する。それはそのまま、依頼人の満足度に反映してくるのだ。

「できれば会いたい、と思っています。いや、みんなでもう一度、唄いたいんです」上条は思い詰めたような顔を向けた。

「このお店にお連れするということですね」

「もちろん可能ならば、ということで」

　小野田百恵を『ハーモニー』に連れてきて、依頼人と共に唄う、とメモした。

「最後に連絡を取られたのは、いつですか」

「最後……。それは昭和三十九年の十二月です」

「それ以後の消息は分からない、ということですか」

　年月が経ち過ぎている、と思った。

「ぼく自身とは音信を絶ちましたけど、昔の仲間とは連絡を取り合っていたみたいです。だから、五年前も連絡がつくものと踏んでいたんですが……」

「五年前というのは？」

「それには込み入った事情がありまして」

「では後ほど詳しくお訊きするとして、ずっと連絡を取り合っていた方とはいつ頃まで」

「何でも十三、四年前から音信不通になったらしいんですよ」

「連絡を取っていた方は、いまどこにおられるのですか」

その人に直接会って詳しく話を訊く必要がある。

「兵庫県の赤穂《あこう》市に住んでいます。岩下泰明《いわしたやすあき》さんと奥さんの悦子《えつこ》さんです。三十九年当時は立売堀《いたちぼり》で金属加工の工場をやってたんですが、上手《うま》くいかなくなって引っ越しました」

現在、岩下夫妻はお好み焼き店を営んでいるそうだ。赤穂市は悦子の出身地だった。岩下夫妻とは、年賀状と暑中見舞でしか連絡を取り合わなかったが、音信が途切れることはなかったのだという。

「そのお二人が、歌声喫茶のお仲間なんですね」

「そうです。岩下泰明さん、旧姓村野《むらの》悦子さん、小野田百恵さん、そしてぼくの四人で『暖炉』に通ったんです。もう歌声喫茶そのものは下火になっていて、その年に『暖炉』も閉店しましたが」

「では、その頃のことを、詳しくお話しくださいますか」

昭和三十九年は東京オリンピックがあった年で、日本中が大騒ぎしていた、と上条は当時を振り返る。

「世間がオリンピックに浮かれて、人々がカラーテレビを月賦《げっぷ》で買うとか、新幹線に乗った感想を得意げに話している時代です。そんなときに、お恥ずかしい話ですが、二十歳にもなりながら、ぼくはその日暮らしをしていました」

絵本作家になりたくて、十八歳のときに長野から東京へ出たのだという。

自分の作品を持って出版社を回ったが、どこからもいい返事はもらえず、それから一年間、作品をためることに専念した。

「叔母《おば》が幼稚園の先生をしてまして、そこに毎月届く絵本があるんです。十四のときに、たまたまそれを見ましてね。『がんばれ　さるの　さらんくん』というんです。その絵が面白くて。長新太《ちょうしんた》ってご存じですか」

「ちょっと変わった感じの絵ですよね」

由美の娘、由真《ゆま》が一風変わったキャラクターの絵本を持っていた。確かその本の作者が長新太だったように思う。

「独特のタッチでしてね。いままで見た絵本作家が描くものとはまったく違う。見ているだけで楽しい絵だった。ただ眺《なが》めているだけで、嫌なことが吹っ飛んでしまうんです。ぼくもこんな絵、描きたいなって。身の程知らずもいいとこですよ」

長野の両親とは、一年分の生活費だけは送るが、それでも絵本作家として芽が出ないときはすっぱり諦《あきら》めて戻る、そして家業の松代焼《まつしろ》の工房を手伝う、という約束だった。

「松代焼というのは、どういったものですか」佳菜子が尋《たず》ねた。

「江戸時代の中頃に、松代藩が地元の材料で器を作るように命《めい》を下《くだ》して誕生した焼き物だと聞いてます。一旦《いったん》は姿を消したんだそうですが、戦後復活しました。うちはその窯元《かまもと》をしてたんです」上条は出窓の一輪挿《いちりんざ》しを指さし、「あれがそうです」と目を細めて言った。

「見事な緑色ですね」

グリーン系統は佳菜子の好きな色だ。

「鉄分が多い土と天然の釉薬《うわぐすり》が反応します。うちの父も長年焼いてますが、色は予想できないと言ってました。花瓶《かびん》の首にある模様は青流しといって、釉薬をさっと付けて自然に任せた色彩です。万事自然体で、いい風合《ふうあ》いを出してますでしょう」

「自然の力ですか。凄《すご》いですね」

人間の計算できることなんて、自然界にはほんの少ししかないと思うと、佳菜子も肩の力を抜いて仕事ができるような気がした。

「約束の一年はあっという間でした。自分では努力したつもりですが、実力が伴わなかったんですね。何とかもう一年頑張《がんば》らせて欲しいと親に頼み込んだんですが、仕送りを断たれてしまいました」

その後、同じく絵を志す仲間だった岩下泰明を頼って、大阪へ流れてきたのだという。

「泰《やっ》さん、岩下さんのことを仲間内ではそう呼んでました。泰さんはぼくより三歳上で、親が金属加工の工場を経営していて、社宅があるからいつでもきていいって、言ってくれたんです。ゆくゆくは社長だ、そのときは採用してやるって。たとえ夢が叶って絵本作家となったところで、筆一本で食べていくのはなかなか難しいですから」

上条は岩下の言葉に甘えて転居した。岩下の会社が契約していたのは、大阪市西区立売堀の文化アパートだった。

「四畳半一間《ひとま》に台所、いまでは考えられない間取りですが、当時は有り難《がた》い住まいでした。泰さんの会社はネジを作ってまして、一応ぼくもそこでアルバイトをさせてもらうことになったのです」

住まいがあって収入も確保できた。あとは時間が許す限り絵本を描くことに打ち込める。傑作ができれば、出版社に持ち込んで、東京へ捲土重来《けんどちょうらい》を期すつもりだった。

「ところが徐々に、肝腎《かんじん》の絵本から離れていったんです」上条が目を伏せた。

「それは、初恋と関係があるんですか」突如《とつじょ》、真が声を発し、驚いて佳菜子が彼を見た。

「いいえ。むしろ百恵さんに会ってからの方が創作意欲が湧いたくらいです」

「では、なぜそのとき好きな絵から離れたんだろう」真は独《ひと》り言《ごと》のようにつぶやいている。

「平井さん、いま私がお話を伺ってるので……」佳菜子は下唇を噛《か》んだ顔を、真に向けた。

「ああ、そうですね。じゃあ、どうぞ」真が椅子を引いて身体《からだ》を少しテーブルから離した。

「平井さんの疑問ももっともです。私の性格なんでしょうね、枷《かせ》がある方が打ち込めるというか、逆にさあ絵本を描けるという環境になると、意欲が萎《な》えるというのか」と上条が自嘲《じちょう》気味に言った。

障壁《しょうへき》が、執念《しゅうねん》や情熱を生むものだと、以前本郷雄高《ほんごうゆたか》が言っていたことを思い出した。いざ環境が整うと、上条は絵本への思いを見失ったようだ。

「泰さんにはお目当ての女の子がいましてね。千日前《せんにちまえ》デパートに勤めていた村野悦子さんです」

「そのとき知り合われて、ご結婚されたんですか」

「ええ。その悦ちゃんが歌が好きで、その影響でぼくら三人は歌声喫茶へ通うようになりました。そしてその歌声喫茶で見かけた百恵さんに、恥ずかしながら一目惚《ひとめぼ》れしたんです」

百恵は船場《せんば》の紡績《ぼうせき》工場の寮《りょう》にいた。そこで苛《いじ》められていて、大きな声で唄って憂《う》さ晴らしをしていたのだそうだ。

「百恵さんは二つ年下でしたが、どことなく大人の魅力があって、急速に惹《ひ》かれました。

思い切って告白して、どうにか上手く二つカップルができた訳です。ぼくの初めての本格的な恋じゃなかったかと思います。もう嬉しくて、見るものすべてが違って見えた。ただ時代が時代ですから、会えるのは『暖炉』だけですけれど。電話といったって、寮母《りようぼ》さん経由《けいゆ》ですから、すぐに寮内の噂《うわさ》になってしまう。ただでさえ苛められているのに、男性から電話があったなんてことになると、どうなったかしれません。だから電話連絡などはしないで、集まったときに次に会う日を決めるという風にしたんです。四人で二時間ほど歌を唄い、あとは別々に食事をして寮の門限の九時には送り届ける、というのがお決まりのデートコースです」

懐《なつ》かしそうな顔で語る上条は、二人に二杯目のコーヒーを薦《すす》めた。

佳菜子は冷めてしまったコーヒーを一気に流し込み、お代わりした。

「三十九年も暮れようとしていたある夜、こんな約束をしたんです」

上条がカウンターの下から、クリアファイルを持ってきた。その一番初めのページに古いわら半紙が入れられていた。

夜霧のかなたへ別れを告げ
雄々《おお》しきますらお出《い》でて行く
窓辺にまたたくともしびに
つきせぬ乙女《おとめ》の愛のかげ

「これは先ほどおっしゃった『ともしび』の歌詞ですね」

聴いたことのある歌詞だった。

「四人の得意な曲です。みんなが好きな歌です。これを見てください」上条が、わら半紙をめくると裏に文字が書いてあった。

『四十年後、みんなで会おう。どんな大人になっているのか楽しみだ。願わくば二組とも初志貫徹《しょしかんてつ》でありたい。泰さんと悦ちゃん、そして百恵さんとぼく。昭和三十九年十二月三十一日』

「これは？」佳菜子は文字を凝視《ぎょうし》した。

「この日、『暖炉』が閉店したんです。泰さんとは東京で知り合いましたが、泰さんが悦ちゃんを見初《みそ》めたのも、ぼくが百恵さんに出会ったのも『暖炉』だった。みんなを結びつけてくれた場所だったんだという思いがあったんです」

意味ありげに上条が言ったのには、理由がある。それは暖炉の閉店が、上条と仲間たちのつながりも断《た》つきっかけになったからなのだった。

故郷の父が、一度正月に帰ってこいと言ってきた。昭和四十年の正月が、四人の仲間にとって大きな節目《ふしめ》となるとも知らずに、上条は父の言葉に従った。

「もちろん、ぼくはすぐに大阪へ戻るつもりでした。ちゃんと仕事をしていることを親に告げれば、もう少し絵本を描くことも許してもらえるだろうと」

「でも、大阪に戻ってこられなかった。しかし、昭和三十九年から数えて四十年後ということは、西暦二〇〇四年、つまり五年前ですよね」また真が口を挟んだ。

「そうです。五年前にぼくは長野からこっちへ引っ越して、この店を始めたんです」

「まるでその約束に合わせるように？」そう訊きながら、真が横目で佳菜子をちらっと見たが、佳菜子は真に注意する気さえ失《う》せていた。

「絵本作家を諦め家業を継いで、いつか大阪へ出てこんな店をやることだけを生き甲斐《がい》のように、働いてきました」という上条の答えに、真はしきりに小首をかしげていた。

確かに四十年前の仲間内の約束を守ろうと思う人間も珍しいが、そのために喫茶店を始めるというのは常識を逸脱《いつだつ》していた。真にはそれが解《げ》せないのだろう。

けれど思い出探偵社の依頼人は程度の差はあるが、常識では計り知れない思いがあることも、佳菜子は知っている。

「五年前、泰さんに店を始めることを伝えました。そして四十年前の約束通り、もう一度集《つど》ってみんなで唄おうって持ちかけたんです」

二〇〇四年の一月十七日、オープンしたばかりのハーモニーに百恵を除く三名が集まった。

「百恵さんとは連絡が取れないと聞いていましたが、ほのかな期待もありました。奇跡的な再会みたいなことが起こらないかって」上条が笑いながら、年甲斐もなく、と言った。

「早い話、彼女の姿を見られなかったことが残念でならなかったんです。元気でいるのかだけでも知りたいという気持ちでしたね。ですが三人集まって唄えば、すぐにあの頃に戻れました。楽しかったですよ。気持ちまで若返るようでね」上条が嬉しそうな顔で言う。

そして神妙な顔つきになって、「ところが泰さんが股関節《こかんせつ》の手術を今年の夏にやりまして、何だか弱気になってると聞いたんです」と溜《た》め息《いき》を吐《つ》いた。

高齢になるといろんなところにガタがくる。そのたび心細くなるものだと上条は嘆いた。

「それでもう一度集まって唄おうじゃないか、という話になりました。大好きな『ともしび』を唄って、青春時代のようにみんなで元気になろうって。来年の一月十七日が日曜日ということもあって、ハーモニー五周年記念をかねてまた集まりたいんです」

「その日に百恵さんにも参加してもらって、一緒に唄いたいということですね。そこまでが依頼内容と思っていいですか」佳菜子は、真を牽制《けんせい》しつつ尋ねた。しかし真は、パソコンに目を落とし知らん顔だった。

「それが望みです。それが無理なら、ぼくが彼女に会いに行ってもいいですから、居場所を突き止めてください」切実な声だった。

「来月の十七日」佳菜子はメモにそう書きながら、自分に言い聞かせた。

最も上条の意に沿う解決は、十七日にここで四人が集まり、そして「ともしび」を唄うことだ。

「当時、ぼくも苦しかった。百恵さんのためになると信じて、泣く泣く故郷に帰ったんです。いまも幸せであって欲しいんです」上条はクリアファイルを佳菜子の前へ滑《すべ》らせた。「後のことは、ぼくの日記の一部と百恵さんの手紙のコピーを読んでください」

上条は四十年後に会うときのために、大切に保管していたと付け加え、「ぼくの気持ちは、それを読んでもらえば分かっていただけると思います。自分の気持ちなのに上手く説明できないんです。もどかしいもんだ」と悲しげな顔を見せた。

「百恵さんとは、三十九年の暮れから会っておられないんですか」

「ええ。とにかく、あのときは自分に自信がなかったんです」上条が顰《しか》めっ面《つら》を見せて言うと、肩を落とした。「口では、長新太みたいになるんだと夢を語っていたんですが、彼女を幸せにできる自信がなかったんです。だから悦ちゃんから、百恵さんに縁談が持ち上がっていることを聞いたとき……」

「悦ちゃんというのは、村野さんですね」分かっていながら確認する。

このまま上条が口を閉じてしまいそうだったからだ。

話を途切れさせないようにするには、答えやすい質問を投げ掛ける。実相から習ったことだ。上条が言おうとしたことが佳菜子には想像ができた。現代の男性には、そういう人がいるのかどうか知らないけれど、古風な考えの持ち主が、思いを寄せる女性が幸せになるのなら自ら身を引くということもあるだろう。

「そうです。悦ちゃんは私に発破《はっぱ》をかけるつもりで言ってくれたんですが……、百恵さんの縁談は、ぼくなんか足下《あしもと》にも及ばない好条件だった」

それは、紡績工場の工場長から持ち上がった縁談だった。

相手は二十七歳の若さながら、新たに建設される仙台工場の責任者になることが決まっていた男性だ。

「百恵さんの故郷は岩手県ですから、大阪と比べればうんと近くなるというので、両親もありがたがっていると悦ちゃんから聞きました。もたもたしてると百恵、持っていかれちゃうよって。正月の三日間悩みに悩んだ末に、彼女に別れの手紙を書いたんです。そしてその後、ぼくは長野で所帯《しょたい》を持った」上条がうつむく。

「その手紙には、百恵さんが会社の男性と結婚するようにと？」

「直接的な表現はしませんでした。ですが柄にもなく、格好つけて自分のことなど忘れてくれと。とにかく家を継がないといけなくなったし、ぼくには見合い話もきてるって。まあ実際そうだったんですが、一方的なひどい内容です」拳《こぶし》で手のひらを二度ばかり打った。

「あの、上条さん。そのお見合いされた方がいまの奥様ですか」クリアファイルを手元に引き寄せながら、話題を変えた。

「ええ、そうです」上条が驚いた顔を向けた。

「奥様はどうされているのです」

「家内《かない》ですか？　彼女はこの店を手伝ってくれています」上条は興醒《きょうざ》め顔で応《こた》える。

「じゃあ、そんな顔なさってはいけないと思います」

自分から百恵に別れを告げたことを後悔《こうかい》しているように見える上条に、思い切って言った。

「えっ」上条は目を丸くして、「どういうことです」と訊いてきた。

「奥様との結婚を後悔しているように聞こえました。それは奥様の立場からすれば、ちょっと気の毒な気が……」怖かったが、思ったことを素直に口にした。

佳菜子にはこれまでできなかったことだ。

「ああ、なるほど、それはそうですね。確かにお嬢さんの言う通りだ。家内との結婚も、ぼくにとっては大事なことですから」上条は照れ笑いを浮かべた。

その顔に胸をなで下ろし、佳菜子も微笑んで見せた。「生意気《なまいき》言ってすみません。でも、いまのお言葉をお聞きして、安心して百恵さんを探すことができます」

思い出が諸刃《もろは》の剣であることは、身をもって知っている。ひとつの思い出を探し求めることで、別の誰かの思い出を壊《こわ》すことはしたくない。

誰もが傷つくことのない思い出も必ずあるはずだ。そんな思い出探しなら、佳菜子も頑張ることができる。

「ただ、家内には歌声喫茶で知り合った仲間としか言ってませんので、その辺は」そう言って上条は目をしょぼしょぼさせた。

「分かりました。その点はご安心ください」

佳菜子は、上条のクリアファイルを読んで見積もりを出した上で、正式に契約する了解を得た。

探偵一人の日当が一万五千円、別途交通費など必要経費は実費で請求。見積もりを超過すると思われる場合は協議の上、継続か断念かを決める。断念した場合でも中間報告書は提出することを告げた。

そして浩二郎《こうじろう》の決まり文句である、「ただし報告書にご納得いただけないとき、代金は実費のみしかいただきません」を佳菜子も口にした。

3

佳菜子は、午後九時に帰宅して、コートを脱ぐと同時にどっと疲れが出て、とりあえずベッドに身体を投げ出す。

この事案、本当に真と一緒にやらなければいけないのだろうか。

身体の冷えを癒せば気力も出るだろうとお風呂に入ったが、さらに疲労感は増した気がする。

去年まで由美のマンションの一間に居候《いそうろう》していた。いまは思い出探偵社の二筋《ふたすじ》西の新町《しんまち》通りに面したセキュリティの整った分譲マンションに住んでいる。

それでも両親が残してくれた生命保険のお金は、十二年経ったいまも相当額残っていた。

どこから漏れるのか、そのお金を狙って言い寄る業者もあった。なまじ蓄財《ちくざい》があると、何かと神経を使う。

誰もいない広い部屋に帰ってくると、寂《さび》しさを紛《まぎ》らわせるように、すべての部屋の照明を点《つ》ける。その習慣も今日は忘れてしまっていた。

恋人でもいれば――。

由美がそれとなく引き合わせてくれる男性の中には、アラサーの佳菜子には好条件だと思う人もいた。しかし、そんな気になれない。どこかに欠陥《けっかん》があるのかもしれない、と精神科医に相談したこともあった。

女性医師は精神的な欠陥などあり得ないと強く否定し、異性とのコミュニケーションに対して臆病《おくびょう》になっているに過ぎず、そんなに珍しいことではないと言った。

ただ両親との別れがあまりに突然過ぎたため、大人になるためのいくつかの関門をくぐってこられなかったことが、原因のひとつかもしれないと分析した。親との衝突《しょうとつ》なども必要なことなのだそうだ。

ショートカットにしたのは由美への対抗意識ではなく、まだ子供でいたいという気持ちが働いただけなのだろうか。

鏡に映った自分の顔は確かに幼い。若作りでもブリッ子を演じているのでもなく、とても二十九歳には見えなかった。真に年下だと思われたのは癪《しゃく》に障《さわ》るが、無理もないことなのかもしれない。

こんな私に、上条に納得してもらえる報告書が書けるのか。

不安を打ち消そうとCDをかけた。

ベートーヴェンの第九交響曲だ。

それは世間が師走だから聴くということではなく、佳菜子の応援曲だ。落ち込むと第九を口ずさむ。するとどこからか力が湧いてきた。

夜の報告会で見積もりの計算をするために、資料を読み込むことを浩二郎から指示された。

依頼人の望みは、小野田百恵を探し出し、上条が望むように『ハーモニー』の五周年記念の夜にみんなでコーラスタイムを飾ることだ。そのために必要な日数、諸経費をあれこれ考えながら算出する。

見積もりを考えることは、戦略を立てることに等しく、責任の重い仕事だ。

思い出探偵社に入って二年十カ月、自分に要求される仕事内容のハードルが高くなってきているようだ。

そのこと自体は嫌ではなかった。浩二郎から期待されることが嬉しくもある。『雨の日の来園者』で少し自信が持てるようになり、ちょっとでも探偵社の役に立ちたいという思いも強かった。

佳菜子は大きな不幸に見舞われ一瞬にして両親を失ったことで、生きていくことさえも放棄《ほうき》していた十七歳のとき、刑事だった浩二郎に出会った。人間というものに対する信頼をなくしているときに、悪い人ばかりではないと思わせてくれた大人だった。

一年半の入院の後、いくつかの仕事に就《つ》いたが、どれも長くは続かなかった。時として恐怖が蘇《よみがえ》り、過呼吸に陥《おちい》るからだ。自分には居場所がない。そんな思いに駆られていた。

そんなとき、両親の事件で捜査《そうさ》を担当してくれた浩二郎を思い出した。

事情を聴く際、恐怖で震《ふる》えていた佳菜子に出してくれた甘いホットミルクの味が懐かしく、訪ねたのが思い出探偵社だった。当然、探偵などという仕事が自分に向いているとは思っていない。いや社会人になれるなど、当時の自分からは考えられなかった。

ただ他人の気持ちに寄り添うことを浩二郎から教えられ、そうしているうちに、悩みを持っているのは自分だけではないと思えるようになった。

茶川からの受け売りだとして、浩二郎が語った仏典《ぶってん》の話がある。

釈尊《しゃくそん》が、子供を失い嘆《なげ》き悲しむ母親に「死人を出したことのない家から、芥子《けし》の種をもらってきなさい。そうすればあなたの子供を生き返らせよう」と言った。母親は一軒一軒訪ね歩いたが、どこの家も肉親との死別を経験しており、芥子の種はもらえない。この体験を通して、自分だけが悲嘆に暮れていることの愚かさに気づいた母親は、知らないうちに子供を失った心の傷を癒していたという。

より不幸な人を見て、気持ちを楽にするというのとは違う。人の苦しみに寄り添うことで、いつしか知らないうちに自分の苦しみを乗り越えていることがあると、浩二郎は言った。

浩二郎自身も他人の悩みと向き合うことで、息子を亡くした苦しみを乗り越えようと、思い出探偵社を開いたのだと、佳菜子は思っている。

その浩二郎から一人前だと思われるようになりたい。一日でも早く由美に追いつきたかった。

今度の事案を上手く解決できれば、きっと浩二郎に認められる。由美からも一目置かれる探偵になれるはずだ。

一人でやるのは難しいかもしれないけれど、それはチャンスでもある。

真にしても、扱いにくいが上手く協力できるようになれば、必ず自信につながるはずだ。

Freude, schöner Götterfunken,
Tochter aus Elysium,
Wir betreten feuertrunken,
Himmlische, dein Heiligtum!

そうだ、世界はきっと喜びに満ちているんだ。「悩み貫きて歓喜に至れ」というテーマで書かれた第四楽章のシラーの詞が佳菜子を鼓舞《こぶ》した。

その勢いを借りて、上条から預かったクリアファイルをリビングテーブルの上へ出した。

自分のことなのに上手く言えないことがある。だから読んで欲しいと渡された日記の一部と百恵の手紙。それらはコピーだったが、それぞれに思いが宿っているように佳菜子には思え、ファイルから取り出さずに読み始めた。まずは、上条へ宛てた百恵の手紙のコピーだ。

拝啓《はいけい》　謹《つつし》んで年頭のご挨拶《あいさつ》を申し上げます。裕介さんの手紙はあまりに唐突《とうとつ》で、なかなか意味を理解できずにおりました。そしてあなたの言うことが分かり出すと、今度は涙が止まらなくなりました。悦ちゃんがあなたに言った縁談のお話、それは事実です。お聞きになっている通り、私にはもったいないお話です。ですが女性の幸せは、あなたが考えているようなことだけではありません。いえ、逆にどんなに経済的に苦労をしても、好きな人と共に生きることの方がずっと幸せなの。あなたが私のことを思っていてくれるのなら、考え直して欲しい。もう一度、会って話したい。お願いだから会ってください。

かしこ

昭和四十年一月八日

小野田百恵

上条裕介様

手紙の始まりは冷静だったが、後半では徐々《じょじょ》に語調が変化している。その変わり方だけ見ても、百恵が上条を愛しているのが佳菜子にも伝わってきた。

佳菜子は次の百恵の手紙を見た。

お見合いの話、信じません。なぜそんな嘘をつくのですか。前も書きましたが、女の幸せをちゃんと分かって欲しい。それになぜ住所を教えてくれないの。泰さん経由でしかお便りも送れないなんて、あんまりです。私の幸せは、裕介さんと一緒に生きることなの。あなたの描く絵本が好き。あなたが生み出すお話も大好き。そしてあなたが好きです。だから大阪に戻ってきてください。きちんと話せば分かるはずよ。お願いします。

上条は一通目で別れ話をして、二通目で自身のお見合いの話を切り出したのだ。

それに対して日付もない百恵の手紙は、「信じません」という言葉から始まっている。

もし両親が生きていれば父が五十九歳で、母は五歳年下の五十四歳だ。仲がいい両親だったが、恋愛時代のことなどおくびにも出さなかった。いろいろ尋ねても母は照れて何も言わなかった。

その母より十歳も上の世代である百恵が、これほど積極的なのに佳菜子はびっくりしていた。

恋愛には、その人の性格によって随分《ずいぶん》個人差が出ると改めて思う。手紙を読む限り百恵は情熱的で、恋愛に積極的な性格のようだ。

上条は、自分の実家の住所を百恵に教えず、岩下経由で手紙のやり取りをしていた。正月に悩んで結論を出したのではなく、百恵の縁談話を耳にした瞬間から身を引こうと考え始めていたのかもしれない。

ファイルの次のページから、コピーされているのはハガキだった。合計九枚、そのすべてに書かれている言葉は「返事をください、会ってください」というものだった。

九枚目の消印は二月四日となっている。岩下気付で、ほぼ二、三日に一枚のペースでハガキを送っていることになる。

そして最後はまた手紙だった。

拝啓　梅香《うめか》匂う頃、いかがお過ごしでしょうか。これが最後の手紙です。
夜霧のかなたへ別れを告げ　雄々しきますらお出でて行く　窓辺にまたたくともしびに
つきせぬ乙女の愛のかげ。あなたと唄ったともしびの歌詞が、こんなに心に染みるなんて。
あなたが私を忘れても、私は決して忘れません。この歌と共に。
私はあなたが望むように、きっと幸せになります。
なってみせますから、安心してください。さようなら。

かしこ

便せんの余白に絵が描かれてあった。百恵の手書きで、山高帽《やまたかぼう》を斜めに被《かぶ》って左右に伸びたビスマルク髭《ひげ》、ずんぐりした体型に蝶《ちょう》ネクタイ姿のおじさんだ。

佳菜子もどこかで見た気がするが、思い出せない。絵の下に「今日がダメなら明日にしましょ」と小さな文字で書かれていた。

百恵はどこか吹っ切れたようだ。

それとも上条との別れがあまりに辛《つら》く、考えることをやめたのだろうか。いずれにしても百恵の気持ちになって考えれば、むしろ縁談話を断って欲しいと上条に言って欲しかったに違いない。なのに、縁談の相手を簡単に認めてしまうような上条の態度に、幻滅《げんめつ》してもおかしくない。

人を嫌いになるのも、好きでいる以上にエネルギーが必要だ。百恵は相当傷ついただろう。

佳菜子の気持ちが徐々に百恵に寄り添い始めると、上条への反発のような感情が芽生えてきた。それは上条と直接話しているときには、感じなかった気持ちだ。

「自信がないなんて言い訳だ。プライドが邪魔したに違いないんだ。自分のプライドに負けるほどだから、そんなに好きじゃなかったんじゃないの、絵本も、百恵って人のことも」

と真が帰りの電車で言ったとき、「依頼人を信じられないのなら、実相さんにそう言って、この事案から外してもらってください」そう言い切ったほど、佳菜子は上条の目線に立っていた。だが数時間しか経っていないのに、気持ちが変化してきている。

百恵のそれほど長くない手紙に引きずられているのだろうか。

真剣に恋愛をした経験がなく、どこか夢見る少女のような感覚があるのだろうか。それとも男性そのものを信用していないのだろうか。

佳菜子は上条の日記のコピーを読むことにした。

依頼人は上条なのだ。彼の気持ちを忖度《そんたく》できないと、納得してもらえる報告書は作成できない。

十二月二十日　日曜日　晴れ

あまりの寒さに早く目が覚める。お昼、泰さんのところに遊びにきている悦ちゃんから衝撃の事実を知らされる。

百恵に縁談話がきているというのだ。相手は帝国紡績の社員で、仙台の工場を任されるような男らしい。

正式な話にまでは至ってないが、ぐずぐずしてたら百恵を取られてしまうと、悦ちゃんは心配して言う。内緒にして欲しい、と百恵は言っていたらしいが、いてもたってもいられないからと話してくれた。

嫌だ、断じてそれだけは嫌だ。このところ何も浮かんでこないし、創作なんかできる訳がない。もうすぐ五輪の年も終わろうとしているのに、ぼくは何も達成していない。

十二月二十一日　月曜日　晴れ

仕事にも身が入らず、魂が抜けたような一日だった。

百恵は相手の男のことをどう思ってるのだろう。泰さんが、裕介より七つも年上なんだから、経済力があって当然だ、と慰《なぐさ》めてくれた。

相手の男は新車のダットサン210で通勤しているらしく、百恵を送って帰ったのがきっかけで求婚へと発展したらしいと、悦ちゃんから聞いたからだ。

確かにいまのぼくには自動車など買うお金もないし、何より免許証だって持っていない。自転車すら手に入れられない男にとって、経済力ではまったく勝負にならない。

岩手にいる百恵の両親が、諸手《もろて》を挙げて賛成するのも分からないではない。

十二月二十四日　木曜日　雨のち晴れ
午前中は冷たい雨が降っていたが、午後からは嘘のように晴れた。

昼休みに外に出てみると、くっきりとした二重の虹が上空に架《か》かっていた。同じ長野出身のバレーボール選手、東洋の魔女の一員、渋木綾乃《しぶきあやの》をモデルに描きかけている、絵本の表紙にぴったりだと思った。

簡単にスケッチをしたが、本物の虹を見たときの感激が絵にできなかった。パステルのせいではない、ぼくの力不足だ。

今夜はクリスマスイブで暖炉に行く予定だったが、ぼくだけ参加しなかった。泰さんには風邪《かぜ》をひいたと嘘をついた。

とにかく今夜は、百恵に会いたくなかった。唄う気分になんてなれない。

十二月二十五日　金曜日　曇《くも》りのち晴れ

風邪だということで、工場もずる休みした。

昨夜は楽しい夜だったらしい。百恵はかなりぼくの心配をしていたと聞いた。それは幼児がぼくの心の中に、心配させてやろうという女々《めめ》しい気持ちが少しあった。それは愛情を試すために、母親の前でここが痛い、そこが痛いと訴えるような心境だ。ぼくは実に情けない男だ。彼女を苦しめようと企《たくら》んでいるのだ。ぼくという人間がいながら、少しばかり条件のいい男の申し出に悩むなんて。悩むということは、ぼくなんかの存在が大したことないということを物語っている。

そんな男、なぜ一蹴《いっしゅう》しないんだという怒りがどこかに燻《くすぶ》っている。縁談話が持ち上がっていることを秘密にしていることも気にくわない。比べられている気がするからだ。

十二月二十七日　日曜日　一日中曇り

天気同様、気分は晴れない。

親父《おやじ》から正月にじっくりぼくの将来について話したい、という手紙が届く。今週の木曜日、暖炉も店を閉める。

すべての節目なのかもしれない。何食わぬ顔で百恵と会い、暖炉で唄った。今夜も彼女は縁談話をしなかった。
なぜ、正直に打ち明けてくれないんだ。それは縁談を真剣に受け止めている証拠かもしれない。ぼくの表情が暗いのを、彼女は風邪のせいだと思っていたようだ。もし今年中に言ってくれなかったら……。

大晦日《おおみそか》　木曜日　晴れ
今日の夕方、夜行《やこう》で長野に帰る。
午後三時から暖炉の最後の営業が行われる。一時間だけ参加して、ぼくは店を出なければならない。百恵が縁談のことを話してくれるか否《いな》かで、ぼくもいろいろ考えないといけなくなる。

一月三日　日曜日　曇り
昨日一日雪が降っていて、一面銀世界だ。こんな気分で雪を見たことはない。
何もやる気がしない。百恵に会いたい、話したい。

一月五日　火曜日　雪のち晴れ
二日酔がこれほど苦しいとは思わなかった。

昨日は一日中部屋に閉じこもりっぱなしだった。布団《ふとん》の中から何度も出ようと思ったが、結局ほとんどの時間を布団で過ごした。

いや二日酔にかこつけて、百恵のことを考えないでおこうとしているだけだ。目を瞑《つむ》って眠ってしまえと思ったが、すぐに起きてしまう。

上手く微睡《まどろ》んだと思うと、百恵の夢を見た。それも、見たことのない男と楽しそうにしている場面ばかりだ。その男が縁談の相手なのかもしれないが、ぼくには分かるはずもない。

心配して母がおおびらを部屋まで運んできてくれた。母の実家の自慢料理は温かくて旨《うま》かった。ぼくは子供の頃から、おおびらの中に入っている凍豆腐《しみどうふ》が好物だった。

鶏肉《とりにく》と昆布《こんぶ》、牛蒡《ごぼう》から出た出汁《だし》の風味を味わうとお腹も心も満たされる。けれど、いまは満たされる感覚はない。

昨夜酒を酌《く》み交わしながら、人間には努力してもできないこともある、と親父が言った。絵本作家を諦めろ、という意味であることは分かる。

いつもなら高圧的に怒鳴《どな》る親父が、寂しげに言ったことでよけいに胸に染《し》み込んだ。親父も何かに限界を感じたことがあるんだと思った。

限界か。何にせよ、ぼくには自動車を買うほどのゆとりなどない。この先、泰さんの工場に勤めていても、絵本作家になれたとしてもダットサンに手が届くとも思えない。

松代焼の技術なら何もかもお前に教えてやるから、と親父がつぶやいた。何もかもという言葉に親父のでかさを感じた。

小さなぼくと大きな親父。元々敵うはずのない相手と闘っていたのかもしれない。恋にも夢にも破れたぼくの居場所は……。

ぼくは完全に決めた訳ではないのに、百恵へ手紙を書くことにした。それは百恵に幸せになって欲しいから。ただただそれだけの気持ちを込めて。


その後の日記は、同じことの繰り返しだった。

佳菜子《いと》は目を通したが、ますます自分の気持ちが上条から離れるのを感じていた。愛おしい女性を相手の男性に献上するかのような卑屈《ひくつ》さが耐えられなかった。有無《うむ》も言わさず奪い去るくらいの強引さを、百恵は望んでいるような気がした。

それがまるでない上条の言い分に苛《いら》ついた。

真が言ったように、上条はプライドを捨て切れていないと思う。

どうしよう、上条の恋心に否定的な自分がいる。こんな気持ちになったのは、思い出探偵の仕事をしてきて初めてだ。

いつも依頼人の気持ちになって、一刻も早く解決させたい、と思ってきた。たぶん真と一緒に仕事をすることになって調子が狂ったのだろう。

上条は四十年以上も百恵にかかわる手紙や日記を保管してきた。それほど大切な初恋であり、思い出なのだ。佳菜子はそういうとらえ方をしようとした。

いつの間にか第九の演奏が終わっていた。

と次の瞬間、ベートーヴェンのピアノソナタ第十七番ニ短調作品三十一の二、通称テンペストの第三楽章が部屋に鳴り響いた。佳菜子の携帯の着メロだ。

携帯のディスプレイ画面を確認した。「雨の日の来園者」の事案の際、協力してくれた沢井《さわい》デザインの沢井一臣《かずおみ》からだった。

「橘です。先日は、どうもありがとうございました」電話に出ると佳菜子は礼を述べた。

「いや、礼を言っていただくほど、お役に立てたのかどうか」

落ち着いた沢井の声が少し懐かしい。

沢井には、「雨の日の来園者」の事案の後に、思い出探偵社のロゴマーク制作を依頼したのだった。浩二郎の指示で、佳菜子がその件の窓口になっていた。

「ロゴマークのラフデザインが上がったんで、まずは橘さんに見ていただこうと思いましてね。もしパソコンをお使いでしたら、そちらにメールでお送りしたいなと、お電話しました。ご迷惑なら探偵社のアドレスに送りますが」沢井の話しぶりは穏《おだ》やかで丁寧だ。

佳菜子より二十四歳も年上で、なおかつ仕事と介護《かいご》などで大変な毎日を送っているとは思えないほど、何とも言えないゆとりのようなものを感じさせた。

「迷惑だなんて。では、私のパソコンからそちらにメールしますので、データを添付《てんぷ》して返信していただけますか」

「分かりました。では、メールをお待ちしています」

佳菜子は電話を切って、机の上のデスクトップパソコンのスイッチを入れた。ＯＳの立ち上がりをまだるっこしく感じながら待ち、起動したメールソフトから、沢井へメールを送る。

空《から》メールという訳にもいかないので、電話と重なるが先日のお礼を書いた。

沢井からのメールはすぐに届いた。

添付ファイルを開くと、思い出探偵社のロゴマークは三種類用意されていた。

ひとつは、花言葉が「思い出」だという「日々草《にちにちそう》」を図案化したものに「A company in search of a memory」の文字をあしらったもの。

二つ目は、両手の間にメモリーのＭの字が三本川のように描かれているマークで、説明文には「泊瀬《はつせ》川　速《はや》み早瀬を　むすび上げて　飽《あ》かずや妹《いも》と　問ひし君はも」という万葉の歌が付けられていた。歌われたのは恋の思い出なのだそうだ。

そして三つ目は、わすれな草を手にする少女の横顔を切り絵風に描いたものだ。どれにも意味があって、佳菜子は素敵《すてき》だと思った。

テンペストが鳴った。沢井からだ。

「どうですか」

「どれも好きです。とくにわすれな草と少女のは、ロマンチックな感じがして気に入りました」

「それは嬉しいです。その女性のモデルは橘さんなんですよ」

「ええっ、私なんですか」もう一度図案を見た。

確かに髪を切る前の自分の横顔に似ているかもしれない。しかしいまは全然違う髪型で、シルエットも似ていない。

どうして髪を切ったのだろうと後悔した。

「どうしました？ お嫌でしたか。言っていただければいくらでも図案を変更しますから」

「いいえ、ちょっとびっくりしただけです。明日、探偵社のみんなに見せますので、返事はそれからになりますが、よろしいですか」頬が火照《ほて》って早口になった。

「もちろんです。では、ご連絡お待ちしております」

「ありがとうございました」もう少し彼の穏やかな声を聞いていたいと思いながら、電話を切った。

もう一度デザインを見直して、少女のロゴマークだけをプリントアウトした。

素敵なマーク。

そうつぶやくとロゴマークを手にして、椅子に座ったままの姿勢で、くるくる回る。気づくと第九を口ずさんでいた。

4

佳菜子は、予定調査費に一人一日一万五千円の日数分を提示して正式な契約を交わした数日後、真を伴い岩下が営む赤穂市のお好み焼き店を訪ねた。

十三、四年前まで百恵と連絡を取り合っていたのは、岩下夫妻だ。さらに詳しい情報を入手したかった。

真に関して浩二郎から、無理なら自分が同行してもいいと言われたが、佳菜子はそれを断った。真から逃げるのも悔しいし、浩二郎も由美も自分より忙しいことをよく知っているからだ。

真をお荷物だと投げ出すことは、佳菜子自身も役立たずだと思われるような気がした。それと彼が漏らした「自分のプライドに負けるほどだから、そんなに好きじゃなかったんじゃないの」という言葉が、佳菜子の胸に残っていた。

真は日記に目を通していないのに、ある意味、上条の性格を言い当てている。人を見る目、意外にあるのかもしれない。

もし無神経な態度とは裏腹に、実は真が繊細《せんさい》さを持ち合わせているとすれば、本郷の抜けた穴を補える可能性がある。佳菜子の指導によって彼が人材となれば、浩二郎に恩返しができるではないか。

もう少し一緒にやってみよう、という気持ちが佳菜子には芽生えていた。

そんな佳菜子の気持ちを察したのか、今日の真は無駄口《むだぐち》をきかず、不気味《ぶきみ》なほど大人しかった。もし、佳菜子の心を察知したのだとすれば、それこそ鋭い感性の持ち主ということになる。

とにかく、真が初めての場所でも、何の躊躇《ちゅうちょ》もなく目的地へ行き着く能力はありがたかった。

お好み焼き『悦ちゃん』は、JR赤穂線の播州《ばんしゅう》赤穂駅から三十分ほど歩いた場所にあったが、その道順は単純ではなく、佳菜子一人なら迷っていた。

「やっぱり裕ちゃん、本気なんだ」

佳菜子たちが挨拶を済ませると、出迎えてくれた悦子が二人の名刺を見ながら言った。

主人はちょっと出かけていると説明して、「いえね、電話で百恵ちゃんの居所を探すのに、探偵さんに依頼したとは聞いてたんですけどね。実際にお見えになると、ああ本気だったんだなってね」と悦子は苦笑《にがわら》いして言った。

とても六十四歳とは思えないほど張りのある丸顔で、笑う姿は若々しかった。

二人の娘があり、次女は結婚して大阪に住んでいて、長女が四十二歳の独身で店を手伝っていると、聞いてもいない家族のことを悦子は屈託《くったく》なく話した。

若い時分はデパートに勤め、結婚して十年目から「悦ちゃん」でお好み焼きを作っているという悦子は、客あしらいが上手そうだ。

「四十年後に皆さんが集まるという約束のことは、お聞きしました」そう言いながら、佳菜子は当時の上条の日記や百恵の手紙のコピーを預かったことを告げた。

「裕ちゃん、そんなもの取っておいたんだ。で、それをお宅に見せたんですか」悦子の表情が曇った。

自分の友達の手紙を、いくら月日が経っているとはいえ、おいそれとは見せて欲しくなかったのだろう。

「ご自分では、当時の気持ちを上手く言えないということでしたので……」上条を擁護《ようご》しようとしたが、どう言っていいのか分からなくなった。

悦子の表情を見て佳菜子自身も、上条が百恵の手紙を他人に読ませたことを快く思っていないことに気づいたからだ。

「それで？」冷めた目で悦子が訊いてきた。

「……ええっと、それによると、上条さんが百恵さんの幸せのために、自分から身を引かれたことがよく分かりました」

「まあ、人それぞれだから、私がどうこう言うことじゃないんでしょうけど、裕ちゃんのとった態度は好きじゃないわね」鉄板の縁《ふち》を布巾《ふきん》で拭きながら、悦子が続けた。「五年前にも裕ちゃんにはっきり言ったのよ。あのときの裕ちゃんのとった態度は卑怯《ひきょう》だったって。百恵ちゃんの立場も考えてあげなきゃね」

「百恵さんの立場といいますと」

会社から嘱望《しょくぼう》されている男性からの縁談話という他に、何か事情があったのかと尋ねた。

「篠原《しのはら》さん、お相手の方のことですけど、確かに将来仙台工場の責任者となることがほぼ決まっていた方です。本人も優秀なんでしょうが、なんと言っても帝国紡績の社長の遠縁にあたるんですよ。そんな方の縁談を断ることが、どういうことか分かるでしょう」

「百恵さんが工場にいられなくなる?」

現代でも不当解雇《かいこ》の話を聞くことがあるのだから、昭和四十年頃ならそれほど珍しい話ではないのかもしれない。

「あの当時のトランジスターや繊維《せんい》関係の工場では、女性の働き手は貴重だったんです。私の勤めていた百貨店でも、そんな工場で働く女子寮向けに出張販売をしてましたからね。帝国紡績の女子寮も、温泉並みのお風呂やメニューの豊富な社員食堂完備と、待遇《たいぐう》が良かったみたい。つまりね、そんな厚遇《こうぐう》だから百恵ちゃんのご両親も玉山村から送り出したし、仕送りもそこそこ期待したってこと。だから工場をクビになることは避けなきゃならなかった。そういう事情がなければ、誰が悩むもんですかって」悦子は怒ったような顔になった。

「そんな状態でも、百恵さんは上条さんと一緒になりたかったんですね」

「とかく色恋は上手くいかないことの方が多いわよね。百恵ちゃんは相当悩んでいた。結論から言うとね、私は篠原さんを選んで正解だったと思ってます」

「そうなんですか」

　意外な言葉を聞いた。

　上条と悦子は、四十年以上に亘《わた》って友人関係にある仲間だと思っていた。それなのに百恵が篠原と結婚したことを、悦子は肯定《こうてい》的にとらえていたのだ。いや、むしろ上条に反感さえ抱《いだ》いている気がした。

「いまさら会って何になるのよ」探偵まで使ってと言わんばかりの目で、悦子が佳菜子と真を見た。

「五年前にお集まりになりましたよね。そのときのように一緒に唄いたい、とそれだけなんだそうです」

「五年前にもそんなこと言ってたけど。便りのないのは達者《たっしゃ》な証拠だと思えばって言ったの。私たちだけで唄えばいいのよ」悦子の、どこか突き放した言い方が気になった。

「あの、百恵さんとの音信が途絶《とだ》えたのは、いつからですか」

「もう十四年になるかしらね、百恵ちゃんからの年賀状がこなくなったの。彼女結婚してしばらくは大宮に住んでて、その後仙台へ移ったんですよ。それからはずっと仙台にいたんだけど……」悦子が佳菜子の視線を避けるように、鉄板に目を落とす。

「仙台の住所を教えていただきたいんですが」

「そこにはいない、と思いますよ」目を合わせずに悦子が言った。

「そこを起点に調べていきますので、よろしくお願いします」佳菜子は頭を下げた。

「ちょっと考えさせてください」悦子は大きな目を佳菜子に向けた。

「それはどういうことですか？」

「私から、裕ちゃんに訊きたいことがありますんで」

「それは構いませんが、私たちは上条さんからの依頼で動いているんです」

　はっきりさせておきたかった。

「それは分かってるんですよ。ただね、裕ちゃんの本心が分からないのでね」

なぜそこまでして、いまさら百恵に会いたいのかが分からないな、と悦子は首をすくめた。

「初恋の懐かしさもあると思うんですが」

「ただのノスタルジーなら、やめた方がいい」強い口調だった。

　そのとき佳菜子は、悦子が百恵について何かを知っていると感じた。

「岩下さんは百恵さんが、いまどこで何をしていらっしゃるのか、ご存じなんですか」

「……いいえ、知ってる訳ないじゃないですか」

目が泳いだのを佳菜子は見逃《みのが》さなかった。

「本当ですか」

「疑うんですか。とにかく、お宅ら探偵さんに教えなければならない義務はないはずです。もう、いいでしょう。営業の準備がありますからお引き取りください」顔色を変えた悦子が席を立った。

佳菜子が何度も頼み込んだが、悦子の態度は変わらなかった。


「馬鹿だね」帰りの新快速の席に座ると、すぐ真が漏らした。

「何がですか」

上条のことを言ったのか、それとも住所を教えてくれない悦子にしつこく頭を下げた佳菜子のことを言ったのか。そういえば、頼み込む佳菜子の様子を冷ややかな目で見る真の気配を感じていた。

「違う。あの婆《ばあ》さんですよ」

「岩下さんが？　どうして馬鹿なんです」

「そんなに親しくないいんだったら、友人関係を断ってしまえばいいんだ。それなのに五年前も集まったりしてさ」真は足を組み直した。そして、吐《は》き捨てるように言った。「上条爺《じい》さんのこと相当頭にきてんじゃない、あの婆さん」

「爺さんとか、婆さんなんて言い方やめてください。依頼人と、わざわざ時間取って会ってくれた人のことをそんな風に言うの、あまりに失礼です。いえ、そうでなくとも人生の先輩に対して使う言葉じゃないと思うんですけど」

せっかく会ってくれた人を、小馬鹿にした言い方が我慢《がまん》できなかった。

「先輩か。そうですね、じゃあ言い直します。あのお婆様、上条さんのこと嫌いなんじゃないですか」

「さっきから友達じゃないとか、嫌いとか言って、そんなこと、どうして分かるんですか」

彼のあまりに突き放した言い方が気になった。

「昔はどうか知らないけど、それぞれの人生を歩き出して四十年以上経ってるんですよ。ずっと同じ気持ちでいられる訳ないと思うだけ」

「だからってダメになるとも限らないんじゃないですか。ずっと友情を保ってる人だっています」

「あなたは？」真が訊いた。

「私？」

「子供の頃からずっと続いてる友達っています？」

「……そりゃあ、そんな友達の一人や二人ぐらいは」

両親の事件以来、佳菜子は孤独だった。孤独を選んだといった方がいいだろう。

十七歳までの自分を知る人間には会っていないし、言葉も交わしていない。両親を思い出させる存在を徹底的に遠ざけた。

仲のいい家族だったが故《ゆえ》に、事件のことを知れば必ず同情される。自分への憐《あわ》れみは、両親のことを思い出させたのだ。とにかく知っている人間の目が嫌で仕方なかった。

「そうか。みんな友達がいるんだ」

「あなたにだって、たくさんいるんでしょう？」自分への追及を避けるために、皮肉っぽい言い方をしてしまった。

「俺に？　そんなの思いつかないです」真は意外なほど寂しげに言った。

「思いつかないって、友達ですよ」

「親父が医者だったから、俺も医者になることが最初から決められていて、いつも大人と一緒にいたって感じで。近所の子供同士で遊んだこともないですし」

「大人と一緒って、どういう意味です？」

「医学部の学生とか、家政婦とか家庭教師とか」

裕福な家庭で何の不自由もなく育ったのだろう。

「でも学校に行けば、子供の世界があるじゃないですか」

「学校で仲のいい奴なんて思い浮かびませんね。俺、妙に疑り深いから」

「同級生を疑うんですか」

「誰も信用してなかった。文房具を貸せば、そのまま盗《と》られるんじゃないかとか、ドッジボールに誘われると、俺だけ集中的に狙うつもりなんだろうって。ひねたガキだって思うでしょう?」

ひねているのかどうかは分からない。ただ分かりにくい性格なのかもしれないと言いそうになるのを抑《おさ》えて、仕事の話に戻そうと手帳を開いた。「岩下さんは、仲間内の問題にいきなり探偵が入り込んだんで、戸惑《とまど》っただけだと思います」

「そうですかね。俺にはそんなふうには見えなかった」そう言ってから、「俺は、自分から友達を作ろうとしなかったから、上条さんが何十年も経ってからもう一度会いたいという気持ちも、岩下さんたちが実際に五年前に集まったなんてことも、正直分かりません。上手く言えないけど、どこかに本当なのかよっていう気持ちがあります」と真は腕と足を同時に組んだ。

「でも馬鹿ってことはないんじゃないですか。人それぞれなんですから」

上条に関しては、説明できないわだかまりを佳菜子も持っている。だからこそ、懸命に依頼人の立場になって考えようとしていた。

「そんなに、依頼人と寄り添わないといけないものなんですか」

「依頼人の思い出なんですから。信じてあげないと」

「信じないと、思い出探偵はできない？」

「だって、報告書に納得してもらえないと、仕事として成り立ちませんから」

「俺、患者を信じていなくてもオペはできた」

真は、極悪非道だと分かっている男性のオペを手伝ったという経験を持ち出した。

「でも患者さんの方は、お医者さんを信頼してたんでしょう？」

佳菜子が依頼人を信じないといけない、と思っているのは、そうしないと依頼人が探偵に信頼をおけないからだ。

互いの信頼関係があってはじめて、実際の報告内容を納得させることができると考えている。

「麻酔《ますい》が効き始めるその瞬間まで、悪態《あくたい》を吐いてましたよ。この藪医者《やぶいしゃ》、どうせ俺を殺す気だろうって。つまり相互の信頼関係なんてまったくできてなかった。けど難しい手術に成功しました。あなたたち思い出探偵は、気持ちという見えないものにウエートを置き過ぎてます。実相さんも一ノ瀬さんも」

「その見えないものを相手に仕事をしてるんだから、それに重きを置いて当然でしょう」

佳菜子は強い口調になった。

自分への批判は我慢できるが、浩二郎や由美のことを知らない真に語って欲しくない。

「見えないものを追いかけるのは、医者も同じです」

「どういう意味」佳菜子は我慢できず、ぞんざいな言い方をした。

「俺たち医者は、命っていう見えないものを扱ってるってことです」

「……命」

命という深い響きに、ハッと息を飲んだ。

「医者なら命が見えている。その期限すら分かって当然とでも思っているんですか」

「そんなこと私は……」佳菜子は返す言葉がなかった。

「俺が小学四年生のときでした」真が急に話し出す。「叔母さんが死んだんです。俺が唯一何でも話せた人でした」

叔母は、彼の好物のアプリコットクッキーを焼いていたときに突然倒れた。くも膜下《まくか》出血だった。

そのとき、家には父を含め脳外科医が三名もいたにもかかわらず、搬送先の病院で叔母は帰らぬ人となったのだと、真は悔しそうに言った。

「死ぬなんて思っていなかった。いつも親父から、自分たちは若いが優秀で、オペの技術も高いと聞かされていたから必ず助けてくれると信じてたんです。亡くなるその瞬間まで。叔母の享年《きょうねん》は二十九、いまのあなたと同じ歳です」真が佳菜子を一瞥《いちべつ》した。

「私と……」そういうのが精一杯だった。

「想像もつかないでしょう？」

「ええ」

両親がいなくなった直後、どうすることもできない孤独感で何度か死にたいと思った。けれど、死というものに、どことなく現実味がなかった。

何かと声をかけ、死の影から遠ざけてくれたのが、浩二郎だったのかもしれない。

「叔母さん、結婚してたけど子供がいなかったから、俺のことを我が子のように可愛《かわい》がってくれていたんです。だから死んじゃって、いなくなると凄く寂しかった。そのときお骨《こつ》の前で、命って何だろうって考えさせられました。いったいどこにあるんだって」

「命のある場所？」

「はじめは胸にあると思ってました。心臓が動いていることが生きてるってことだから。その後、頭、脳の中って考えるようになった。けど叔母さんが亡くなるとき、心臓でも脳でもない感じがしたんです」

「どんな感じがしたの？」

「とても寒い、冷たい空気を感じたんです。あれは魂が抜けたんだろうか、いまだに分からない。見えないが確かに感じました。その後も……。いや、やめましょう、こんな馬鹿らしい話」真はブルブルッと肩を震わせた。

「馬鹿らしくはないと思うけど……」佳菜子の語尾が曖昧になった。

「まあいいです。仕事の話に戻りますけど、俺は上条さんのこと好きになれません。いくら依頼人でも仕方ないじゃないですか」真が頭の後ろで手を組み、座席の背にもたれた。

「依頼人だからって、みんな好きになれって言ってるんじゃないんだけど……」

相手に不愉快な思いだけはさせて欲しくない。

「あなたの正直な気持ち、聞かせてください」真が訊いた。

「正直な気持ち、ですか。私は……」そうつぶやくと、佳菜子は窓の外に目を遣る。

すでに日が暮れて、遠くに街の明かりが輝いていた。

「実は私も……、どこかしっくりこなくて」

佳菜子はバッグからクリアファイルを取り出す。

「上条さんから預かった書類ですね？」

「これを読んでから、どうも上条さんの気持ちと寄り添えなくなってしまって」と言いながら、ファイルを真に渡した。

躊躇なくそうした自分の行為に、佳菜子は内心驚いていた。

「見てもいいんですか、俺なんかが」佳菜子の心を読んだのか、真が言った。

「情報は共有しないといけないから」

「俺、まだ探偵じゃないですよ」

「じゃあ読まない？」

佳菜子がファイルに手を伸ばすと、真がそれを躱《かわ》した。

「これって、探偵としてやっていけるかどうかの採用試験みたいなものですか？　じゃあ必要なデータは見せてもらわないと」

「素直に、読みたいって言えばいいのに」佳菜子はむくれてみせた。

そんな佳菜子をよそに、真はファイルを黙読《もくどく》し始めている。

この人、本当は……優しいのかもしれない。

5

浩二郎は、茶川《ちゃがわ》と飯津家《いいづか》を誘って京都駅前の居酒屋にいた。

二人が焼酎《しょうちゅう》のお湯割りを注文し、浩二郎は冷たいウーロン茶と刺身や焼き鳥の盛り合わせなどを頼んだ。

「今日みたいに特別寒い夜に、ウーロン茶かいな」隣に座った茶川がそう言って笑った。

浩二郎がアルコール以外の飲み物を注文すると、決まって茶川が嫌みを言う。もちろんアルコール断ちが妻を思う気持ちからであることを知っていて、しかしかえってそんな浩二郎の態度が三千代に重荷になるのではないかと、茶川は心配してくれているのだ。

その気持ちも浩二郎にはよく分かっていた。けれど自分が禁を破ると、三千代に伝わる気がしてならなかった。

「ここは暖房が効いてますから」浩二郎は運ばれてきたウーロン茶の入ったグラスを手にして笑った。

「先生、こんな堅物《かたぶつ》が、今日信じられへんことを許可しよったんですわ」茶川が焼酎を旨そうに啜《すす》って、向かいの飯津家を見た。

「信じられへんことって何ですか」

「探偵社の仕事で、先生から紹介された平井真君と、橘佳菜子ちゃんとがコンビ組んでるのご存じですか」

「研修中やとは聞いてますけど、コンビいうのは」飯津家が浩二郎へ顔を向けた。

「由美君と組んでもらおうかとも思ったんですが、ちょっとしたいざこざがありましてね」

「平井君と由美君とが、揉《も》めた？」飯津家にそれほど驚いた様子はない。

「セクハラしたんやそうですわ」横から茶川が言葉を挟《はさ》む。

「セクハラって、由美君に対して？」

由美へのセクハラということの方が、飯津家にとって驚きのようだった。

「ええ、年齢のことを言ったんです。当然由美君が気分を害しまして」

「ほんで、佳菜ちゃんが平井君と組んだいう訳ですわ」茶川が、浩二郎の言葉を継いだ。

「橘さんにも、平井が何かやらかしましたか」すまなさそうに飯津家が尋ねる。

「いや、そうではないんです。むしろまずまず上手くいっている方ではないか、と思っているくらいです」浩二郎は率直《そっちょく》な気持ちを述べた。

「けど浩二郎、若い二人に仙台出張はあかんで。思い出探偵社の大事な娘に、外泊やなんて。わしは保護者として許せへん」

「茶川さんの気持ちも分かりますが、佳菜ちゃんも二十九ですし、もうしっかりした女性ですよ」

佳菜子が粘《ねば》って、依頼人の友人である岩下悦子から十四年前まで住んでいた仙台の住所を聞き出したのだった。

その報告をする佳菜子の表情には、自信のようなものが漂っていた。この事案を通して、飛躍《ひやく》したいという意気込みを感じた。だから浩二郎は、真との出張を許可したのである。

「浩二郎の言葉とも思えへん」茶川は大げさに宙を仰《あお》ぐと、おしぼりで顔から頭頂部までを覆《おお》った。

「ほな平井君と橘さんは調査のために仙台に出張したということなんやな」飯津家が浩二郎と茶川の会話に割り込んだ。

「ええ」浩二郎が、佳菜子の受け持つ事案の内容をごく簡単に話した。

「ほう、それで仙台か」唸《うな》るように飯津家が言った。

「心配してるのはね、先生。平井君の性格ですわ。彼、ちょっと変わったところがありますやろ?」茶川はそう訊いてから、早口で続けた。「取っつきにくいのか、そうでもないのか。やる気があるのか、ないのか、よう分からへんさかいに、心配してますんや。その辺を浩二郎に訊いても、先生の紹介やからと言うばかりで」

「なるほど、今日のお誘いは平井君のことで……」

「佳菜ちゃんの身を案ずればこそですのや、先生。許したってください」

「いや、茶川さん。心配はごもっともです」飯津家がうなずきながら言った。

「ただ橘さんの身を案じているのなら、その手の心配はまったくないから安心してもろてええです。平井君が問題を抱《かか》えていることは否定せんけど」

「飯津家先生、もう少し具体的に話していただけませんか。彼がどんな問題を抱えているのかを」浩二郎が真剣な顔で飯津家に頼んだ。

「実はこっちでも、平井君のことが気になってた。それで少し調べてみたんや。その結果、ようやく何となく摑《つか》んだことがあってな。まあこうやないか、くらいのことでもいいかな」飯津家が浩二郎に視線を向け、焼酎で口を湿らせる。

「もちろん、人間の内面のことは決めつけられませんから」

浩二郎は、スタッフに対しても、人間の内面を鋳型《いがた》にはめて分かった気になってはいけないと、常に戒《いまし》めてきたつもりだ。

「平井君が九歳か、十歳の頃に母親の妹、つまり叔母さんを亡くしてるんや。それも平井君の目の前で倒れた。くも膜下出血やったそうや」

平井家は代々脳外科医という家系で、真の祖父、飯津家が師と仰ぐ平井定国《さだくに》も当時K大学病院の脳外科の部長だった。叔母が倒れたとき、自宅には父親定夫《さだお》の元を勉強会で訪れていた脳外科医が二人もいた。

「当然早い処置が施《ほどこ》され、K大に搬送された。にもかかわらず残念な結果となったんやそうや。それらを目《ま》の当たりにしてから、半年ぐらい塞ぎ込んでたらしい」

「平井君はその叔母さんになついていたんですね」

「そうらしい。とても仲が良かったと聞いた。ようやく立ち直ったと思えた頃、学校で飼ってたウサギとか鳥なんかを逃がしよったんや。学校でも口を利かんようになるし、相当平井先生も困ってらしたそうや」

「お父ちゃんもお爺ちゃんも、叔母ちゃんを助けられへんかったことに、ショックを受けたんかな」茶川は独り言のようにつぶやいた。

「それもあるやろと思いますわ。それでつい最近、平井君と同じI大学の同期生に話を聞いたんやけど」

K大病院の外科医になっている同期生は、平井のことを秀才としてはっきり記憶していたが、学友としての思い出は何もないと語ったらしい。

「ただ、こんなことを言うてたんや。わざと人間関係を断ち切ろうとするようなところがあったんじゃないかって」

「わざと……」

由美たちの前で言った言葉を浩二郎は思い出していた。ひとりでやると言ったり、女性に対して年齢の話を持ち出すのは、確かにわざわざ嫌われようとしているようなものだ。

「たぶん、人間関係を作りたくないんじゃないか、と思う」飯津家はそう言って、辛そうな顔で焼酎を飲んだ。「あっけなく亡くなる命に、私も愕然《がくぜん》とすることがある」

「先生には平井君の気持ちが分かるんですね」浩二郎は飯津家の顔を見つめた。

「私も外科医を目指していた時期があってね」

「ああ、ほんで脳外科の平井定国はんを、お師匠《っしょ》はんやと言うてはったんですか」茶川が声を上げた。

内科医が、外科医との間で師弟関係を結ぶことがあるのかと、茶川は疑問を持っていたという。

「指先の不器用さで外科医を断念したんですわ。まあどうせ、親父の内科医院を継がんとあかんからね、内科でよかったんやけど。ただ脳外科の現場はちょっとぐらい分かってるつもりです。手術はいつも死と隣り合わせいうことも」飯津家は、感慨《かんがい》深く言うと言葉を切り、刺身を口に運んだ。

「助けられない命に遭遇《そうぐう》するということですね」

それが辛いことであり、精神に相当な深手を負うことになるのは、医者でない浩二郎にもよく分かる。命に真摯《しんし》であればあるほど、そのダメージも深いはずだ。

「人間って分からないもんやとつくづく思う。絶対あかんやろと思う人間が回復したり、さっきまで話して笑っていた人が、数時間後には冷たくなっているということを何度も経験するうち、体にメスを入れることの怖さを知るんですわ。亡くなるときの無力感はほんまにきつい。メスを握るのが怖くなってしまう。さっき不器用さやいうたけど、ほんまはオペが怖かったんやなあ」

「平井君もオペが怖いから、うちの探偵になろうとしてるとおっしゃるんですか」

それでは、単に逃避先として思い出探偵を選択しているに過ぎないではないか。由美の怒った顔が頭に浮かんだ。

「オペが怖いというより、患者さんと心を通わせることが怖いんやと思う」

「ははん、ほな、なんですか、患者さんと仲良うなってしまうと、その人が亡くなったときに、叔母ちゃんが亡くなったとき覚えた喪失感に襲われるかもしれへんからですか」茶川は顎を撫でながら訊いた。

「たぶん、辛くならないように、予防線を張ってるんやと思うんです。強迫《きょうはく》神経症のきらいがあることも否定できひんけど」飯津家が答えて続ける。「私の場合は、とても仲良くなった脳腫瘍《のうしゅよう》の青年を、研修医として立ち会ったオペで亡くした。そのときの光景が夢に出てきて、夜中に飛び起きることが続いたなあ。それで外科から内科へ変わろうと思って、平井先生に相談したんですわ」

飯津家の相談に対して平井定国は、「君の感覚は医師として、もっとも重要な資質だ。患者への感情移入こそ、患者の命そのものを大事に思っている証拠なんだ」と言ったそうだ。

「その上で、その資質を外科医として開花させられないのは残念だけれど、内科医として必ず実を結ぶだろう、と言ってくれはった。そして医療知識のすべてをかけ、どんな病状の患者でもその家族と一緒に、一縷《いちる》の望みを見出せる医者になれと励《はげ》ましてくれてな……」飯津家が奥歯を噛んだのが分かった。

「なるほど」と思わず浩二郎は唸った。

飯津家の最後の最後まで患者の応援団たれという持論《じろん》、そして決して匙《さじ》を投げない医療態度は、平井定国から引き継がれたものだったのだ。

「そやから平井君の悩みも恐れも分かる。彼の場合は技術的なことではのうて、人間関係を構築した後、その人が消えてしまう恐怖と闘ってるんやと思う」飯津家が穏やかな表情を見せた。

「定国先生への恩返し、ですね」浩二郎が微笑んだ。

「そうやな。人間関係を失う怖さからとはいえ、自分からわざと嫌がられるなんて、彼にとって損やからな。もちろん愛する人が消えていくのは辛いけれど、それ以上に絆《きずな》のすばらしさも学んで欲しいと思うんや。その上で、命を救う仕事に就くもよし、心を救う探偵になるもまたよしや」今度は飯津家が微笑み、グラスを空けた。

「茶川さん、いまの先生の話を聞いても、まだ佳菜ちゃんが心配ですか？」浩二郎が横目で茶川を見た。

「それは変わらへんな」

「どうしてです？」

「何や心に傷を持つ若き脳外科医と聞くと、よけいに心配や。平井君、ちょっとしたイケメンやろ？　佳菜ちゃん恋愛に関して免疫《めんえき》不全やからな」

「今度はそんな心配ですか」

ダメだこれは、という顔で浩二郎は飯津家に目を遣った。飯津家も頭をかきながら、苦笑いを浮かべた。

帰宅した浩二郎は、飯津家から聞いた話を妻の三千代にした。

「そうだったの」三千代がご飯とお新香《しんこう》、そして熱い茶をテーブルの上に置きながら言った。

一滴のアルコールも飲んでいないが、飲み会の席から帰ると決まってお茶漬けが食べたくなる。それを知っている三千代は浩二郎が何も言わなくても、茶漬けの用意をするようになった。

「そういう訳だからね。いろいろ揉めるだろうが、何とか頼むよ」ご飯にお新香を載せ、茶をかけながら三千代を見た。

「分かったわ。由美ちゃんにもその辺を話してみる」

極力話をしなくてもいいようにしているが、ちょっとした言葉が引き金になって、二人は諍《いさか》いになる。それは、浩二郎が留守のときに多いのだという。

「あなたがいると、由美ちゃんも抑えてるみたいだから」

「あれで、かい？」

「まあ、そんな言い方、由美ちゃんが聞いたら怒るわ」

「そうだね。でも由美君、野球のピッチャーでいうと直球勝負だから」

「いいえ。あなたがいないときは、ノーコンの剛速球投手よ」

「え、そうなの？」浩二郎は思わず首をすくめた。その鼻先に届いた茶の匂いが食欲をそそり、茶漬けを一気に掻《か》き込む。

「少し気になるのは、由美ちゃんと佳菜ちゃんの仲なのよ」

「やっぱり君も気づいていたのか」箸《はし》を置き、湯飲みの茶を啜った。

「遅くやってきた反抗期かもね。本当の意味で親から自立する前だったから、ご両親があんなことになったの」三千代が悲しげな顔でうつむいた。

おそらく、反抗期らしい言動のなかった浩志《こうし》のことも思い浮かべているのだろう。

実際に反抗期を体験した親にしてみれば、戸惑いや悩みがあるのだろうが、その時期にいなくなってしまうとやはり寂しいものだ。

「反抗期か。確かに何かにつけて佳菜ちゃんは、由美君と張り合っているものね」

佳菜子の短い髪を見たとき、由美の真似《まね》をしていた時期は済んだようだと感じた。

「張り合うのはまあいいんですけど、わだかまりが残らないように上手く競って欲しいわ。思い出探偵稼業《かぎょう》って、最終的にはチームワークが大切でしょう?」

「もちろんさ。まあ、いずれにしても成長過程のひとつだからね」

成長ということなら、佳菜子が真をそれなりに活用し始めている点にも注目していた。

それどころか上条から得た情報に共通認識を持ち、悦子から入手した百恵の住所から、仙台への調査に真を同行させることにも、まったく難色を示さなかった。

詳細な地図や付近情報などを真に揃えさせていたようだ。

「佳菜ちゃんは、事案名について悩んでたようだね」

飯津家に会いに行く前の打ち合わせでは、まだ決め倦《あぐ》ねていた。

「ああ、いい事案名を出してきたわよ」

「ほう」浩二郎は期待に少し身を乗り出した。

「歌声の向こう側に。どう？　いままでの事案名と感じが違うけど、私は好きだわ」

「向こう側というのが、佳菜ちゃんの気持ちを反映してるね」

佳菜子は、上条が百恵に取った態度に疑問を感じているのだと言っていた。

どこか卑怯ではないかという思いは、悦子も抱いていて、その共通点を確認することで百恵の住所を聞き出す突破口を開いたと報告している。

「依頼人を信じ切れていないことを悩んでいたからね。歌声の向こう側には、上条さんの気持ちを汲《く》み、彼を納得させる何かがあって欲しいという佳菜ちゃんの願望が感じられるよ。君は上条さんの取った態度、どう思う？」

浩二郎自身、佳菜子の言う卑怯さも分からないではない。しかし彼女や悦子が感じているほど嫌な印象は持たなかった。

格好つけすぎの感はあるが、上条の美学もある程度理解できた。それは男の甘さなのかもしれない。

「上条さんを知らないからよく分からないわ。でも上条さんが絵本の夢を諦めないで生きていたなら、佳菜ちゃんの気持ちも違ったんじゃないかしら」

「家業を継ぎ、絵本を描くことをきっぱりやめてしまったようだからね」

浩二郎は三千代の見方をなるほどと思った。

百恵の幸せのために上条は身を引き、挙げ句、絵本作家になる夢までも諦めてしまったと言わんばかりの態度に思えたのだろう。

「百恵さんが手紙の端に描いたドン・ガバチョを見たとき、彼女は夢を追う上条さんをあくまで応援してるんだと感じたわ」

「『ひょっこりひょうたん島』か」

それは作家の井上ひさしが脚本を担当し、一九六四年から五年間、NHKで放映された人形劇だ。

火山の噴火のために漂流し始めた島に住み着いた人々を描いたストーリーで、登場人物たちが独創的だった。

中でも政治家であるドン・ガバチョはかなりの楽天家だったことを、浩二郎も覚えている。

「そんなドン・ガバチョを描き添えたのは、人生はなるようになる、夢を諦めないで欲しいという百恵さんのメッセージだと私は思う」

「なのに上条さんは、それに応えなかった」

「そう。上条さんは責任転嫁《てんか》してるような気がするわ」

「責任転嫁か。その負い目のようなものが、上条さんにはあるのかな」

上条は四十年以上も前の負い目のために、彼女ともう一度会いたいと言ってきたのだろうか。しかもお金を使ってまで。

悦子は、何もいまさら百恵と会わなくてもいいではないか、と上条本人に言ったらし

い。その際上条は、ただ謝りたい、そして一緒に唄いたいと返答したそうだ。

案外上条にとって、大切な初恋の人に会いたいという単純なものなのかもしれない。

「佳菜ちゃんも少し感じてるようだけど、岩下さんは何か知ってるわよね」

三千代が鋭い視線を浩二郎へ投げてきた。

「そうだね。岩下さんも百恵さんのことは懐かしいはずだからね。なのにその彼女に無理して会わなくてもいいと主張している点が気になる」

「亡くなってるなんてこと、ないわよね」不安げな声で言った。

「そうだね。ただしかし、万が一そうだったとして、すでに亡くなっていることを知っている岩下さんが、いまさら会わなくてもいいなんて言い方するかな?」

その場合、きっぱりと事実を伝えればいいだけだ。

「それもそうね。岩下さんと百恵さんが仲違いをしている風にも思えないし」

「むしろ百恵さんのことを思いやっているようだしね」

逆に、探偵を使ってまで百恵に会いたがっている上条に対しては反感を持っている。もし悦子が百恵と何らかの原因で仲違いをしているのなら、上条への反感を匂わせる態度は

おかしい。

「じゃあ百恵さんから、上条さんとは会いたくないと言われているのかもしれないわ」

「それなら、岩下さんは、そのままそう言うんじゃないだろうか」

四十年以上も経ち、お互い六十歳を越えているのだ。会いたくないとはっきり言っても、いまさら上条さんが傷付くと思わないだろう。

「そこに何か複雑な事情があるのよ」急須《きゅうす》の茶葉を入れ替えて、三千代が言った。

「複雑な事情と、入り組んだ感情があるのかもしれないな。思い出も、長い年月の間に変化することがある。思い込みや誤解がそのまま記憶されてしまうんだ。そんなねじれた過去を修復するのも私たちの仕事なのかもしれない。とにかく佳菜ちゃんたちの調査結果を待つしかないね」

浩二郎は、この事案を佳菜子の成長を見るいい機会になると思っていた。佳菜子は、由美とはまた違うタイプの思い出探偵になってくれると期待している。

「明日から一泊分の仮払いをしておいたんだけど、一泊でいいのね？」

「もちろん。それ以上になると、茶川さんに何を言われるか分からない」

「茶川さん、佳菜ちゃんを娘みたいに思ってるもの」

「佳菜ちゃんは娘なのに、由美君は結婚対象なんだから、よく分からないよ」浩二郎が顔をほころばせた。

読みかけの文庫本を持ってソファーに移動しようとしたとき、三千代が、「それ浩志のでしょう?」と訊いてきた。

「うん。サン=テグジュペリで『戦う操縦士』だよ」

「浩志、パイロットにでもなりたかったのかしらね」

「いや、ただサン=テグジュペリが好きなだけだと思うけどな。浩志が好むのも分かるような気がするんだ。読んでるとね、ところどころに胸に刺さる言葉があるんだよ」

青春のまっただ中でもがいていたのかもしれない。羅針盤《らしんばん》のようなものを欲していたとも考えられる。

もがけるのも生きているからだ。そう思うと、つい目頭が熱くなる。

「うちのスタッフを励ます言葉を探してるんだ」浩二郎はソファーにもたれて文庫を開き、目元を隠した。

6

その日、佳菜子が真と共に仙台駅の新幹線のホームに降り立ったのは、午後一時半頃だった。そこから十五分ほど地下鉄に乗り、悦子が教えてくれた百恵の住所を訪れる。

大きな邸宅と瀟洒《しょうしゃ》なマンションが建ち並んだ住宅街で、篠原という表札がかかった家はすぐに見つかった。音信が途絶えたということだったが、引っ越した訳ではなさそうだ。表札には確かに篠原英機《ひでき》の横に百恵の文字が並んでいて、幸という名前もあった。

「娘さんかしら」そう佳菜子がつぶやいた。

「女とは限らないでしょう」と真がすぐに反応した。五日前の佳菜子ならカチンときているが、いまは「そうよね」とうなずけた。真の意見に耳を傾けられる気持ちの余裕が出てきたのかもしれない。

インターフォンを押そうとした。

「ちょっと待った。これ見て」真が自分の足元を指さし、しゃがみこんだ。「轍《わだち》だ」

地面を見ると、玄関ドアまでのアプローチの手前の地面に、自転車のものと思われるタイヤの跡があった。

「これが何か？」佳菜子は顔を上げて訊いた。

「大きく掘れているでしょう？　それに、このなだらかなスロープさ」

アプローチは、彼が言うようにドアに向かって緩《ゆる》やかな勾配《こうばい》となっていた。

「車椅子だね」

「車椅子って」車椅子には、嫌な思い出があった。

佳菜子の両親を殺害して、さらに佳菜子の命まで狙った犯人は、油断を誘うのに車椅子を使ったのだった。

「そんなにびっくりすることかな。ただ病人さんがいることを念頭に置いて対応すべきだと思って言っただけなんだけどな」

「そう、そうよね。分かりました」返事をして佳菜子はインターフォンを鳴らした。

じっとインターフォンのスピーカー部分を見つめたが返答がなく、もう一度ボタンを押した。

「お留守かしら」

「家人《かじん》が車椅子を使う人なら、もう少し待つべきだ」

「そうでした」主導権を真に握られているのは悔しかったけれど、彼の言う通りだから仕方ない。

佳菜子は間隔を置いて、インターフォンを鳴らす。しかし返事はなかった。

「昼間の二時だから、留守の確率は高いか」真がつぶやく。

「仕方ないから、これ入れておいて、近所を見てきましょう」

佳菜子はメモ用紙を取り出すと、岩下悦子から住所を聞いて訪問したこと、歌声喫茶時代の思い出に関することで話がしたい旨《むね》を書き、名刺を添えて郵便受けに入れた。名刺には佳菜子の携帯電話の番号が記されていた。

「マジですか」きびすを返して歩き出す佳菜子に、真が言った。

「些細《ささい》なことでも収集しないと。私たち遊びにきてるんじゃないんですから」

「そうなんですか」感心したような声を真が出した。

「何です、おかしいですか？」

「いや、真剣なんだって、思って」と真が言い直した。

「当たり前じゃないですか。仙台まで出張費をもらってるんですよ」

大阪、赤穂と共に現地に赴《おもむ》き、仕事の話もしてきたのに真剣味が伝わっていなかったなんて、自分にはまだ思い出探偵としての迫力が足りないのだろうか。

佳菜子は唇を嚙んだ。

「そういう意味じゃないんだ。上条さんへの気持ちがそれほど強くないって思ってたから」真は髪の毛をいじりながら言った。

「だからって、適当にはできません」佳菜子が、上条の依頼にいくつかの疑問を感じていたことは事実だ。

「けど、上条さんの望みが、必ずしも百恵さんが望むことじゃないかもしれないって、思ってたんじゃないんですか」

「それはそうですけど」

「言い換えれば、依頼人の幸せが、相手の幸福でないこともあるってことですよね？」

「……かもしれません」

「それでも、依頼人の要望を優先するのって、おかしいんじゃないかな。それはやっぱりお金をもらってるから？」真は急にぞんざいな口の利きようになった。

「単純に言えば、そうなると思います」

　複雑な心の内を言葉にできそうもなかった。

「複雑に言っても同じことだよ」真はきっぱり言った。

「それが仕事だと思いますって言ってしまえれば、私も気が楽なんですけど……」佳菜子は少し考えて、「実はいま、上条さんより断然百恵さんの方に興味が移ってるんです」と言って、真を見た。

「それって、いいのかな」

「上条さんには、申し訳ないと思います。でも突然あんな形で別れ話を持ちかけられた百恵さんに、やっぱり感情移入してしまって」

「仮に、百恵さんが上条さんに会いたくないって言ったら、この依頼はどうなる?」

「そのまま正直に、報告するしかないと思います」

「納得してもらえないときは、調査費用を請求しないいんだよね」

「……ええ、まあ」真に痛いところを突かれた。

「まあ、俺はいいけど。あなたは困るでしょう?」

「私だけじゃなく、探偵社のみんなに迷惑がかかります」

　みんなの足を引っ張りたくないという気持ちが強かった。それ以上に、浩二郎や由美から一人前だと認められたかった。

そのためにうまく真と協力し、この事案もきちんと解決したかったのだ。しかし次第に上条から気持ちが離れていくのを、どうすることもできない。

それを真に言ったところで、どうなるものでもない。

「徒労《とろう》に終わるってことか」

「…………」

じゃこのまま帰った方がいいのか、と訊こうとした。しかしそれを言ってしまうと、本当に徒労になってしまいそうだ。

「まあ俺としては、気が楽になったけど」真が仙台の寒空を見上げた。「あなたも仕方ないと思ってるんだったら、俺、何だか肩の荷が下りたよ」

「肩の荷って？」真らしくない言葉に反応した。

「他人の思い出に首突っ込むのって、やっぱり俺には向かないなって感じ始めてたんだ。そんな俺が一緒に付いてきてお金にならなかったら、やっぱりしゃれにならないなって」

真の言葉は意外だった。真のことを、立場や状況が見えない人間のように思っていた。

「私のこと気遣《きづか》ってくれているんですか」

「馬鹿な、悪いと思ってるのはあなたにではなく、実相さんにだよ」真はコートの襟《えり》を立てると、急に早足で歩き出した。

篠原家に、真が予想したように車椅子利用者がいるのかを確かめるため、近所のスーパーや薬局、クリーニング店などで話を聞いた。

数人の断片的な話から、車椅子を使っているのは百恵で、その世話を娘の幸《ゆき》がしていることが分かってきた。また、十四年前に夫である英機が交通事故で亡くなっていることも聞き込んだ。百恵の容態《ようだい》については、誰も詳しく知らないようだった。

だが気になることを耳にした。スーパーの店員から、欲しいものを娘に伝えるときに右手で指さし、左手は常に喉を押さえていたと聞いたのだ。

つまり百恵は話すとき、喉を押さえる。そしてゆっくり一所懸命に話すのだそうだ。

「気管切開じゃないかな」真が、聞き込んだ情報を整理するために入った喫茶店で、開口一番に言った。

「気管切開って、喉に穴を開ける?」佳菜子が訊いた。

「そう。なぜ切開したかは分からないが、声が出ていることを考えると、咽頭《いんとう》や喉頭《こうとう》の腫瘍、それに両側声帯麻痺《せいたいまひ》の類《たぐい》ではないな。緊急に呼吸を確保しないといけなかったか、長期の呼吸管理を必要とする場合かだな」と真が言ったとき、女性が注文を取りにきたため、彼は言葉を飲み込んだ。

佳菜子はホットココア、真はマンデリンコーヒーを頼む。

「分かるように説明してくれますか。それは重篤《じゅうとく》だったってことなんですね?」

「上気道《じょうきどう》、簡単に言えば鼻から喉頭に問題が生じたか、もしくは重篤な呼吸不全を起こしたか。まずは体外式人工呼吸器で対応するんだけど、さらに呼吸不全が進行しているときは、気管内挿管《そうかん》といって管を鼻か口から入れて酸素を取り込めるようにするんだ。その状態が長期にわたる場合は、喉を開いて直接気管へ空気を送るのさ」真の説明は、よどみがなかった。

「喉に穴を開ける方が、何だか辛そうですけど」佳菜子は自分の喉を触った。

「いや患者の苦痛という面では、そうとも限らない。口の中は解放されるし、場合によっては食事を口から摂《と》ることも可能だ。切開した孔《あな》をそのまま開いて気道を開存《かいぞん》させておくカニューレという管を付けておけば、痰《たん》などの吸引《きゅういん》が楽になる。そして、これは慣れも必要だけれど、スピーチ・カニューレというのを使えば、声が出せる。話ができるんだ」

「じゃあ百恵さんは」

「切開孔《せっかいこう》とカニューレの間から空気の漏れがあると、声帯へ空気が送れないから軽く指で押さえる人が多い。スーパーの店員が見た百恵さんの様子と合致《がっち》するよね」

「確かにそうですね」

運ばれてきたココアに息を吹きかけ、冷ましながら佳菜子は啜った。

「ねえ平井さん、そのスピーチ・カニューレを付けたままで、歌は唄えるんですか？」

「歌……。そうか上条さんは一緒に唄いたいのか」と言って真は、コーヒーカップを手にしたまま黙ってしまった。

「歌は難しいんですね？」

もし唄えないのだとしたら、五年前に歌声喫茶で集いたいと悦子から連絡を受けたとしても、百恵は返答のしようがなかったに違いない。

「まず息が続くか、どうかだな」ようやく真がカップに口を付けた。

「ということは、不可能ではないんですね」

「それはそうだけど、スピーチ・カニューレは唄うところまで想定されてはいないからね。俺は無理だと思う」このとき初めて、真が苦痛に歪《ゆが》んだ表情を見せた。

「真剣に考えてくれたんですね」

「医療に関しては、俺は常に真剣だ」真は怒ったような言い方をしたが、不思議に威圧感はなかった。

いずれにしても百恵さんとは会わなければならない。佳菜子は自分に言い聞かせた。

「しかし残酷な話だよね。唄えないと分かっていて、歌声喫茶での昔話をぶり返し、挙げ句、昔の恋人の経営する喫茶店で一緒に唄えって頼むんだから」真は、そう言って椅子の背にもたれ、足を組んだ。

真剣に考えていたかと思うと、今度は突き放した言い方をする。真という人間が分かりかけては、また見えなくなる。ただそれに振り回されてはならない。

ふいにわすれな草と少女のロゴマークを思い出し、少し勇気が湧いてきた。

男性に対して、身構えてばかりではいけない。

「いま現在、百恵さんの病気の容態はどうなんでしょうね」独り言のような言い方をして、佳菜子が大きく息を吐いた。

「車椅子生活を強いられ、なおかつスピーチ・カニューレを留置しているとなると、脳出血などで脳細胞にダメージを受けたか、筋萎縮性側索硬化症《きんいしゅくせいそくさくこうかしょう》の可能性もあるだろうな」

「筋萎縮性……？」

「ＡＬＳと呼んでいる。聞いたことあるでしょう？」

それは脳神経疾患《しっかん》のひとつで、身体を支える筋肉や呼吸に必要な筋肉が徐々に萎縮し、筋力が低下していく病気で、原因は判明していないのだと真が説明した。

「凄く重い病気なんですね」

「難病指定されてる。筋肉が弱っていくんだけれど筋肉そのものの病気じゃないから、厄《やっ》介《かい》なんだ。脳のことなんてまだ分からないことだらけってことさ。まあ、そうだと決まった訳じゃないけどね」

佳菜子の携帯が鳴った。

思わず顔を見合わせた。

「出ないの？」真が言った。

佳菜子は携帯を開き、「もしもし……」と声を出しながら、相手の声に耳を傾けた。

「思い出探偵社の、橘さんでしょうか」聞き慣れない声で、しっかりした口調だった。

「はい、そうです」力を込めて返事する。

「私、篠原幸と申します、篠原百恵の娘です」

「ああ娘さんですか、お電話ありがとうございます。昼間、お宅へお伺いしました橘です。失礼だとは思ったのですが、お留守でしたのでメモを入れさせていただきました」

「住所は岩下さんからお聞きになったということですが、ご用件はなんでしょうか」幸は探るような言い方をした。

佳菜子は、上条という男性の依頼で、大阪で過ごした昭和三十九年の思い出についての依頼を受けたと、幸に話した。

「上条さん。あの……ちょっとお待ちください」幸が受話器を手で押さえ、百恵と話しているようだ。ややあって幸が言った。「申し訳ないのですが、母はそのような方は覚えていないと言っております」

「それはそれで構いませんが、一度会ってお話がしたいんです。お会いして確かめないと報告書が作れませんので、よろしくお願いします」携帯を持ったまま、佳菜子は頭を下げていた。

「でも、これから母の実家の方へ向かいますので」話を終えたいという感じの声だ。

「少しでいいです、お時間いただけませんか」粘ってみた。

「いますぐにここを出ませんと。まだ降ってないようですが、雪になると大変なところなんです」

岩手県盛岡の市街地から青森方面に向かった場所で、実家は大森山《おおもりやま》という山の麓《ふもと》付近にあるのだと幸は言った。

「七時には着きたいので、お会いするのは無理です」

「では明日、ご実家か、その近くで会えないですか？」

どうしても会いたいと思う気持ちが、話しているうちに佳菜子の中に湧いてきた。

絶対にこの出張を無駄にしたくない。

「実家で？」幸が聞き返してきた。

「お願いします。どこへでも参りますので」と頼むと、またしばらく沈黙が流れた。

「では、盛岡市玉山区渋民《しぶたみ》に石川啄木《たくぼく》記念館があります、その近くにある『一握《いちあく》の砂』という喫茶店で、午後二時というのはいかがですか」と幸が訊いてきた。

「啄木記念館の近くですね、分かりました、伺います。ありがとうございます」ノートに住所を書き留めながら礼を言った。

「あの、お母様のお加減はいかがですか」佳菜子は、切りかけた幸へ早口で尋ねる。

「まあまあ、というところです」幸の素っ気ない言葉に、佳菜子は自分たちが歓迎されていないと感じた。

「啄木で、一握の砂か」電話を切るとつぶやいた。「石川啄木の記念館があるんですって」

「ふうん」真がカップを手にしたまま、佳菜子のノートを覗き込んだ。そしてノートパソコンを開く。「あった。渋民ってところが啄木の生まれ故郷みたいだね。仙台駅からはやてに乗れば、一時間二十分ほどで最寄《もよ》りの渋民駅に着ける。記念館までは、渋民駅からタクシーで五分とホームページには書いてあるよ」

記念館は啄木の直筆《じきひつ》書簡、ノート、日誌のほか、遺品、写真パネルの展示、さらに敷地内には代用教員として働いていた渋民尋常《じんじょう》高等小学校、その時代に間借《まが》りしていた斎藤家が移築されているらしい、と真が言った。

「タクシーで五分なら、歩けるわ」

できるだけ経費は抑えたい。

「貸し自転車があるよ。道が凍っていなければ、俺はそれでもいいけど」

「自転車ですか」

「まさか乗れないの？」

「乗れますよ、私ってそんなに運動音痴に見えるんですか？」

「まあ」

「失礼ですね。私はただ、幸さんが雪を心配してたから」

「へえ、あなたでも、しゃれを言うときがあるんだ」

「はあ?」

「分かってないんならいいよ」真は照れくさそうに、ノートパソコンへ目を落とした。

「私、変なこと言いました?」と真に訊いたが、彼はにやつくだけで何も言わなかった。

渋民駅に着いたのは一時三十分だった。自転車を借りて漕《こ》ぎ出す。

顔も耳も痛いほど風が冷たかったが、記念館が見えてきた頃には少し汗ばむほど身体が温まっていた。

『一握の砂』に入っても、日頃の運動不足がたたり、なかなか息づかいが平静に戻らない。出された水を飲んでようやく一息《ひといき》ついた。

上条から預かった書類と、悦子から聞いた話をまとめたメモを読み返していると、車椅子を押す女性が現れた。

佳菜子は立ち上がって会釈《えしゃく》し、車椅子へ駆け寄り、「篠原百恵さんですね」と声をかけた。

「母です。私が篠原幸です」車椅子のハンドルを持ったまま、幸が言った。

百恵は、喉にはベージュのスカーフを巻き車椅子に座っていた。

佳菜子は二人と、真が座っている窓際《まどぎわ》の大きなテーブルの席に着いた。

「わざわざこんな場所にまで、すみません。毎年、年末年始は母の実家で過ごしますので」

その準備などで行き来していると幸は言った。

「いいえ、こちらが押しかけてきたんですから」佳菜子は小さく頭を下げる。

「ただ、折角ここまできていただきましたが、母は病気ですので短時間しかお話しできません」

幸が車椅子の足下に、何やら機器を置いた。

痰などを吸引するために必要なのだ、と幸は佳菜子に断った。

百恵は年相応の落ち着きと、凛《りん》とした居住まいで佳菜子の目をじっと見つめている。そこには警戒心は感じられず、母親の目のように包み込むような優しさがあった。

その目の光に安堵《あんど》した佳菜子は、「こちらこそ無理を言って申し訳ありません。私、どうしても篠原さんにお会いしたかったんです」と、これまで抱いていた自分の気持ちを打ち明け、すぐに本題に入った。

昭和三十九年の大晦日、『ともしび』の歌詞を書いた紙の裏に記した約束の話、そして明くる四十年の正月に上条へ送った書簡の内容を、佳菜子はできるだけ感情を押し殺して話した。

「それらの経緯を踏まえ、上条さんは五年前に果たせなかった百恵さんと再会したいという思いを私たちに打ち明けられました。そして、もう一度四人で『ともしび』を唄いたい。その願いを叶《かな》えて欲しいという依頼を受けました」言い辛かったが、包み隠さず百恵に伝えた。

百恵は表情を変えることなく、時折ゆっくりとうなずく。

戸惑っていたのは、むしろ付き添っている幸の方だった。慌ただしく瞬《まばた》きをしたり、母親の顔を覗き込んだり落ち着かない様子だ。おそらく母親の初恋の話など、聞いたことがなかったに違いない。

「幸、私の病気の、説明を」左手で喉のスカーフを押さえると、百恵が幸の方を向いて言った。

息継ぎが辛そうだったが、高音で澄んだきれいな声だ。

真が身を乗り出したのを隣で感じた。その横顔は意外だと言わんばかりだ。

「母の病気は、十三年前に突然手足の力が入らなくなるということから始まりました。すぐに病院に行ったんですが、原因は分かりませんでした。そのうち足の筋力が低下して歩くことも困難になって、いろいろな検査を受けたんです。それでも脳神経疾患であること以外、何も分かりませんでした。入院中に呼吸困難に陥り、気管切開したんです」

「身体所見《しんたいしょけん》、筋電図《きんでんず》、神経伝導、MRI、脊髄液《せきずいえき》、血液などの検査をされたんですよね。それでも病名が判明しなかった。例えば、ALSの疑いはなかったんですか」と、まくし立てる真を見て、百恵も幸も驚き名刺を確かめる。そしてそこに記されている医籍登録番号を見て納得したようだ。

「あなた、お医者さんなんですか」幸が真に尋ねた。

「専門は脳外科です。神経疾患には、病名の判明しないものが存在することは分かっているつもりです。ただお母さんの症状は、ALSに非常に似ている」

「その病名は主治医も口にしました。ですが、最初の呼吸不全が最悪で、その後少しだけですが筋力の回復が認められたんです」

「回復……、そうでしたか」真が乗り出した身体を元の位置に戻した。

「それはどういうことですか」佳菜子が真に訊いた。

「いやALSでは、病状の進行を止めることはできるけれど、回復するというところまでは難しいんだ。とすると、やっぱりALSじゃないのかもしれない。ALSは、その原因が分かっていないけど、百恵さんの場合、病名すら特定されていないんだから、治療法だって、これといって有効なものは……」

「いえ、平井さん」幸はもう一度真の名刺の名前を確かめて言った。「母の場合、原因ははっきりしているんです」

「えっ、はっきりしている？」真が訝《いぶか》るような言い方をした。

「医学的にという意味じゃありません」

「医学的でない原因とはどういうことですか」真の目は真剣そのものだ。

「母は父を事故で亡くして、その失意から病気になったんです。お医者さんから言わせれば、そんなことはあり得ない、と笑われるかもしれないですね。でも娘の私から見て、父が亡くなったときの母の落ち込み方は普通じゃなかった」

暗く沈み、まったく話さなくなり、ほとんど食事も摂らなくなったのだそうだ。

「母は四十九歳だったんですけど、ひと月で二十ほど歳をとったような顔になったんです。急に白髪《しらが》が増えるし、体重が十五、六キロも落ちて、見ていられないほど老《ふ》けて憔《しょう》悴《すい》して……」そう言って涙ぐんだ幸の手を、百恵が両手で優しく包み込んだ。

「否定するつもりはないです。脳神経の病気ってそんなもんですから」

あっさりと言った真を、佳菜子は見た。

「とにかく母は、父がいなくなったストレスで、立てなくなり、呼吸不全を起こしたと私は思っています」幸は言い切った。

「それほど篠原さんのことを、大切に思っていらしたということですね」佳菜子が確かめた。そうでなければ、上条の依頼内容を説明した直後に、自分の病気の話を娘にしゃべらせるはずがない。

つまり、百恵の心に上条の居場所はないことを伝えたかったのではないか。上条のことを覚えていないと言ったことにつながる。

いと、手紙で」

百恵が目を閉じながらうなずき、ゆっくり言った。「悦子さんには、体調が思わしくな

「岩下さんに手紙。それじゃ彼女は、ご主人が亡くなったこともご存じだったんですか」

悦子はなにも言っていなかった。

「父が亡くなったのは、平成七年の二月十七日金曜日。ですから翌年平成八年の年賀欠礼状をお送りした際、お電話がありました。私の代筆で、母はその返事を手紙で出したんです。その頃もう手足に力が入らなくなり、大学病院に入院していました」百恵に替わって幸が答える。

「その手紙を読んで、お見舞いに岩下夫妻が訪ねてこられたんです」

「そうだったんですか」

やはり悦子はその後の百恵のことを知っていた。

「私は仙台市内で働いていて、岩下夫妻には会ってませんが、後で母が懐かしそうに話していたのをよく覚えています」

「四十年後に集まろうという約束の話も出たんでしょうか」

「はい」百恵が深くうなずく。

「どんな風な話になったんですか」

「そのとき、喉は開いてません。だから唄えました」百恵は大きく息継ぎをしてから、

「私は、主人と一緒になって、本当に幸せになりましたから」ときれいな弓形の眉《まゆ》をひそめ、唇を震わせた。

それは悲しみからのものなのか、それとも怒りに似た感情から出た表情なのか。

「彼の書類、見せてください」百恵が佳菜子の前にあるクリアファイルを見て言った。

「そこに、あるのでしょう？」

「ありますが……」佳菜子は迷った。手紙は百恵のものだが、日記は上条の個人情報だ。

「無断で、私の手紙を、読んだんでしょう」苦しそうな声だった。

その声を聞いて真が立ち上がり、幸が用意していた足下の包みを開いた。

中に消毒セットを見つけると素早く手を拭《ぬぐ》い、ピンセットを手にする。カテーテルチューブの封を切って、吸引装置のスイッチを入れた。

「失礼」真は百恵に声をかけ、喉のスカーフを外し、さらにその下の白いプラスチックの器具を固定してあるガーゼを緩める。

そのチューブ状のものが、真が言っていたカニューレなのだろう。

「少し赤くなってるが大丈夫。幸さん、カフ付きじゃないですね」器具の下を覗き込みながら真が尋ねた。

百恵はうなずいた。

「分かりました」真はカテーテルと吸引装置のチューブをつなぎ、ピンセットを使って器用にカニューレに挿入《そうにゅう》していく。

十秒ほどで作業を終えて、また元通りの状態に戻した。

「ありがとう」百恵が微笑んだ。

「お医者さんでも、平井さんのように手際のいい方、珍しいくらい」幸も笑った。

佳菜子は、その顔を見てようやく心を許してくれた気がした。そして、改めて真が医師であることを認識した。

「ラテックスアレルギーがないのなら、手術用滅菌《めっきん》手袋を用意しておいたほうがいいです。そうだ、帝国紡績も作ってるな」真が思い出したように言った。

「父の会社で？」百恵が真の顔を見た。

「ええ。アレルギー対策も施されているはずです」

「そうですか」

「ちょっと休んだ方が、いい」真は佳菜子に、百恵の様子を見るため、小休止を取ることを提案した。

その間、依頼人のプライバシーに関する預り物を断りもなく見せてよいか考えた。そして小休止の後、上条から預かったクリアファイルに目を通してもらうことにした。

佳菜子にとっては大きな決心の瞬間も、真は意に介《かい》さずと、ノートパソコンの画面を見つめている。

「上条さんのこと、好きでした。それは事実です」クリアファイルを読み終わると、これまでよりもゆっくり百恵が話し出した。「本気で、一緒になりたかった」

「百恵さんが、真剣だったことは、文面からも伝わってきました」

佳菜子の上条への疑問のひとつは、二人の間に感じる温度差だった。

「私、彼が家業を継ぐというのを決めたとき、はたと目が覚めました」

「上条さんのことを好きではなくなったという意味ですか」

「気持ちは、すぐに変わりません」百恵は大きく肩で息をした。「彼の夢を、諦めさせてあげようと思ったんです」

「夢を諦めさせる？」意味が分からなかった。

「夢を諦めることへの口実に、私の幸福を使えばいい」

「それはつまり、百恵さんを幸せにできないから身を引く、と言ったことは、上条さんが夢を諦めることの言い訳だとおっしゃるんですか」

「家業を継ぐのはいいんです。それが彼の夢になったのなら。でもこっちがダメだったからそっちになんて。そんなに甘いものなのでしょうか、松代焼は」

百恵は松代焼を調べたそうだ。その独特の青色を出すまでの、職人の苦心がよく分かる焼き物だったという。

「女性の幸せは、経済力のみで、どうこうできるものではありません。そんなこと分かっているはずの彼が、夢を追うこともやめると言い出した。きっと、描いても描いてもものにならないことに、嫌気《いやけ》がさしたんでしょう。だからすんなり夢を諦める口実に、私自身がなりました。私から逃げて、実家に戻り、仕方なく家業を継いだんだと」

どんな障壁があっても、また誰かから捨てろと言われても、ずっと追い求めるのが夢ではないのか、と百恵は言い放った。

百恵の言葉は、息も絶え絶えで、口調も強くはない。にもかかわらず、ぞくっとするほどの迫力があった。

「あの、ここにあるドン・ガバチョの絵は、最後のエールだったんですね」佳菜子は自分の思っていることを訊いてみた。

「お若いのに、分かってくれるのね。そう最後のね」と言う百恵に、残念だという表情は見られなかった。

上条のことはもう完全に吹っ切れている。それはある意味、すでに忘れ去った人に等しいのかもしれない、と佳菜子は思った。

凛とした居住まいは、百恵の内面からにじみ出ているものだ。単純明快に芯《しん》の強い女性だと、佳菜子は感じた。

しかし、こんなに強い心の持ち主の脳神経を破壊してしまった篠原の死とは、いったい何だったんだろう。

　上条に対しては恋愛だが、篠原は相手から見初められた縁談だったはずだ。見合い結婚のようなものだと佳菜子は思っている。なのに、そこまで大事な存在になったことが不思議でならなかった。

「あの、百恵さん。お聞きしたいことがあります。亡くなられたご主人は、百恵さんにとってどんな存在だったんですか」

　ご主人の存在を過去形にしたことをすぐ詫びた。

「いいの、気を遣わないで。私は中途半端がダメなの。一番大切な人だった。それは……」百恵は幸に、メモ用紙と鉛筆《えんぴつ》を用意させた。

　百恵が佳菜子の前に滑らせたメモには『子を負《お》ひて　雪の吹き入る停車場に　われ見送りし妻の眉かな』と書いてあった。

「短歌、ですか」

「啄木です」百恵は嬉しそうに言った。「この子をおんぶしている私に、主人が言ったんです。私がどんな眉をしていたのか分かりません。けれどいつも見守ってくれている気がしました。それを聞いたとき、本当の夫婦になった気がしました。以来、心底主人を愛おしく思うようになったんです」

　篠原は、百恵が自分に気がないことを知っていた。両親を楽にするために結婚したことも承知していたのだと百恵は言った。「愛する気持ちは、強要して生まれるものではない。ただ自分は愛し続けるから、と主人がよく言ってました。主人の人間の大きさに惹かれていった」

篠原の強い気持ちに呼応するように、百恵も彼を全力で愛した。

工場長として多忙だった篠原だが、百恵と幸をとても大事にした。その慈《いつく》しみ方は、大きく包み込むようで、奥深かった、と娘の幸が涙声で話した。

幸の様子を見た百恵が、はっきりと言った。「私のこんな姿を上条さんが見たら、きっと同情するでしょう。そういう優しさを持っていますから。それが嫌なことを、分かってください」

7

帰りの新幹線の座席に座ってからも興奮が静まらなかった。

頭の中をいろいろな言葉が飛び交い、それぞれが明滅する。これをどういう風に報告書にまとめればいいのか、途方に暮れていた。

「この事案、どうまとめようかな」そう佳菜子が漏らしたが、相変わらず真は通路側の席でパソコンのキーを叩いている。

事実を書くしかないが、百恵にまったく会う意志がないことを上条に伝えるのは、やはり気が重い。

ディスプレイを見ながら真が言った。「まあよかったんじゃない」

「よくはないです。報告する身になってください」無責任な言葉が疲れた神経を逆撫《さかな》でした。

「あれでよかったんだよ」彼はまた同じことを口にした。

「いい訳ないじゃないですか」甲高《かんだか》い声を上げた。

「あんな状態で歌なんて無理だ。声質を保っているだけでも大変な努力なんだよね」

「息が続けば、唄えるかもしれないんでしょう?」

そんなニュアンスのことを真は言ったではないか。そこに望みを抱いた。

「絶対ということはないけど。……でも物事には不可能なことだってあるから」

真の言い方に、冷たく突き放された感じがした。

「きれいな声でした。百恵さんに、私は唄って欲しいと思いました。あれだけ強い人だもの」

「話すのだってあれだけの息継ぎが必要なんだ。あなたも見てただろう。唄うとなれば、さらに切開部分への負担が増す。気管に分泌物《ぶんぴつぶつ》が入ったら大変なことになるんだ。責任取れるの」これだから素人《しろうと》は嫌になる、と真がつぶやく。

「そんなに危険なことなんですか」

「気管に落ち込むと肺炎を起こすことがある。とにかく声を出すことで精一杯なんだ、あのカニューレでは」気を悪くしたのか真は目を合わせない。

「じゃあ、カニューレを交換すれば、もう少し楽になるんですか」佳菜子は諦めがつかなかった。

どうしても百恵には歌声を取り戻して欲しい。

「あのね、唄うためには、かなりの息が必要になるの。健常者が考えているほど簡単じゃないって」邪魔くさそうに真が言った。

「どんなカニューレだったら、声が出しやすくなるんですか」

「あの、人の話、聞いてる?」半開きの目を向けてきた。

「ちゃんと聞いてます。百恵さんは上条さんに会う気もなければ、大阪へくる気もありません。それどころか居場所さえ伝えないでと主張されました。それはそれでいいと思っています。でも百恵さんの本心は少し違う気がするんです」

彼女の心に、上条の居場所などまったくないことは明らかだ。

「わだかまりなどないのに、昔の仲間と会いたくないのは、やっぱり歌が唄えないからなんじゃないかしら。私にはそう思えてならないんです」

「もういいよ。俺はもう、この件にかかわりたくない。あなたは感情移入し過ぎなんだ」

真はパソコンを閉じて、前の座席のネットにしまい、そっぽを向いてしまった。

溜め息をついて佳菜子は窓に目を遣る。そこに早池峰山《はやちねさん》の凜とした姿があった。百恵さんなら、きっと唄える。

佳菜子は、百恵の唄う姿を想像していた。

8

それから五日あまり過ぎ、佳菜子は御所の中を歩いていた。

「じゃあぼくも役に立ったんですね」隣を歩く沢井が嬉しそうに言った。

沢井ができあがったロゴデザインを探偵社に届けにきて、彼を見送るために佳菜子も一緒に事務所を出た。

真冬にしては穏やかな陽気だったから、話もしたいので少し歩こうということになったのだ。

「でも突然、変な電話がかかってきたんで驚かれたでしょう。本当にすみませんでした。私あんなこと初めてだったんです」

出張から戻って報告書を書こうとしたが、まったく進まなかった。

覚悟していたとはいえ、依頼人を納得させる材料は何もなく、まさに手詰まり状態だった。

そんなとき、壁に貼った沢井が描いた図案が目に入った。何も考えずぼうっと眺めているうち、自然に沢井の声が聞きたくなった。

「いや、やはり橘さんはプロだなと思いました。具体的な依頼内容はまったく口にされなかったですからね」

ある病人に、歌を唄って欲しい。ただそうするには体力的な問題もあって、大変なリスクを伴うのだということだけ、沢井に話した。

彼は、佳菜子に「その病人が唄うことで少しでも幸福になれると信じるなら、可能な限りサポートしてあげればいい。一番いけないのは、信じているのに臆病になっていることだ」と言ってくれた。

「私、臆病でした。沢井さんの言葉で、何事に対しても勇気がなかったって気づいたんです」

そして次の日、勇気を振り絞《しぼ》って真に頭を下げた。

「お願いです。百恵さんに歌を唄わせてあげたいんです。あなたの智恵を貸してください。この通りです」

年下とか、探偵見習いとかそんなことは頭になかった。ただ百恵なら必ず歌を取り戻せる、佳菜子には、唄って欲しいと思う気持ちしかなかったのだ。

真は何度も首を振り、昨日と同じように責任論で佳菜子を責めた。

「唄わせるのではないんです。唄える環境を作ってあげて、最終的にどうするかは百恵さんが決めることです。あくまでサポートなんです」

「その気にさせてしまうことだって罪じゃないの。もう深入りはしない方が無難《ぶなん》だって」

そう言ったきり、真は佳菜子と目を合わせようとしなくなった。

会議で浩二郎たちにも相談したが、真から医学的な意見を聞くと、積極的に佳菜子を支持することはなかった。

もうダメかな、と思った昨夜、帰宅しようと探偵社を出た佳菜子に真が声をかけてきた。

「カニューレが固いんだ。素材《そざい》にもっと柔《やわ》らかいシリコンを使えば、空気の漏れはさらに少なくなる。それはぼくが手に入れるよ。スピーキングバルブも最新のものを装着してもらわないといけないしね」真の唐突なその言葉に、佳菜子はびっくりした。

「息継ぎが重要になるけど、百恵さんのいまの声質なら、ボイストレーニングで何とかなるかもしれない」真は無表情で言った。

「平井さん！」佳菜子は、何でもいい、叫びたかった。

「ただ、唄えるようになるかは分からない。かなりきついボイストレーニングになるんだから」真は淡々《たんたん》と言った。

「ありがとうございます。考えてくれてたんですね」

胸が熱くなった。

「そんなに感激しないで。仕方ない、種明かしするよ」真がノートパソコンのキー操作をして、佳菜子の方に画面を向けた。

メールソフトが立ち上がっていて、そこにはこうあった。

『サン＝テグジュペリの作品を読んでいて、生きるとは、ゆっくり誕生することだ、という言葉を見つけた。百恵さんには過去にとらわれず新しい自分を誕生させてあげて欲しい。実相』

「実相さんからのメール？」

「差出人にそう書いてあるんだから、そうでしょう。昨日、届いたんだ。それで俺もいろいろ考えた」真は苦笑した。

「きっと百恵さんは唄います」佳菜子は言葉にした。そうすれば願いが叶うような気持ちになったからだ。

百恵は上条にも、また篠原にも真剣に向き合ってきた強い女性なのだ。彼女なら、必ず困難を克服して唄ってくれるはずだ。

「『ともしび』が唄えたら、四人に『ハーモニー』に集まって、合唱してもらいます。百恵さんには、それを約束してもらって」

「で、どうするの？」真が尋ねた。

「その約束が私の、『歌声の向こう側に』の報告書です」

「橘さんって、案外大胆《だいたん》だな。どうぞご勝手に」それだけ言うとさっさと戻っていった真だったが、佳菜子は満足していた。真が初めて佳菜子の苗字《みようじ》を呼んだからだ。

「勇気を振り絞ったんですね、橘さん」沢井が微笑んだ。

「臆病からは抜け出せたかもしれません。とにかくお礼が言いたくて、すみません、お引き留めして」

「よかった。そうだ、実相さんにロゴマークの変更を申し出ないといけません」

「どうしてですか。もう決定したのに」

「いや、髪型をショートにしないと」

「………」どう答えていいのか分からなかった。

佳菜子は青空を見上げて、浩二郎が真に送ったメールを思い浮かべた。

生きるとは、ゆっくり誕生することだ。

第四章

思い出をなくした男

1

川津茉希《かわつまき》の休日に、由美《ゆみ》は記憶を失った男が入院している堀川第一病院の医師を訪ねた。

身元引受人である茉希から話を聞いているということで、男の身体的な状態を聞くことができた。

患者名は高丸一郎《たかまるいちろう》(仮称)、年齢不詳《ふしょう》となっていた。

血液型はO、身長一七四センチ、体重六六キロ、とくに病歴は認められず、眼窩《がんか》骨折と頸椎《けいつい》ヘルニアの治療実績あり。

入院初見については左側頭部《そくとうぶ》に外傷、打撲《だぼく》と裂傷《れっしょう》、その対側《たいそく》損傷による血腫《けつしゅ》。さらに左腕と左大腿部《だいたいぶ》、左脇腹に打撲あり。

MRI、CT検査では異常は認められず。入院二日後に硬膜外《こうまくがい》血腫が判明し穿頭《せんとう》血腫ドレナージ術実施、予後良好。氏名、年齢、職業、現住所、本籍地など本人から確認できず。神経内科へ転科、逆向性健忘《けんぼう》の可能性大。

頭蓋《ずがい》にドリルで穴を開けて、ドレーンで血腫を吸い取り除去する穿頭血腫ドレナージ術に、由美は何度か立ち会ったことがある。

局所麻酔で、三、四十分の手術だ。よほどのことがない限り、予後は一週間ほどで退院できる。頭部に衝撃を受けてからすぐには見つけにくいのが血腫なのだ。もしかすると、頭部外傷を負ってからかなりの時間が経過しているのかもしれない。

「あの、先生、ドレナージの予後が良好とあるんですけど、脳やその他の身体機能はどうもないいんでしょうか」検査結果用紙から顔を上げ、由美が訊《き》いた。

「機能障害の顕著《けんちょ》なものはなかったようですね。それで残る問題は記憶障害ということで、神経科医の私が担当することになったんです。本当に健忘なのか、そう装ってるのかを見極める必要がありますから」医師は慎重《しんちょう》な物言いをした。

「記憶については、演技ではなく、ほんまに何も思い出せへんかったんですよね」

過去から逃げるために、都合の悪い記憶を無理矢理忘れたことにしてしまおうとする患者を、看《み》たことがある。

「絶対に詐病《さびょう》ではないと断言するのは難しいです。ですから慎重に対応したつもりですが、おそらく演技である可能性は低いと見ています」

「そうですか。持ち物は何もなかったんですか」

「それが見事に、何も。財布《さいふ》もなくて、どうやって高丸百貨店までたどり着いたのか不思議ですよ」

「たどり着く？　そない表現しはるほど、長い時間をかけてきた痕跡《こんせき》があったということですか」医師の使った言葉が気にかかった。

「いや、私が探られてるようで、なんだか怖《こわ》いですね、探偵さんというのは」医師は苦笑してから、言った。「服と靴《くつ》が汚れていたことと、足の筋肉の異常な張りがあったということから、相当な距離を歩いたんだろうと担当医も看護師も思ったようですよ。その間、喉《のど》も渇《かわ》けばお腹だって減るでしょうに」

「お金を持ってなかったんやから、飲まず食わずやったということですね」

男の置かれていた状況を知る手がかりのひとつになるかもしれない。

「ええ。その上この寒空に軽装だったから、体力もかなり消耗《しょうもう》していたようです。ぎりぎりの状態で百貨店にたどり着いたんじゃないかな。まあそんなところです」もういいでしょう、と医師は由美の手から書類を奪い取る。

「もうひとつだけ、伺《うかが》ってよろしいですか」得意の笑顔で医師に尋《たず》ねる。

「なんです?」

「その男性の今後のことなんですけど、健康上の不安はありますか」

頭の傷は後々まで影響が出ることもある。仕事を進める上でも、確かめておきたい事柄だ。

「それは正直言って分かりません。いまのところ、脳へのダメージは固定化されてます。けれど神経については、心配ないですとは言い切れませんね。警察の方の話だと、衣服に付着した塗膜片《とまくへん》から、交通事故に遭《あ》ったんじゃないかと見てるようですから」

「交通事故ですか」

大きな力が一気に働く交通事故の場合、後遺症は千差万別《せんさばんべつ》だ。医師がはっきりとしたことを言わないことを責められない。

「けど事故なら、何らかの手がかりがあるんと違いますか」

「患者の衣服を交通鑑識《かんしき》の方が持ち帰り、いろいろ調べてたようですがね」

医師の他人事《ひとごと》のような言い方に、由美は腹が立った。

「その検査結果には、事故について何も載ってませんでしたけど」

「そんなことは病院に関係ないですから」うすら笑《え》みを浮かべて医師が反論した。

「衣服についた汚れや破れが、傷や打撲痕《だぼくこん》の位置と一致してたら、身体への影響も予想がつくんと違いますか。打撲だけやのうてどこかを捻《ひね》ってるとか。それに対側損傷やったら、衝撃《しょうげき》の大きさが問題になりますやろ。車の場合、転倒とか棒で殴《なぐ》られたんとは全然違うと思いますけど」

由美の激しい口調に、医師は呆気《あっけ》にとられた顔をした。

「あなたは医療を？」

「昔、看護師やってましたけど、何か？」つっけんどんに言う。

「そうですよね、対側損傷なんてさっと言えないですから。あの何でしたら、衣服は戻ってきてますから、本人の承諾さえ得られればお持ちいただいても結構ですよ」

「そうします。それで退院はいつできるんですか」

「二、三日中にできるでしょう。川津さんから書類を提出してもらってますし、それを行政の担当者がチェックしてるはずです。後は住まいの確認だけだと思います。病院でやるべきことはすべて終わってますから。ぼくは詳しくないんだけど、ケースワーカーから就《しゅう》籍《せき》手続きの話もしてるらしいし」

「就籍ですか」

就籍とは、本籍を失った人間が家庭裁判所に申請して、許可が下りれば新たに戸籍を作ることだ。記憶を失ったこの男性についても、警察が犯罪歴がないと判断し病院も詐病でないと認めれば、京都に新しく籍を設けることが可能だ。

病院側としては厄介払《やっかいばら》いができるということか。

「そうですか。いろいろ教えていただき、ほんまにありがとうございました」

由美はわざと慇懃《いんぎん》な礼を述べ部屋を出て、そのまま茉希から聞いていた男の病室へと向かった。

就籍など早すぎる気がするが、茉希はすでに申し立ての手続きに入っているのだろうか。

病室の小窓からそっと中を覗《のぞ》くと、椅子《いす》に座っている茉希の背中が見えた。その向こうに男がベッドの上であぐらをかいている。何も知らなければ長年連れ添った夫婦に見える。

由美は戸をノックした。

「どうぞ」戸口まで出てきた茉希が、室内へ請《しょう》じ入れた。

「こちらが、いま話した思い出探偵の一ノ瀬《いちのせ》さん」

茉希は由美の目をしっかりと見て、男を紹介した。その茉希に、この前は感じられなかった昂揚感《こうようかん》があるように見えた。

由美は大きく瞬《まばた》きし、茉希を一瞥《いちべつ》してから、男にお辞儀《じぎ》をする。「初めまして一ノ瀬由美といいます。よろしくお願いします」

思い出探しの依頼主は、あくまで茉希だ。しかし本人がどうしても思い出探しそのものを拒否した場合は、由美を友人だと紹介することになっていた。

茉希の迷いを感じ取った由美が、同時に、本当に仕事に入ってもいいのか、茉希に最後の決断をする機会を作っておいたのだ。

彼は由美を見上げ、小さく頭を下げた。その目は微《かす》かに怯《おび》えている。

「気分はどうですか。どっかしんどいとこないです？」ゆっくり男に近づき、茉希が用意してくれたパイプ椅子に腰を下ろした。

「午前中はいつも頭が重いのですが、川津さんがきてくれると少し楽になります」男は茉希の方をちらっと見て、優しい声で言った。

言葉は、標準語のイントネーションだと思えた。パジャマで身体《からだ》の線はよく分からないが、顔面や首の筋肉から見て細身で筋肉質であろうと想像できた。日焼けの具合から、屋外の仕事をしていた可能性も考えられる。

「そうですか、それはよかったですね。ちょっとお話をさせてもらおうと思うんですけど、気分が悪うなったり、嫌やなと思ったら途中でもかましませんので、そない言うてください」

「京都の言葉ですね」男が耳を傾ける仕草をした。

「気になりましたか」

「いえ、ふんわりとしたイントネーションは嫌いではないです」

彼が、京言葉に興味を持ってくれたのを利用しようと由美は思った。

「京言葉とか、関西の方の言葉に聞き覚えがあるんでしょうか？　テレビとかやのうて」

「関西の言葉ですか。いえ、私の周りには……。私が覚えてないだけかもしれない」男は顔をしかめる。

「あなたの耳に残っている単語か、ご自分でも知らず知らず使っている言葉で、これは面白いとか、変だなって思ったものってありませんか」由美は、各地方出身の看護師たちから聞いたことのある言葉を思いつくまま口にした。

北海道の「なまら」、東北の「たんげ」、会津《あいづ》の「なんだって」、愛知の「でら」、金沢の「がんこ」、広島の「ぶち」、島根の「がいに」、高知の「こじゃんと」、関西の「えらい」、鹿児島の「わっぜ」、沖縄の「でーじ」と、いずれも標準語の「とても」を言い表す言葉だ。

「ううん、よく分かりませんが、強《し》いて言えば『えらい』と『こじゃんと』、それに『わっぜ』と『でーじ』はどこかで聞いたことがあるように思います」

彼が、自分のこととはいえ曖昧《あいまい》になるのは仕方ない。けれど、彼が特徴のある方言を知っていることが興味深かった。

「気にしないでくださいね。こんなたわいのないおしゃべりからでも、ヒントが見つかることもあるんですわ。気を楽にしてください」

「あのう……」男が由美を見た。

「なんです？」

「記憶を取り戻したいでしょうって川津さんに訊かれて、もちろんそうだと答えたんですが、なんとなく怖くて」男の顔に不安の色が差す。

「無理もないことです。けど思い出せないのも辛いのと違いますか」

娘の由真《ゆま》と話していて、テレビタレントの名前をど忘れし、必死で思い出そうとするだけでも身をよじる。頻繁《ひんぱん》に顔を見ているだけに、自分の記憶力の低下を嘆《なげ》くことさえあっ

かる。
たかがタレントの名前でもそうなのに、生きてきた足跡を失った彼の煩悶《はんもん》は痛いほど分かる。

た。

「映画とかで、記憶喪失の人が『思い出せない』と頭を抱《かか》えて苦しむ場面があるでしょう。あれって本当だったんです。吐《は》き気がするほど頭の奥が痛むんです。そのうち涙が溢《あふ》れ出すんです、自分が情けなくって」

もし自分がどこからきたのか、何者だったのかが分かれば、この頭痛から解放されると思う気持ちと、過去など捨ててしまい、京都で新しい人生を始めた方が幸せなのかもしれない、と考える気持ちが入り交じっていると彼は言った。

「当然やと思います。どんな過去があるのかを知るんも冒険ですから。ただ、過去があって、それを一時的に忘れてしまったという事実を、あなたはもう知ってしまっています。問題はそこなんやと、うちは思てます」

「……問題？」

「そうです。これまで、ぎょうさんの方の思い出探しをさせてもろてきました。中には、探さんといた方がよかったいうのもありました。けど大事なんは、それも含めてみんなその人の生き様やいうことです。嫌な過去でも、存在する以上、その人の血肉なんです。暗い過去ならこれから明るくしましょ、悪い思い出なら、それを打ち消すほど幸せになりましょ。そないに思たらどうですか」由美は自分でも言葉を噛《か》みしめるように、彼に言った。

「私の血肉ですか、嫌な過去でも？」

「ええ。逃げてもしゃあないんです。みんな消したい過去のひとつや二つ、あるもんですよ」

「もし、私がとてつもなく悪い人間だったらどうしようかと。川津さんからも愛想を尽かされたら、私はどうして生きていけばいいのか、そんな不安もあるんです」男は頭を抱えた。

「少なくとも犯罪歴はありません。警察でそれはちゃんと調べたはずですから」由美は茉希をちらっと見た。彼女が就籍手続きを取っているなら、そのことも当然知っているだろう。

「あなたがどんな人でも、川津さんは愛想を尽かすことはないと思います。とにかくいま、思い悩んで苦しむあなたの姿を見たくなくて、何とかしてあげたいと私に相談しにきはったんですから。うちはあなたの力になろうとする川津さんの申し出に、全力で応えたいと思てます」由美は茉希を見て、「それでいいんですね？」と確かめた。

茉希が、しっかりとうなずいた。

「勇気を出しまひょ」茉希と男の両方に声をかけた。

男の顔がほんの少しだけ明るくなったのを、由美は見逃《みのが》さなかった。

「それで、お願いがあります。あなたが着てはった服をお借りしたいんです」

「どうぞ」男はうなずいた。

「おおきに。それから川津さん、少し時間取ってもらえますか」と茉希に向き直った。

病院の喫茶室《きつさしつ》に場所を移し、茉希から男と出会った日の詳しい状況を聞くことにした。

「十月二十日のことでした。いつもと同じように仕事をこなしてたんです」茉希は迷いが吹っ切れたのか、堰《せき》を切ったように話し出した。

その日は火曜日で、夕方五時頃までは、常連客が入れ替わり立ち替わりコーヒーを飲みにきた。八席しかない椅子に余裕ができるのは、午後七時を過ぎたあたりだ。

喫茶コーナーは七時半で終了するため、コーヒー豆の残量をチェックしていた茉希は、男性客の刺すような視線を感じる。その男は、カウンターから少し離れた場所に佇《たたず》みこちらを見詰めていた。

「髪はぼさぼさで、顔の半分が無精髭《ぶしようひげ》という感じで、ちょっと怖かったんです」

服装も背広だがネクタイがなく、胸元の開いたワイシャツがどこか崩れた印象だった。

茉希はドリッパーに湯を落としながら、見るまいと思いつつも、どうしても気になり、チラチラと男の方へ目がいく。

「ホームレスの方かと思いました。その人がうつろな目で、こちらへ近づいてきたんです」

コーヒーを飲む感じではないが、カウンターの椅子に座れば、客だ。他の客と変わりなく、注文を取りコーヒーを淹《い》れるだけだと、自分に言い聞かせた。

「嫌だという感情を出さないように心構えしていたんですが、あと一歩というところで視界から突然消えたんです」茉希は驚き、カウンター越しに首を伸ばして覗く。すると備え付けの丸椅子に手をかけたまま、男が前方に転倒しているのが見えた。

「お客さん！」茉希は慌《あわ》ててカウンターの下をくぐり、男に近づく。

「大丈夫ですかと声をかけると、肩で息をしていた男性の顔色がなくなり、額に汗が滲《にじ》んでいました。病気だと思いました」

男は目を薄開きにしていて、眼球がゆらゆらと彷徨《さまよ》い焦点《しょうてん》が合っていないようだった。

「どうしたんですか、しっかりしてください。どこか、お悪いんですかと訊きました。すると……」

「何か言わはったんですか？」黙った茉希に、由美が尋ねる。

「動けないと言って、目を閉じてしまったんです」茉希は急いで警備員に救急車を呼んでもらった。ほどなく到着した救急隊員の担架《たんか》に載せられ、男は運ばれていったという。

二日後、茉希の休日に家の電話が鳴った。

い。

「警備の方からで、運ばれた男性の身体の方は順調に回復しているが、身元が分からないと。お医者さんの話では、生活史健忘かもしれないということでした」

医師や看護師に対して、身元に関することは何も言わないが、会話はできていたらしい。

こういう身元不明患者のことを生活史健忘と病院では呼んでいた。緊急に治療が必要な場合、詐病でないことを確認して応急入院させることになる。

ただしこの入院は七十二時間とされていて、それより長くなるときは、精神保健福祉法の規定による医療保護入院指定病院へ移される。

堀川第一病院がその規定を満たしていることは、由美も知っていた。もちろん警察へ通報し、身元の特定調査を依頼する。

「その男性が喫茶コーナーの女性を呼んで欲しい、と頼んだそうです」茉希はそのときのことを思い出したのか、困ったような顔つきをした。

「それで川津さんが、彼とかかわるようになったんですね」由美は念を押す。

男は他の人間とは話したくないと言ったそうだ。仕方なく茉希は堀川第一病院へ赴《おもむ》き、神経科医と一緒に男に面会することになった。

「実際に会ったときの印象はどうでした？」由美が尋ねた。

「まるで別人のようでした」

病室に入ると男はベッドに座っていた。

無精髭が剃《そ》られていたせいもあって、別人かと思うほど真面目《まじめ》そうな印象だったという。初めて見たときの崩れた感じなどまったくなく、思っていた年齢よりも、かなり若いかもしれないと思ったそうだ。

頭にネットを被《かぶ》っているので額が狭く見え、目が強調されていたという。

「それにいまとはまったく違う沈痛な顔をしてたんです。そして彼は、びっくりすることを口にしました」

「びっくりすることというのは、どのような？」

「モカを殺してしまってる、と言ったんです」

「モカを、殺す？」由美は首をひねった。確かに意味が分からない。

「聞き直したら、『あなたが淹れていたコーヒーは、マンデリン、サントス、グアテマラ、そしてモカのブレンドですよね』と逆に訊いてきたんです」

「はあ……？」由美には、さらに話が飲み込めなかった。

「うちの日替わりブレンドなんです」

茉希は男が現れたとき、日替わりコーヒーを淹れていた。男が言ったブレンドレシピはまさしく日替わりのマンデリンブレンドだったという。

「私だって、ブレンドレシピを見ないと使用する豆の種類は答えられないのに。彼、ずばり言い当てたんです」

「売り場のどこかに、そのブレンドの表示があったということはないのですか」

倒れる寸前に見たのかもしれない。

「いいえ、そんなものありません」

「ということは、飲んでないんですから……。もしかして香り？」

香道《こうどう》を修めた人間なら微妙な香の違いを言い当てる嗅覚《きゆうかく》を持っているだろうが、ものがコーヒー豆だと話はまるで違う。

それとも男は、コーヒー豆を選別する仕事の人間なのだろうか。

「それは分からないんですが、彼こう続けたんです。もったいないなって思った。モカのローストがミディアムローストになっていて、せっかくの酸味を壊《こわ》してたって」

「へえ、そんなに具体的に。モカを殺してるというのは、そういう意味やったんですね」

どんな物も奥深さがあるんだと由美は感心した。

「あのブレンドならシナモンローストがベストだって」

「シナモン？」

「ミディアムローストよりもうひとつ浅い焙煎《ばいせん》のことです。シナモン色になるように煎《い》るので、そう言います」さらに浅く煎ったものが、ライトローストだと茉希は説明した。

「それは、合《お》うてたんですか。正解やったんですか」

匂《にお》いで焙煎の度合いまで分かるなんて、由美には考えられなかった。

「私も分からなかったんです。後で会社の人間に訊きましたら、男性の言う通り、モカの酸味を生かすには浅煎《あさい》り、つまりシナモンローストがいいんだと」

「それ聞いて、驚かはりましたでしょう。やっぱりコーヒー豆を扱う仕事に就いてはったと思ていいのと違いますか」

「とにかくコーヒーに関する知識は凄《すご》いです」

茉希は男のコーヒーに対する知識の豊富さには、目を見張るものがあるのだと、いくつか例を挙げた。

「サイフォンよりペーパードリップの方がいい。ネルはすぐに匂いが付いてしまって、その管理が難しいとか、美味《おい》しいコーヒーはコーヒーチェリーの味もいいとか。コーヒーベルトが赤道を挟《はさ》んだ南北両回帰線内の熱帯か亜熱帯の範囲だからといって、コーヒーの木が高温でないと育たないと思うかもしれないが、ビニールハウス栽培なら日本でもコーヒー豆はできる、なんて熱く語るんです」と言って微笑《ほほえ》んだ茉希の顔に、由美は母性のようなものを感じた。

「そうですか。そしてその後、川津さんは何度か男性を見舞ったという訳ですね」

「そうです」

「それだけお話をして、彼は名前や住所などを、まったく思い出さなかったということになりますね」

「はい。それに関しては、まったく」茉希は首を左右に振る。

「警察からは何も言ってこないですか、男性の身元やその他の情報について」

「ないです」

「治療費は、川津さんが支払うおつもりですか」

茉希はうなずき、「病室のプレートに高丸一郎と書かれていたんです。何だか可哀《かわい》そうになってきて……、でもそんな義理ないんですけど」と言いながらうつむいた。

入院させて医療を行う以上、絶対に氏名が必要になる。身元不明の場合は、発見場所にちなんだ名前を付けることが多い。

「それから川津さん、彼に代わって就籍の申し立てをしてはるんと違いますか」

「………」

やはりそうなのだ、と由美は確信した。

「彼をお宅に引き取るつもりですか」

患者の意志で保護者を選定して、選定された当人が同意し、なおかつ主治医の許可、医療費の確保が可能となれば、症状が安定したときの退院先として茉希の自宅を申請できる。

そして新しい氏名を付けて、茉希の自宅を男の本籍地にすることも可能だ。

「いえ、同じアパートに空き室があったのでそこへ入ってもらおうと……。放っておけなかったんです。どうしていいのか分からず」

茉希は、気の毒なほどあたふたしていた。

「ということは、身元が判明するまで彼をサポートしながら、一方で就籍手続きもとると？」

就籍の手続きはおおむね二、三カ月を要する。その間に身元が分かれば、申請を取り下げるつもりだと茉希は言った。

「そのまま放っておいても、三カ月ほどを目処《めど》に戸籍が判明しなかった場合は、行政は患者を行旅《こうりょ》病人として処理すると聞きました。それはあまりに……」茉希は目を伏せ、再び悲しげな顔つきになった。「私を、変な女だと思われたでしょうね。身元不明の男性を引き取るなんて」

「そんなことは気にしていません。ですが、あなたはあの男性の身元が知りたいんですよね」

ここを、はっきりさせておかなければならない。

茉希が氏名を考えて就籍の申請を行い、新たな戸籍地を彼女のアパートにするということは、少なくとも男と共に生きて行く覚悟をしているということだ。

本当に、身元が判明することを望んでいるのかどうかが問題だ。

「私がいると落ち着くんだと彼は言います。私の姿が見えないと怖がるんです。だから」

茉希は他に何か言い訳を探す目をしていた。

「確認させてください、川津さん」強い口調で言って、茉希の目を見た。

「なんでしょうか」茉希は不安げな顔を向ける。

「私の番組に相談してくれはるまで、ひと月ほど日数がありました。その間かなり悩まれたんやと私は思てます。彼の素性《すじよう》を知ることを躊躇《ちゆうちよ》してはるのと違いますか。私の言うてること分かりますよね」

茉希が男にかなり強い情を抱《いだ》いていることは分かる。「接客態度、不可。愛想がない」という会社の評価とは、随分《ずいぶん》印象が違っていたからだ。

茉希が男の話をするときに垣間《かいま》見《み》せる優しい目が、すべてを物語っていた。

「彼の年齢ですけど、私が見た感じ四十代半ばと違いますやろか」

「……たぶん」

「ということなら、すでに家庭を持ってはる可能性も考えなりません」

由美が家庭と言ったとき、茉希は瞬きをした。ただタイミングが合っただけなのか、由美の言葉に反応したのかは分からない。

「実は、一ノ瀬さんの番組に電話する前、とても悩みました。いまも見ていただいたように、あの人、何の疑いもなく私を信頼してくれてます。そんな風に人から頼られたことがなくて、面会が終わって家に帰ると、何だか急に寂しくなる自分がいます」

面会に行くと、病室から突然彼がいなくなっている夢をよく見るのだそうだ。

「つまり川津さんは、彼に特別な感情を抱いてはるということですね」

半ば分かりきったことだけれど、きちんと言葉にして押さえておかなければいけない。

「自分でも分からないんです。ただ、私の方が、彼に依存し始めているような気がします。だから突然いなくなる怖さだけでもぬぐい去れればと思って……」

茉希はジレンマの中に身を置いているようだ。男の身元が分かることは、現在の引受人である茉希の立場を脅《おびや》かすことになる。

「本当に身元がはっきりした方が楽なんですか」

「苦しんでいる彼を見ているのが、辛くなってきたんです。彼、元来は無口な人なんだと思うんです。ですが、ひょっとしたら昔からこの人と一緒に暮らしていたんじゃないかと思うくらい、気持ちが分かり合えることがあるんです。何となく、そんな空気みたいなものを感じるんですよ。ところが、まったく雰囲気《ふんいき》が違うときがあります。一点を見つめたまま、押し黙って何もかもを拒絶している。本当に彼は苦しんでいるんです」その空気の重苦しさに耐えられないのだと、茉希はまた目を伏せた。

「ですが川津さん。彼の身元が分かれば、お二人の気持ちの如何《いかん》にかかわらず、彼は元の居場所に帰らなければならなくなるかもしれません。覚悟はあるのですか」由美は毅然《きぜん》とした態度を示した。同情を差し挟むと、かえって茉希を傷付けると思ったからだ。

「覚悟……ですか」茉希はうつむいたまま、じっとテーブルを見つめる。そして顔を上げて言った。「仕方ない、と思います」

「分かりました。川津さんの気持ち、思い出探偵社が受け止めさせていただきます」

2

「交通鑑識の連中が調べた後は、ぺんぺん草も生えへんって言われるぐらいなんやで」由美が持ち込んだ男の衣服を前に、茶川《ちゃがわ》がぼやいた。

「そうなんですか。そこを何とかお願いしたいわ、うち」

「そんな目で見ないな」茶川が頭の皮膚《ひふ》を撫《な》でる。

「これ、一緒に食べましょ」由美は茶川の好物、出町《でまち》ふたばの「豆大福」をテーブルに置いた。茶の用意をしようと立ったが、茶川の事務所の勝手が分からなかった。「何や、ここ理科室みたい」

「もっと大人の飲み物にせえへんか？」茶川が、いたずらっ子のような目を向けてきた。

「うち、仕事中はアルコールは飲まへん主義ですの」椅子に座る。

「それが、大丈夫なんや。ノンアルコールやさかい」嬉《うれ》しげに言って、茶川がタンブラーに何かを注ぐ。

「これウイスキーですやん。それに妙なもん入ってんのと違います？　睡眠薬《すいみんやく》とか」　手渡されたタンブラーの中身はどう見てもウイスキーだった。鼻を近づけるとやはりモルトの香りがする。「しかもシングルモルトの香りしますよ」　茶川を睨《にら》んで言った。

「まあ飲んでみぃて」

茶川は無類のアルコール好きの上に甘党で、饅頭《まんじゅう》でも平気で酒の肴《さかな》にする飲んべえだ。

「言うてますやないの、うちは仕事中は飲みません」

「そやからノンアルコールやて」　茶川は由美の言葉を遮《さえぎ》って言った。「ほんまに旨《うま》いんやから、これ」

茶川に促《うなが》されて、由美は怖々タンブラーに唇をつけた。

やはりモルトウイスキーの味がした。「もう茶川はん、てんごばっかり。スコッチですやん、これ」

「熱ぅなるか」

「そんなん、もうちょっと、いただかんと分かりまへんわ」　今度はぐいっと飲んでみた。

美味しいので二口、三口ついにタンブラーを空にした。

「あれ？　ちっともきゅーっと熱うなってきいひん。これ、ほんまにアルコール入ってへんのですね」　空のタンブラーを見つめた。

「そやから言うてるやないか。上等の大麦を使《つこ》たノンアルコールのシングルモルトウイスキーや。どや旨いやろ、味の魔術師にかかったらこんなもんや。ノンアルコールのビールとか酎《ちゅう》ハイが流行《はや》るんやから、その向こうを見てる。特許申請中、これ売れるで」

「そやけど車の運転手が喉渇いたとき、清涼感《せいりょうかん》があるからビールテイストの飲料水を飲まはるのは分かりますけど、喉渇いたからいうて、スコッチ味のもん、とくに欲しゅうなりますか」

「せっかくの大発明に水差しなや。シングルモルトの風味出すの苦労したんやで。先だっても佳菜《かな》ちゃんに、君ら探偵はハードボイルドでいかんとあかんて言うといた。これやったら仕事中でも飲めるし、格好《かっこ》ええで」

「あほらし。でもまあ、美味しいさかいに許したげます」

「おおきに、ありがとさん」

「そんなことより茶川さん、お願いです。この服しか、手がかりがないんですわ。交通鑑識を負かせる鑑識眼は、京都では茶川はんしかないと、うちは思てるし」

熱い視線を送ってみる。するとアルコールの入っていないスコッチに、茶川の頬がみるみるうちに赤らんできた。

「そないな色っぽい目は、反則やで」

赤みは頭頂部にまで達しているように見えた。

「ほな、調べてくれはるん？」

「調べさせてもらいます。ただ交通鑑識のレベルが高いから、難物《なんぶつ》やと思ただけで」

「うち、信じてます」由美は胸の前で手を合わせた。

「信じるて、何を？」

「ぺんぺん草が生えなくても、きっと手がかりは見つけてくれはるて」

「調子ええな、由美はん。しゃあないさかい、頑張《がんば》らせてもらいまっさ。その代わり今度はこれにアルコールの入ったもんを、一緒に飲みにいかへんか。個人的な話もあるし」茶川がコップを掲《かか》げた。

「分かりましたえ。この事案を早よ片付けて、ご一緒させてもらいます」

「約束したで」茶川は、スコッチもどきを麦茶のように喉を鳴らして飲んだ。「そや、由美はん。持ち主に確認して欲しいことがあるんや」と思い出したように言った。

「へえ、なんです？」

「これ、切り刻んでもええか、聞いて欲しい」茶川が衣服の入った紙袋を示した。

テレビの収録を終え、次の打ち合わせを済ませて由美は腕時計を見た。午後四時半だった。

地下鉄四条《しじょう》駅で下車し、少し歩いて高丸百貨店へ向かう。

喫茶コーナーは満席だ。パン屋で席の空くのを待っていると、運良く五分ほどでサラリーマンが席を立った。小走りで丸椅子に座る。

「ホットを」

茉希は一瞥したがニコリともしない。病室の彼女とは別人のようだ。それが茉希の流《りゅう》儀《ぎ》なら仕方ない。

由美はコーヒーを飲みながら、声をかけられるタイミングを待つことにした。ここでは話ができないと思った由美は、メモ帳に男の衣服にハサミを入れることに本人の承諾を得て欲しい、と書いた。

「あの川津さん」手が空いた瞬間に声をかけ、折ったメモ用紙を手渡した。

茉希は小さくうなずいて、メモをエプロンのポケットにしまう。

「連絡ください」それだけ言って、由美はコーヒーを飲んで席を立った。

茉希の表情が気になった。仕事場の顔と言えばそれまでなのだろうが、もっと別の冷たさを感じたのだ。

昨日、由美と別れてから、茉希の考えが変わる何かがあったのだろうか。

由美が探偵社に戻ったとき、茉希から電話があった。

「あの、それはどうしても必要なのでしょうか」沈んだ声だった。

「交通鑑識さんは事故というものを前提に調べますけど、わたしらは彼の身元につながる手がかりを探しますさかい」

「……そうですか」納得している返事とは思えなかった。

「どうしはったんですか。彼が嫌がるかもしれへんのですか」

「いえ、そういう訳ではないんですけど。ただ、服を切るということに抵抗が」

「とにかくご本人に伝えてもらえますか」由美はそれだけ言って電話を切った。

　予想していた通り、茉希の応対には、男の身元調査を依頼したのを後悔し始めていることが窺《うかが》えた。

　頭では分かっていても、実際に調査が始まると最悪の事態への怖さが頭をかすめる。それは当然のことだ。

　このまま身元など追わず、就籍手続きを進めてしまえば、彼に新しい名前と戸籍ができる。そうなれば、茉希は堂々と彼と一緒になることも可能なのだ。

　約ひと月が経過しても、警察が捜索《そうさく》願いの中に彼に該当《がいとう》する人物を見つけていないところをみると、家族がいないのか、仮にいても捜索願いを提出する状況にないのか。家族がいない場合は、彼が京都市民として生きて行くことになっても、何ら問題はない。

けれども彼の帰りを待つ家族があったときのことを考えると、由美は心が痛む。愛する息子あるいは夫、父親を失うかもしれないではないか。

　男の家族のことだけを考えているのではない。むしろ茉希の幸せを願うからこそ、二人のことを容認できないのだ。

他人を不幸にしたら、ぜったい幸せになんかなれへん。

罰《ばち》が当たるとか、道徳心とかを重んじているのではなく、由美がこれまで実際に目にしてきたことだ。家庭のある男を愛し、その末に相手の家庭を崩壊させた女性がその後、円満に過ごせたかというと、やはり同じように別の女性に男を略奪《りゃくだつ》されていく。

会社を乗っ取った社長が、株主総会で追放された例も知っている。少なくとも由美の身の周りでは、そんな方程式のようなものが存在していた。

浩二郎《こうじろう》と話がしたくなった。しかし唇《くちびる》を噛み、ヘルメットを手にして表へ出た。

方程式があるんよ。

そう心でつぶやきながら、KATANAに跨《また》がった。

そのまま鞍馬山《くらまやま》まで疾走《しっそう》すると、自分だけの夜景スポットでエンジンを止める。

広々とした視界の中で見る夜景より、うっそうとした木々のわずかな隙間から見える市内の明かりが由美は好きだった。

見る位置を少し変えるだけで、街の明かりは万華鏡《まんげきょう》のように違う顔を見せる。周りが暗いからこそ、宝石は美しくきらめくのだ。

三千代さんもええ人やから——。あかん、絶対にあかんのや。

かなり気温が下がっているはずだったが、なぜか由美は寒さを感じなかった。茉希の男に対する一途《いちず》な思いが身に染《し》みて分かる。同時に、彼女の苦しさも分かるだけに、辛いのだ。

　携帯の着メロが鳴った。娘からだ。

「由真、どうしたん？」

「あれ、お母ちゃんえらい鼻声やな。風邪《かぜ》と違う？」由真が言った。

「バイクで走ったからや。何え？」

「あんな、お祖母《ばあ》ちゃんがきたはるねん。お肉どっさり持ってきてくれはった」

「すき焼きやな」

「うん。帰り何時になるか聞くようにて」

　大原に住む母が、食べ物を携《たずさ》えてやってくるのは、由美にいい再婚相手を見つけたときだ。

「分かった。そやな、七時には帰るって言うといて」

　再婚話は聞きたくないが、すき焼きは魅力的だ。

「けど、ご飯食べてからまた出て行くんやろ？」

　いつも夕飯を作って由真と食べてから、もう一仕事する。由真は何も言わないが、寂《さび》しい思いをさせていた。

「ううん。今日はお母ちゃん、お家で熱燗《あつかん》飲もかなあ」

「ほんま。ほなうちがお酌《しゃく》したげるな。待ってるさかい、気ぃつけてな」由真は大人びたことを言って笑った。

「あんたがお母ちゃんみたいやな」由美も笑って電話を切った。

台所の方から聞こえる母と由真の声で、目が覚《さ》めた。二人は朝食の準備をしているようで、味噌汁《みそしる》の匂いがしている。

由美は母親と朝方まで話し込み、そのままコタツで眠ってしまった。

「由美はん、おはようさん」母があきれたという顔つきで、茶碗を運んできた。

「いくらお酒飲んで遅う寝ても、由真ちゃんの朝ご飯ぐらいは作らんとね。母親なんやから」再婚話に乗ってこないのは、いまのような気ままな暮らしを改めないといけなくなるからなんか、と母が嫌みを言った。

結局母が持ってきた縁談を断ったので、朝から機嫌が悪いのだ。

「だし巻き美味しそう」

身体を起こすと、すでにコタツの上に置かれていただし巻き卵を一切れ、口に放り込んだ。

「これ！　子供が見てる前で、行儀の悪い」怖い顔で母が睨む。

「そんな行儀の悪い子に育てた覚えないんやけどなあ。由真ちゃん、真似《まね》せんときや」

「真似せえへん。うちは書道家になるんやから」由真が正座して「いただきます」と手を合わせた。

由真は、佳菜子に習って以来、書道にのめり込んでいた。また最近、女の子が書道に懸ける青春を描いた映画のDVDを見て、さらに半紙に向かう時間が増えた。

「由真ちゃん偉いわ。お祖母ちゃん安心した。お母さんのことあんじょう頼むえ」

「任せといて」と言って、由真が勝ち誇ったような表情を由美に向けた。

「今日は分《ぶ》が悪いわ」と由美は漏《も》らした。

3

それから二日後、由美は、浩二郎と京田辺《きょうたなべ》市にある京都府警田辺署にいた。

国道三〇七号線沿の、ヤードと呼ばれる中古車解体作業所を摘発《てきはつ》した際、解体途中のワゴン車に気になる布目痕《あと》を発見したとの情報を得たからだ。

交通課は、記憶を失った男の着ていた上着のボタンに付着していた塗膜片から、国産のワゴン車を特定し追っていた。

そしてヤードで該当車両を発見したとき、慎重に鑑識作業を進めたのだそうだ。さらにそのワゴン車に残っていた繊維が男性のものと一致をみたため、茶川を通じて浩二郎に連絡が入った。

田辺署の係官は、交通事故の被害者らしい記憶を失った男がいて、その身元を浩二郎が調査しているということを茶川から聞いていたのだと言った。

「とにかく少しでも違法性がないと、ヤードに捜査の手を入れることができないんで、事故車が残っていたことはこちらも好都合でした」

ヤードは、盗難車を素早く解体して東南アジアへ売りさばく作業所だったり、外国人たちの薬物売買の拠点となっていることがある。

その裏には組織犯罪グループが存在しているにもかかわらず、私有地であるため摘発が難しい。そのため調べる大義名分、例えば事故車両が紛《まぎ》れ込んでいる可能性があるなどの理由が必要だった。

「いや、連絡をいただき、こちらも助かります」浩二郎が礼を述べた。

「ワゴン車は、しばらく京田辺市内に放置されていたようです。解体業者には、廃車にしたいから引き取ってくれと男性の声で電話があったんだそうです」

業者は人気車種であることもあって、すぐに引き取った。

「しかしよく解体されずにありましたね」しみじみと言った。

「ヤードに関しては、このひと月、かなり目を光らせていたんです。まあ摘発月間とでもいいますか」

「なるほど。物はあっても作業ができなかったということですか」

「それと、状態のいいのから解体していたらしいんですよ」

「つまり、該当車両は傷《いた》みがひどかったんですね」浩二郎が確認する。

「ええ。人身事故の痕跡を消すためでしょうけど、フロント部分を電柱にぶつけてます」

被害者の着衣の布目痕や繊維が見つかったのは、運がよかったようだ。

「ぶつけた電柱は分かっているんですか」

「ええ。B老人ホームの前の電柱と一致しましたので」

「すると、事故現場もそれほど遠くないということになりますか」

「常識的に考えるとそうなるでしょうね。このワゴン車そのものが、ひと月半ほど前に、盗まれたものでした。そんな犯人ですから、被害者の身元の発覚を遅らせるため所持品も奪っていったのかもしれませんね」

そのまま男が京田辺市から高丸百貨店まで歩いてきたとすれば、医師の所見と合致する。ならば男は京田辺市に住んでいたのだろうか。

「被害者は、地元の方なんですやろか」由美が訊いた。

「目撃情報その他、これから男性の写真を持って聞き込みをします」

「こちらも分かった情報はお伝えしますさかい、何か分かったら知らせてください。お願いします」

もし京田辺市の住民なら、もう彼の衣服を切り刻まなくても済む。茉希からは色よい返事をもらっていなかった。

「そうですな。こちらこそご協力願います」

事故車両は証拠品のため、見ることはできなかったが、車種と色は訊くことができた。田辺署を出てすぐの駐車場で、浩二郎が由美に話しかけてきた。「由美君、京田辺市内のコーヒー専門店を当たってはどうだろうか」

「コーヒー専門店ですか」

確かにあの男は、茉希が舌を巻くほどコーヒー豆の知識を持っていた。

「私もコーヒーには目がないから、良質な豆を使っているとか、自家焙煎なんて店先に書いてあると、つい覗きたくなるものだよ」浩二郎が微笑む。

「この街に、そういう喫茶店があって、彼はそこに立ち寄ったかもしれへんと言わはるんですね」

「うん。香りでブレンドを言い当てるのは素人《しろうと》とは思えない。コーヒーの生豆《きまめ》の品質を鑑定するカップテイスターか、本人が自家焙煎に携わっているか、あるいは豆の輸入業者か。いずれにしても専門家だと思うんだ。彼は仕事でこの街にやってきた。つまりここの住民ではないんじゃないかな」

「仕事でこの街にやってきて、事故に遭《お》うた可能性が高い……」

せっかく調査範囲を京田辺市に絞《しぼ》り込めるかもしれないと思ったのに、また不特定の地域にまで広げなければならない。

「音信が途絶えてひと月が経とうとしている。いくら何でもこの市内の住民なら、京都府警が見つけているだろう。警察は彼が病院に運ばれてすぐ、京都府内各所に調査依頼をしているはずだ。それから徐々に範囲を全国へと広げていくんだ」

警察は捜索願いが出されている人物を中心に探すが、依頼を受けた自治体は市政協力員や民生委員を通じて該当者の有無《うむ》を調べるから、と浩二郎は説明した。

「そうなんですか……」

「そう落胆《らくたん》することでもないよ。立ち寄ったかもしれない喫茶店を探し当てれば、何か摑《つか》めるかもしれない」浩二郎は、男の住まいが遠ければ遠いほど、目当ての喫茶店は相当な特徴を持っているはずだ、と言った。

「それもただ味がいいとか、店の雰囲気がいいなんていうものではなく、専門家が着目する何かがある店ということになる」

「専門家が興味を持つ店ですか」

「うん。そうなるとやっぱりコーヒー豆そのものに惹かれたのかもしれないね」

由美は浩二郎と別れ、バイクで堀川第一病院へ向かった。

京田辺市とコーヒー豆を結びつけて話をすれば、喫茶店の名前か、特徴を思い出してくれるかもしれない、という浩二郎の助言に居ても立ってもいられなかった。

途中本屋でカー雑誌を買った。自分を撥《は》ねた車の写真も、記憶細胞を刺激するのではないかと思ったからだ。

男の病室を訪ね、由美は驚いた。病室に男の姿はなく、ネームプレートも取り外《はず》されていたのだ。

茉希が退院させたのだろうか。

スタッフステーションで尋ねると、案《あん》の定《じょう》、昨日男は茉希に付き添われて退院したということだった。

しまった昨日か。

茉希は、焦《あせ》りを覚え始めているようだ。いま軽率《けいそつ》な行動を取らせてはならない。

由美は、勤務中だと思ったが、茉希の携帯に連絡を取ってみた。やはり電源が切られている。

それならと高丸百貨店に電話をして、京都珈琲の喫茶コーナーにつなげてもらった。しかし茉希は体調不良で有給休暇をとっていた。

由美は、契約書にある茉希の住所へ急いだ。

五条通りから壬生川《みぶがわ》通りを少し南に行ったところに茉希の自宅である「ハイツ壬生」はあった。KATANAを停め、目指すのは一〇三号室だ。小走りで部屋の前に行きノックした。

「はい」茉希の声だ。

「川津さん、一ノ瀬です」由美はドアノブが回転する気配を感じて、声をかけた。

「一ノ瀬さん」ドアが開き、そこに大きく目を見開いた茉希の顔があった。

「彼を退院させたんですってね」半開きのドアを由美が引いた。

ダイニングキッチンの奥のコタツに男が座り、こちらを向いていた。男は会釈《えしゃく》すると、バツが悪そうに両手をコタツに突っ込み背を丸める。

「話がしたいので、上がらせてもろてもいいですか」

「は、はい」茉希はうなずき、慌ててスリッパを揃《そろ》えた。「私も一ノ瀬さんに話があったんです」

「何ですか、お聞きしましょう」先に由美が尋ねた。

茉希はコタツに茶を置くと、改まった調子で言った。「すぐにこの人の洋服を返してください」

「すぐに?」由美は正座したまま茉希を見つめた。

「ええ、依頼を取り下げたいんです」茉希は由美と目を合わせようとしない。

「つまりこのまま就籍手続きを取って、彼と一緒に暮らすということですか」

茉希は何も言わず、しっかりうなずく。

それは決心か、覚悟か。

「あなたはどうなんですか」由美は男に訊いた。

「私は、少々疲れました」男は目をしょぼしょぼさせた。

「それは過去を考えることに疲れた、という意味ですやろか」

「いや、何もかもです。この前、あなたにいろいろ言われて、やっぱり自分の正体を知るべきだといいますか、知らないといけないという気持ちになったんです……それが」

「そうすることが、辛くなったんですね？」

「辛いというか、歯がゆいんです」それは逃げ水を追いかけるようなものだと、男は表現した。

逃げ水。あるように見えて、摑めない陽炎《かげろう》のようなものということか。

「けど、本当に、それでいいんでしょうか。あなたは記憶を失っていても、あなたの家族には思い出がいっぱいあるんと違いますか。今日かて、何も変わらへん暮らしを営んではる」

「そんなことは分かってます。分かっているから、思い出せない自分が歯がゆいんです。ですが、この人の存在が、私の中でどんどん大きくなってきています。私は茉希さんがいないと、何ひとつできないんです」男が充血した目を向けてきた。

「茉希さんに依存した暮らし、それでいいんですか」いまの彼にはきついと思ったが、由美は言い放った。

「一ノ瀬さん、そんな言い方」抗議の声を上げたのは茉希だった。

「川津さんにも言うときます。うちが初めに覚悟を確かめたはずです」

「あのときは……」

「迷うのは仕方ないと思てます。それだけ真剣なんやとも感じてます。でもそんなに時間が経ってないのに、もう気持ちが変わってしもたんですか」

「それは、就籍手続きが、上手《うま》く行けば年内に終わりそうだと聞いたから」

茉希が視線を投げてきた。そして恥ずかしそうに言った。「お正月は、二人で過ごしたくて。新しい年が始まるんだし」

「その手続き、停止する可能性が出てきました」事務的な口調で言う。

加害車両が発見された以上、轢《ひ》き逃げ事件の捜査に移行される。そうなれば被害者の身元の特定は急務なのだ。

これまでみたいに単純な身元不明者とは、警察の取り組み方が違う。警察は被害者と加害者の間に因果《いんが》関係があることも視野に入れなければならないからだ、と浩二郎から聞いた。

「どういうことですか」茉希が声を上げ、同時に男も由美を見た。

「今日、京田辺市で、あるワゴン車が見つかったんです、その車にあなたと接触した形跡が残ってました。警察は、あなたを撥ねた事故車両だと断定したんです」由美は、途中から男へ向かって話した。

「京田辺……？」男は首をひねる。

「この人が、京田辺で」茉希は不安げな声で確かめ、男と顔を見合わせた。

「これを見てください」由美はカー雑誌のあるページを開き、「これが事故車両と同じ種類の車です。色も同じ白色なんですが、何か思い出しませんか」と訊いた。

男は雑誌を手に取り、じっとそこにある車の写真を見る。

視線が誌面をうろつき、時々ぴたりと止まる。そしてまた彷徨い始めた。

「私がこの車に撥ねられたというのは、確かなんですか」雑誌を見つめたまま彼が言った。

「そのようです」

自分を撥ね、そのまま逃げた車が存在することに、衝撃を受けている様子だ。

撥ねられる瞬間、彼は車を見ているかもしれない。色でも形でも、何かを思い出すきっかけになるはずだ。いや、それは音でもいい。

「どうです？」由美は、固まったように動かない男に訊いた。

「思い出せません」男は激しく頭を振る。

「事故現場は、特定されてません。けど警察は、この車は人身事故を隠すため、意図的に自損事故を起こしたと見てはります。自損事故の場所が京田辺市内やったんです。ということは人身事故を起こした場所かて、そんなに離れてへんのんと違うかと言うてはります」

「私は、その京田辺という町にいたんですね」と言った男は、苦しげな顔だった。何度もきつく目を閉じては、そのたび歯を食いしばる。

「私はそう思ってます。あくまで想像なんですが、あなたはコーヒー専門店もしくは特徴のある喫茶店を訪ねるために、京田辺にやってきたとも考えてるんです」

由美はその理由として、男のコーヒーに対する造詣《ぞうけい》の深さを述べた。

「この私が？　コーヒー専門店か、喫茶店」男が身を乗り出すのが分かった。

「あくまで仮説ですけど」

むろん、まったく的外《まとはず》れであることも考えられる。加害車両は別の町で事故を起こし、ヤード近くの電柱にぶつけたのかもしれない。調査のとっかかりとして浩二郎がこの仮説を与えてくれたのだ、と由美は受け取っている。

「これから、あなたが訪ねたか、あるいは訪ねようとしていた喫茶店を探すつもりです」

「コーヒー専門店……」と、つぶやきながら考え込む男を、茉希は不安げに見つめる。

「あなたの過去を見つけるために全力を尽くします。そして、あなたが過去と向き合ってもなお、思い出せないのなら仕方ありません。男として、いえ人間として誠意を尽くしたんですから」

「裏を返せば、このままここで暮らせば、私に誠意がないとおっしゃるんですね」

男がそう言ったとき、茉希が、「このままでいいです!」と大きな声を出した。

「川津さん」なだめるような口調で由美は言った。

「一ノ瀬さん、この件の依頼はすべてキャンセルします。精算してください」

「それでいいんですか」由美が交互に二人の顔を見る。

「結構です」茉希は由美を睨み付ける。

「そうですか。それでは、仕方ないですね」

依頼人がそう言い切った以上、由美にはどうすることもできない。

「すぐにでも精算してください」

そうすることで思い出探偵社ときっぱり関係が切れるとでも、茉希は言いたげだ。

「探偵料はいただけません、川津さん」実費もたいした額にはならないので急がなくていい、と由美は言った。

「それでは、困ります」

「川津さんに満足のいく報告書を書いてませんので。これはうちの会社の方針なんです」

由美は茶を飲み干して、立ち上がり、「すぐに洋服、返しにきますよって……」と言って部屋を出た。

こういうこともある。

　由美は何度も自分に言い聞かせながら、探偵社に戻った。

「そうか、取り下げたか」浩二郎が残念そうに言った。

　新しい事案の捜査で佳菜子と真《まこと》が出払っていて、夜の報告会は浩二郎と三千代との三人だけだった。

「うちの力不足でした」と由美は、必要以上に茉希へ感情移入していたことを二人に吐露《とろ》した。

「いや、難しい事案だからね。依頼で動く探偵としては限界があるよ」

「でも由美さんが言うように、相手さんの家庭を壊すとしたら、川津さんは罪深いわね」

「そうです、罪深いことになってしまいます」

　罪深い、という言葉を復唱しながら由美の胸は高鳴った。三人で顔を付き合わせていることすら、悪いことをしているような気持ちになる。

「けど三千代さん。川津さんにも、その男性にもほんまには罪はあらへんのと違いますか」

　どうしてか、ムキになって言った。

「そうかしら？　男の人は記憶喪失《そうしつ》やけど、川津さんはそのことを知ってるんでしょう。もしかしたら相手に家庭があるかもしれないということも」

「それはそうですけど。うちが言いたいのは、川津さんは善意で男性を助けはったんです。ほんまやったら放っておいてもいいのに。男性が川津さんに依存して、結果的に互いに惹かれ合うようになったという経緯があるから……」

上手く言えなかった。由美は、ただ三千代に反発したいだけだとそのとき気づいた。そしてやはり浩二郎の存在が、由美の心の中で前より大きくなっていると自覚した。

感情は理屈やない。茉希も自分のしようとしていることがよくないと、頭では分かっている。

思い出探偵である前に、うちは女や。

うちは茉希さんにもっと寄り添わなあかんのやった。それを忘れて接していたから、茉希さんの気持ちを必要以上に不安がらせてしもた。そやから開こうとしていた心の扉を閉ざして、彼と共に閉じこもってしもたんや。

由美には、自分の失敗の原因が見えてきた。

「で、由美君はどうするんだい？」浩二郎が由美の気持ちを読んだのか、そんな訊き方をした。

「うち、もう一回だけ川津さんに会います」

「うん、撤退《てったい》するにしても、由美君自身が納得しないとね。それにもうひとつ。記憶は一つひとつ過去の事実を補っていけば、繕《つくろ》うことができるだろう。だけど思い出は違う。それは人の気持ちが作るものだ。気持ちが伴ってこそ初めて思い出となるんだよ。私たちは思い出探偵だ。それを忘れてはならない」そう言って浩二郎が、メモを差し出した。「明日、ここへ行って話を聞いてくるといい」

受け取ったメモに由美は目を落とす。

「株式会社カッパー代表、対馬正太《つしましようた》？」

そこには社名の他、神戸ハーバーランドの住所と電話番号が書いてあった。

「喫茶店経営のコンサルティング会社だ。『喫茶店経営』という季刊の雑誌を出している」浩二郎が説明した。

由美と別れた後、国立国会図書館関西館に向かい、喫茶店に関する雑誌を片っ端《かたぱし》から調べたそうだ。

「内容が充実していたいくつかの雑誌に当たってみた。そして快く調査協力に応じてくれたのが対馬さん、という訳なんだ。電話で話した印象なんだけど、相当喫茶店に詳しそうだった。対馬さんには記憶を失った人物の身元調査をしているとだけ伝えてある」

「分かりました」

「それと由美君。川津さんの気持ちに寄り添うことも大事だけれど、男性の気持ちも考えてあげて欲しい」

「そのつもりなんですけど」

「それならいいんだ。必ずしも本心を言葉にするとは限らないからね」

「気持ちとは裏腹なことを言うてはるかもしれへんのですか」

「いや、私は直接会って話していないから、それは分からない。言葉にならない気持ちもあるってことは、由美君もよく知っているはずだ」

「それは……」浩二郎の言葉が胸に突き刺さる。

言葉は便利だが、万能ではない。それは看護師時代も実感してきたことだ。

やり残したことなど何もない、と豪語していた男が夜中泣いていたことがある。彼は胃潰瘍《かいよう》をガンだと思い込んでいたらしい。

嫁の悪口ばかりいう姑《しゅうとめ》が、もっとも頼りにしているのが実はその嫁だったり、会いたくない人間のリストに実の息子を挙げた母親が、遺言状で全財産を譲る相手としてその息子の名を記していたりと、心とは裏腹の言葉をたくさん耳にしてきた。

『私は茉希さんがいないと、何ひとつできないんです』と言った男の言葉の裏には、茉希の好意を甘んじて受けている自分への苛立《いらだ》ちがあるのかもしれない。

雑誌の車を見るときの目、喫茶店を探すと告げたときの彼の表情を、由美は思い出していた。彼は身を乗り出し、由美の言葉に耳を傾けていたようだった。

彼にはまだ、茉希と新しい暮らしを始める決心がついていない。そんな気がしてきた。

対馬は、白髪《しらが》で口ひげまで真っ白だった。

由美が自己紹介すると、老けて見えるがまだ五十歳になったばかりなのだと、対馬は自分で言って笑う。

「いや、一ノ瀬さんに会えるとは思いませんでした。仕事柄京都のテレビもチェックしてますんでね。実相さんからお電話いただいて、あの相談者の件だなってピンときましたよ」

対馬は、茉希がテレビ相談をした回の放送を見ていた。

「それなら話がしやすいです。早速なんですけど」由美は、茉希から聞いた男のコーヒーに関する知識や、香りで豆のブレンドレシピを言い当てたことを対馬に話した。

その上で、京田辺市内の特徴的な喫茶店に立ち寄るためにやってきたのではないか、という浩二郎の考えを伝えた。

「なるほど、面白いですね。いや事故に遭われて記憶を失った方には申し訳ないですが。確かにその男性のコーヒーの知識は半端《はんぱ》ではないですね。協会が認定する二級や一級レベルではないです。私は昔、コーヒー豆の輸入会社に勤めておったんですが、香りでブレンドレシピを言い当てるような方は数えるほどしかいませんでしたよ。カップテイスターという豆のエキスパートなら可能ですがね」

鑑定士認定は、商品設計、生豆鑑定、品質管理とに区分されていて、現在のところそれぞれ十数名ずつしかいないという。その下の一級が約四百五十名、二級は五千名ほどいるらしい。

対馬は、ちょっと失礼、と由美に断り携帯電話を取り出した。

そして知り合いのカップテイスターに連絡を取った。続けて三人に電話をかけてから、

「主立ったカップテイスターたちに聞いたんですが、いまのところ行方《ゆくえ》知れずになっている人間はいないようですね。そんな噂《うわさ》も聞いてないって言ってます。いまそれぞれに確認を取ってもらってますから、その方が認定されたプロなら、じきに分かりますよ。それは連絡待ちということで、京田辺市内で特徴のある喫茶店は、三軒あります」

対馬はきちんとワープロで打ち、プリントアウトした用紙を由美に手渡した。浩二郎から連絡を受けてから、リストアップしておいてくれたのだ。

「ひとつ目の『OGC』は有機栽培の豆のみの店で、次の『コーヒーベルト』は国産コーヒー豆を使った店です。そして三軒目の『フレーバー』はその名の通り、フレーバーコーヒー専門店です。まあコーヒーに興味のある人間なら、いずれも一度は立ち寄ってみたいお店ですよ」

対馬は、それらの店の紹介記事が掲載された『喫茶店経営』のバックナンバーも用意していて、自分の方から話を通しておくと言った。

調査の方向に目処が立ちホッとした由美に、対馬は自慢のコーヒーを淹れて出してくれ

た。さすがに香りもよく、砂糖を入れずともほのかに甘味があって美味しかった。

コーヒーを味わいながら、世間話をしていると、対馬の携帯が鳴った。

カップテイスターからで、やはり行方不明者は一人もいないという報告だった。

4

他の仕事をこなしながらの調査、しかも依頼人が宙に浮いたままの事案という状態の中で、三軒の喫茶店を訪ねて話を聞いた。そして『コーヒーベルト』で有力な情報を得たのだ。

由美はすぐに茉希に連絡をとった。どうしても男に確かめたいことがあると訴えたが、彼女はもう関係ないと、とりつく島もなかった。

「お願いです。彼が立ち寄った喫茶店が分かりそうなんです」由美は粘《ねば》った。

「仕事中ですので」

「待って、川津さん。切らんといて。同じアパートの空き部屋って言ってたけど、彼はいまもあなたの部屋にいるの?」と叫んだが、電話は切れていた。

仕方なく由美は茉希のアパートへと急いだ。

五分ほどバイクを飛ばしアパートに着くと、まずは茉希の部屋を訪ねる。返事はなく人の気配もない。アパートの入口に戻り郵便受けを見る。名前の入っていないのは三〇三号室だけだった。すぐに三階へ駆け上がり、ドアをノックした。

あきらかに気配を感じるのだが、男は姿を見せない。おそらく、誰が訪ねてきてもすぐには出るなと言われているのだろう。

「一ノ瀬です。どうしてもお話ししたいことがあるんです」ドアの外から声をかけた。しかし返事がなかった。

「あなたが立ち寄ったかもしれへん喫茶店が浮かび上がってきたんです」

ドアのすぐ側に男がいるのが分かる。

「やっぱりあなたはコーヒー豆の専門家だったみたいなんです。そして理想のコーヒー豆を自らの手で生み出そうとしていたようなんです。あなたは大きな夢を持ってはったんです。身元がどうとかより、うちはその夢に興味があります。かつてあなたが抱いていた夢、知りとうないですか」由美は語りかけるように言った。声の大きさは、ドア一枚向こうの男に聞こえる程度で充分だ。

浩二郎さんが言うてたように、うちは思い出探偵や。この人の夢こそが、一番大切な思い出のはずなんや。

ややあって、静かにドアの開く音がした。

「入ってください」男は顔を半分だけ見せて、囁《ささや》くような声で言った。

「外に、出てみませんか」由美が彼にささやきかけた。

「外に？　それは」彼はたじろぎ、反射的にドアを閉めようとした。

ドアノブを摑んで、それを止めた。

「その喫茶店に行ってみたくないですか」

由美はどうあっても連れ出す気持ちでいた。

ひと月前ふらっと店にやってきた男が、喫茶店のマスターに「ここのコーヒーは沖縄産だけど、もっとコーヒーベルトを離れた北緯三四度の場所でもコーヒー豆は作れる」と言ったそうだ。

コーヒーベルトの限界を知り、沖縄の国産豆を使っているマスターには衝撃的な言葉だったという。

その話を聞いたとき、茉希から聞いた男の「コーヒーベルトが赤道を挟んだ南北両回帰線内の熱帯か亜熱帯の範囲だからといって、コーヒーの木が高温でないと育たないと思うかもしれないが、ビニールハウス栽培なら日本でもコーヒー豆はできる」という言葉を思い出した。

写真では確信は持てないけれど、もう一度顔を見て話をすれば、同一人物かどうかはっきり分かるとマスターは言ってくれている。

「いまから、ですか」声の調子から、彼が臆病《おくびょう》になっていることが分かる。

「ええ、いまから」

「……しかし」男は身を縮こまらせた。

「温い格好《かっこう》ありますか。うちのバイクで行きますよって」

「バイクなんて何だか怖いですね」

怖いのはバイクではないことも、知っている。

「大丈夫です。羽織《はお》るものさえあれば」

「川津さんが退院のときに用意してくれたジャンパーがあります。彼女はこのことを？」

「知りません。言うてないです」由美は、彼と茉希を断ち切るような言い方をした。

「それじゃ無理だ」またドアを閉めようとする。

由美はそれを阻止しながら、「きっと、大きな夢を持ってはったんですよ。話を聞いたマスターは、あなたの夢を味わってみたいと思ったと言ってます」と力を込めて言った。

「味わう？」彼のノブを持つ手が緩んだ。

「その意味は、直接マスターに聞きませんか。さあ男の夢を探しに行きましょう」由美は大きな声を出した。

その声に操られるようにゆらゆらと奥に入り、男はジャンパーにマフラー姿で戸口から出てきた。

由美は、茉希宛《あて》のメモを彼女の部屋の新聞受けへ放り込んで、ＫＡＴＡＮＡのエンジンをかけた。

マスターは一目見て、以前来店した男だと言った。ただ名刺交換などはしていないため、男の名前も身元も分からない。

男はマスターから、自分がしたらしい話を聞かされたが、何も思い出すことはなかった。

それでもコーヒー豆の話になると、二人とも熱が入った。

コーヒー豆に適した条件のうち、気温が十五度から二十五度に保て、年間降水量が一五〇〇から二〇〇〇ミリで湿り気があるが、水はけのよい土壌《どじょう》を人工的に作る。

あとは標高で、アラビカ種は一〇〇〇から二〇〇〇メートル必要だから無理だろうと思われているが、それを何とか打開したい、という話に及んだとき、男の目の輝きが違っていた。

「ジャマイカ・ブルーマウンテンナンバー1と同じ味のアラビカ種豆を、日本で作る？」

男がつぶやいた。

「そうです、あのときもそういう風におっしゃってた」マスターがうなずきながら相槌《あいづち》を打つ。

「それが本当なら、すばらしいことでしょうね」他人事のような言い方だ。

「あなたが言ったんです。それができるなら、日本人の舌に合う最高のコーヒーを生み出せると。それに対して、完成したら、ぜひうちに持ってきて欲しいと私は応えたんですよ」マスターは向きになった。

「そんなことを……」

「あるなら、飲みたいでしょう？」マスターが微笑んだ。

「ええ、もちろん。コーヒーベルトを大きく外れてのブルマンの味は、魅力的です。産業としても面白いですね」記憶が戻ったかのように、男の口調は軽やかだ。

その姿を見ていると、やはりコーヒー関係の仕事に就いていたと思えてならない。

マスターは正確な日時は覚えていなかったが、男が『コーヒーベルト』に立ち寄ってから事故に遭ったことははっきりした。これは彼の足取りを追う有力な手がかりとなる。

男をアパートへ帰し、由美がバイクに跨がろうとしたとき、彼に呼び止められた。

自主的に衣服を提供すると言い出したのだ。喫茶店のマスターの「飲みたいでしょう？」という言葉が彼を動かしたようだった。

「切り刻んでしまうかもしれませんよ」

洋服は、由美が返したときに入れた紙袋のままだ。

「まだ過去を知ることが怖い。しかし国産のブルマンを私が作り出そうとしていたのなら、成し遂《と》げたいんです」彼は噛みしめるように言った。

「それは、いまのあなたの夢ですか」

「そうかもしれません。別の誰かになったとしても、ぜひやりたいと思えることです」

「分かりました。確かにお預かりします」由美は紙袋を持ち上げた。

「何をしてるんです！」と叫び声のする方を見ると、そこに茉希が立っていた。

「川津さん」由美は、反射的に持っていた紙袋を身体の後ろへ隠した。

「もう依頼は取り下げてるんですよ。その人に近づかないで」そう叫ぶと茉希は駆け寄り、手を伸ばして紙袋をつかんだ。

由美はその手を振りほどこうとしたが、袋は破れ、衣服が道路に散乱した。

「あっ」由美が声を上げた。

茉希は、由美に取られまいと這《は》いつくばりYシャツ、背広、ズボンと手で抱きかかえた。

「これは私のものよ」茉希が由美を見上げて睨んだ。

「川津さん、それあなたのもんとは違うわ」由美もしゃがんだ。

四時前だったが、アスファルトの地面は冷え切り、下から冷気が伝わってきた。その傍《かたわ》らで茫然《ぼうぜん》と佇んでいる男性の影が長く、茉希にかかっていた。

「どうして、なぜあなたは私からこの人を奪おうとするの」破れた袋に服を入れながら、茉希は立ち上がった。

それを見て由美もゆっくりと立った。

「あなたから彼を奪おうとなんかしてません。この人から、夢を奪いたくないだけです」

「この人の夢って?」

「はっきりは分かりません」由美が男を見た。

「何なのよ、夢って」茉希が男に詰め寄った。

「国産のブルーマウンテンを作ろうとしていた。いやそれにかかわっていたかもしれないんだよ」男は決して大きな声ではなかったが、しっかりとした口調だった。

「国産のブルマンなんて、そんなもの……」茉希の溜め息《たいき》は露骨《ろこつ》に思えた。

「確かに無謀《むぼう》だ。常識外れだ。ロブスター種なら考えもするけど、アラビカ種の、しかもブルーマウンテンナンバー1の味を出そうとしていたなんて。もしそうなら、困難であってても、やってみる価値はある」心なしか、これまでのおどおどした態度が男から消えていた。

夢を語るときの男性の目、由美は嫌いではない。

「そんなのギャンブルと同じじゃない」茉希が漏らした。

彼女の二度の離婚の原因は、夫のギャンブルだった。

「ギャンブル、か。そうなのかもしれない」

「どうせあなたは、私の気持ちなんか、どうでもいいんでしょう」押し殺したような声だった。

衣服がはみ出している無残に破れた紙袋を、胸の前で茉希はぐいっと抱きしめた。袋が潰《つぶ》れる乾燥した音があまりに軽々しく、かえってもの悲しく響いた。

「あなたと生きて行こうと、決めたのよ。その、私の気持ちは、どうなるの」途切れ途切れに茉希が言う。

二度の離婚を経験して、もう男性との暮らしなど懲《こ》り懲《ご》りだったのに、とかすれた声で茉希は言った。そして、「最後の……」と続けたが、語尾は聞こえなかった。

たぶん恋か愛という言葉を言おうとしたに違いない、と由美は思った。

「川津さんとの契約は破棄《はき》されました。これから私ら思い出探偵社は、この方と契約を結ぶつもりです」由美は心を鬼にして言った。これ以上互いの感情をぶつけ合うと、かえって泥沼化する。

「えっ。そう、なの?」驚いた顔つきの茉希が男に訊いた。

男は小刻みに首を振り、彼もびっくりしたような顔で由美を見る。

「正式な契約を交わすのは、これからです」男の目を見て言う。彼は必ずそうするという確信があった。

「勝手にすればいいわ」茉希は紙袋を由美に突き出した。

みぞおちあたりにずしんという衝撃が走る。そこに茉希の憤《いきどお》り、辛さ、寂しさがこもっているように感じた。

茉希は、そのまま自分の部屋へと姿を消した。

「あの、私にはお金がありません」そう言いながら、男の目は茉希の部屋へ向いていた。

「契約の話は嘘です。ああでも言わんと彼女、収拾つかへんかったでしょう。彼女もあなたの過去と闘ってるんやと思います。そんな気持ちのままあなたと暮らして、気持ちが安まると思いますか？　うちはそうは思わへんのです。いい夫婦って時間が経つと、熟成されたお酒みたいに芳醇《ほうじゅん》になるといいますやろ。けどこのまま二人が暮らしていっても、そうはならへんような気がするんです。それは川津さんも分かってはるんですよ」

いまは辛くても、きっと分かってくれると由美は思いたかった。

「ただ、川津さんの気持ちも十分お分かりになったと思います。彼女は真剣にあなたを愛してはる。過去に帰りたいのやのうて、夢を追うんやと、じっくり話してあげてください」そう言うと由美は、紙袋をタンデムシートに乗せてストレッチマスクカバーで固定した。

その後何度か、茉希の様子を高丸百貨店へ見に行った。愛想のない接客だったが、いつも通り満席だった。

由美はとくに声をかけることもなく、コーヒーを飲む。茉希の方も他の客と同じように扱った。

そこに気まずい空気が流れる余地《よち》すらないくらい、茉希のスタンスはぶれていない。そんな茉希の姿にプロ根性を見る思いがした。

そんなある日の夕刻、茶川から事務所に至急きて欲しいという連絡があった。

事務所へ行くと、すでに浩二郎もきていた。

「由美君の努力が実を結びそうだよ」浩二郎の顔が明るい。茶川が何かを見つけたのだ。

「さすがやわ、茶川はん」テーブルに着いていて、誇らしげに胸を張る茶川に由美が言った。

「由美はんのために、目一杯頑張ったんやで」と言って、ギョロ目を剝《む》いた。

「おおきに」

「とにかく座らないか」

浩二郎に促されて由美は椅子に座った。何を発見したのか早く知りたくて、少し胸が高鳴り興奮していた。

「順を追って説明するわな」茶川が真面目な顔で言った。

「男の着ていた衣服やが、これは全国規模のメーカーのもんで、製造工場を突き止めればある程度生活範囲が分かるやろ。そやけど関東方面とか近畿とかその程度のこっちゃ」茶川の話に浩二郎がうなずく。

「そこで着目したんが、これや」茶川は書類を由美と浩二郎に配った。「ズボンの折り返しいうんは宝の山やで。砂やら埃が隠れとる」

茶川のうっとりとした顔に由美が言葉をなげる。「ほんで宝の山から何が出たんです」

「そやがな。面白いもんが出てきたんや。一番上の写真見てんか」

それは、小さな乾いた鱗《うろこ》のようなものを拡大したものだった。

「これがいくつか付着してたんやけど、うちの大学の先生みんなに協力してもろてやっと分かった。ほんま苦労したで」

茶川の大学には、元科捜研《かそうけん》の人が多い。いわば鑑識のプロたちが総動員されたということになる。

「ほんでこれ、何です」待ちきれず由美が訊いた。

「これは植物やった。つまり花弁《かべん》や。よう見たら黄色い。その色素からウコンイソマツの花びらやって分かった」

「ウコンて、ターメリックですやろ」

「ウコンの色に似てるさかいにそう呼んでるらしい。けどウコンイソマツかて、肝臓《かんぞう》とか腎臓《じんぞう》の民間漢方薬の材料になってるそうや。ほんで、このウコンイソマツの分布やが、鹿児島県の奄美《あまみ》諸島と沖縄県の沖縄諸島ちゅうんや」

「奄美と沖縄ですか。北緯二十八度ぐらいか……」と言って、浩二郎が由美の顔を見た。

北緯三十四度の場所でもコーヒー豆は作れると言った男の言葉が、浩二郎の頭にもあったに違いない。

「ウコンイソマツの分布の範囲も狭い訳やないけど、その中にあるコーヒー関係の店や会社と考えたら、ちょっとは調べやすなったやろ」今度は少し申し訳なさそうに茶川が言った。

「いえ茶川さん、十分です。奄美、沖縄諸島ということと、これまで調べたことを考え合わせれば、国産コーヒーを作ってる農園を当たるのが先決。それなら数も知れてるでしょう」浩二郎は茶川に笑顔を向けた。

「ほんまですわ。凄いわ、茶川さん」由美はどことなく男前に見えてくる茶川に微笑んだ。

「鑑識は車の塗膜片にばかり気を取られてるからね。彼らは気づかないのであった」テレビのナレーターのような口調で言いながら、茶川はまた顔を赤らめた。

照れるなら、言わへんかったらええのに。

そう思いながら、もう一度由美は茶川を見た。

5

由美は単身、男性の写真を持って徳之島《とくのしま》に飛んだ。飛行機を乗り継ぎ約四時間半でようやく着いた空港の温度計は、気温二十三度を指していた。

朝の京都は雨が降り、気温が十度に満たなかったため、余計に暖かく感じる。

出発前、男に会い、徳之島へ行くことを伝えた。そこで、改めて思い出探偵社の契約内容を説明すると、彼は真剣な目をして言った。「自分自身が納得できる人生を送りたいんです。……納得できないと、ここにもいられない。よろしくお願いします」

男の覚悟を知ることができ、由美自身も納得の行く調査をしようと、心に決めたのだ。

由美はコートを脱ぎ、手に持ったままタクシーに乗った。緑の豊富な国道をしばらく走ると澄《す》んだ緑色の海が見えてきた。

冬なのに飛び込んで一泳ぎしたいと思うほど透《す》き通っている。そんな海を左手に見ながらさらに進み、右に折れると田園風景が現れる。その向こうに訪問先の母間《ぼま》珈琲園があった。

昨日鹿児島県の農協などを通じ情報を得た農園に、探偵社のみんなで手分けをして聞き込んだ。それで引っかかったのが母間珈琲園だ。

オーナーの松元《まつもと》は由美を農園の入り口で待っていてくれた。

「京都から人探しとは大変ですね」松元の言葉は標準語に近かった。

電話で事情を話し、メールで顔写真を送ったところ、はっきりとは分からないが見覚えはあると言う。

自家製コーヒー豆の味を知ってもらうためにガーデンハウスで試飲させており、結構観光客も多いのだそうだ。

それを聞き、いてもたってもいられない由美は、すぐに会う約束を取り付けたのだ。

案内されたガーデンハウスの中には大きな木のテーブルがあり、農園で取れた豆で淹れたコーヒーが用意されていた。

席に着くなり早速一杯、松元に勧められた。

「いただきます」一口飲んで、口の中に広がる甘い香りに驚いた。

その香りはフルーツに近く、飲み口は爽《さわ》やかだ。苦《にが》みはそれほど強くなく、酸味もほどよい。

「いかがです?」松元は笑顔を向けた。

「キレのあるコーヒーですね。とても飲みやすく美味しいです」

「雑味がないでしょう?」

「ほんまに。ピュアな感じです」

「それが新鮮さですよ。外国で取れた生豆は、どうしたって長い旅をしてきますからね」

ここでは、成熟したコーヒーの実を丁寧《ていねい》に手で摘《つ》み、水洗処理し一週間ほど乾燥させて生豆にする。そして出荷前に焙煎して、ユーザーに届けるのだそうだ。

「豆は移動で疲れます。人間と同じでね。できるだけ疲れさせないのも、国産の良さです」

「この方も、真剣に国産コーヒー豆を作り出そうとしていたみたいなんです。しかも、電話でも言ってましたようにブルーマウンテンを」由美は、もう一度男性の写真を松元に見せた。

「ブルーマウンテン……。ええ、確かにそうでした。あなたがお見えになるということだったので、もう一度調べてみたんです」

松元は業務日誌や日記、メモ帳などを調べたそうだ。

「ほな、何か思い出してくれはったんですか」由美が大きく目を見開いた。

「手帳にこんなことを記してたんです。『千葉の落花生《らつかせい》農家の男性が、ブルマンの味を国産で出せるか、と聞いてきた。ブルマンは無理だと答えた。本当に無理なのだろうか』って」彼は手帳に書いたことを声を出して読んでくれた。「ブルマンというのが引っかかっていたんで、手帳を確かめたんですよ。ただ、写真の男性がその方であったと断言はできませんけれど」

「千葉の落花生農家ですか」

千葉なら男性が言ったという北緯と符合するかもしれない。

「ええ。それで名刺ホルダーを探したんです。この方じゃないかなと思われるものを見つけました」

由美は名刺を受け取った。「三崎《みさき》ファーム代表、三崎秀武《ひでたけ》さん」ついに男性の名前に行き着いたと思うと、声に出してしまった。

「ええ、千葉の方の名刺は何枚かあったんですが、顔が思い浮かばない名前はその方だけでした」

「ありがとうございます」由美は深々と頭を下げていた。

「わざわざきていただかなくてもよかったのかもしれませんが、ファクスで三崎さんの名刺を送る訳にもいかないので」

松元は由美の顔を見るまで、知らない人間にこんなことを教えていいかどうか、迷っていたのだと正直な気持ちを教えてくれた。

「実際にお見えになり、名刺をいただいた。その上で、あなたのお話を聞いて、真剣なんだなと感じたんです。嘘をつくような方には見えない」松元は笑った。

「本当に自分で逃げてるとか、身元を隠している人ではなく、交通事故の被害者なんです。警察も探してますから、助かるはずです」興奮して由美は早口になる。

「そうですか。何よりあなたの嬉しそうな顔を見ると、私も何だか嬉しいですよ」

「本当に助かります」また由美はお辞儀をした。

次の日、由美は名刺の住所である千葉県館山《たてやま》市犬石《いぬいし》の三崎ファームを訪ねた。

電話で説明しようと考えたが、すでにふた月近く経過しているにもかかわらず、捜索願いが提出されてないことに引っかかりを覚えていたのだ。複雑な事情があるのかもしれない。

とにかく三崎の家族に会ってみたいと由美は思った。

連日の移動でかなり疲労していたのか、扁桃腺《へんとうせん》が腫《は》れて痛い。由美は風邪をひく前、決まって扁桃腺が腫れる。乾燥がいけないのは分かっていたが、冬の乗り物は空調でカラカラに乾燥している。身体は少しだるいが、気持ちが昂揚しているせいでしんどさはなかった。

三崎ファームに着いたのは、空が夕焼けに染まる頃だった。

ここが北緯三十四度××分。

由美は携帯電話のGPS機能を使って確認した。男が言っていた位置と符合する。

看板には落花生の文字の横に国産コーヒー豆と記されていた。ただその文字は落花生よりかなり小さい。国産コーヒーの本格的な栽培事業はこれからということなのだろう。

ファームの入り口は狭いが、農場の敷地は相当広いように見える。

由美は門柱にあるインターフォンを見つけた。ブザーを押し応答を待つ。

「はい」しばらくして女性の声が返ってきた。

「ごめんください。こちらは三崎秀武さんの農園ですか」由美は努めて標準語で話そうと、インターフォンに向かう。

「はい、そうですが。何かご用ですか？」

「私は京都の探偵社の者です。三崎さんの依頼でやってきました。実は、三崎さんが京都で事故に遭われまして」

「事故！」

「あ、いえ事故といいましても、ご無事です。突然のことで、信じられないでしょうけれど、三崎さんは徳之島から京田辺へ向かわれて、そこで交通事故に遭われました。頭を強く打たれたために記憶を失われたんです」

「記憶……？　あの本当なんですか」女性は訝《いぶか》った。

「徳之島と京田辺に聞き覚えありませんか？」

「……あります。でも」女性は黙った。

突然やってきた女性を信用していいものかどうか逡巡《しゅんじゅん》しているのが、彼女の息づかいで分かった。声の感じからすれば、年齢は自分と同じくらいだろうから、秀武の妻かもしれない。

「少し待ってください」女性は重い口調でそう告げた。

由美が玄関口を見詰めていると、ショートヘアの女性と男性とが姿を見せた。

二人とも同じ色の外套《がいとう》を着ていた。二人が近づくにつれ、胸に三崎ファームと刺繍《ししゅう》がされているのが分かった。ファームの作業着のようだ。

「すみません、突然に」由美の方から頭を下げた。

「本当なんですか、義兄《にい》さんが事故に遭ったというのは」つっけんどんな言い方で男性が訊いてきた。

「あなたは秀武さんの弟さんですか」由美が尋ねる。

「ああ。義兄さんが事故に遭ったって、あんた、嘘じゃないだろうな」と言って睨んだ。

その後ろで女性はうつむいたままだ。見た感じ茉希よりも若いだろう。

「こちらも確認していただきたいんです。この方は、秀武さんで、間違いないですか」由美は男性の写真を見せた。

これが最終確認になる。しかも決定的なものだ。

「姉さん」男性は写真に一瞥をくれると、すぐその手で、後ろの女性に押しつけるように渡した。

「間違いない、義兄さんだよ」と男性は漏らした。

「あの、ここでは何ですので」女性が顔を上げた。

農園で仕事をしているとは思えないほど色が白い。手入れを怠《おこた》っていない女性の肌だと由美は思った。

二人が歩き出し、由美も並んで歩く。

「だけど、探偵ってどういうことです」歩きながら男性が訊いてきた。

口調は幾分穏《いくぶんおだ》やかになっていた。

「驚かせてすみません」由美は名刺を渡しながら、思い出探偵の仕事をかいつまんで話した。しかし二人ともその内容が飲み込めなかった様子だ。

通された事務所は、松元の農園とはまた違う雰囲気で、以前見たことがある種苗店《しゅびょうてん》の倉庫のような建物の中にあった。

天井が高く、暖房はきいていない。由美は手にしていたコートを羽織った。

「私は三崎秀武の家内《かない》です。うちの人の身体はどうなんですか」夫人は心配そうな顔で訊いた。

「硬膜下血腫があったんですが、それは無事手術で取り除けました」由美が答えた。

「手術ですか、頭の」悲鳴に近い夫人の声が、屋内に響いた。

「ええ。でも心配はいりません。その他の怪我《けが》は日にちが経てば回復すると思います。けど先ほど言いましたように、過去の記憶が戻りません」

「記憶喪失みたいなものですか」

「そうです」

「だけど、あんたがここにきたのに、義兄さんからここに連絡がないのはどうしてなんだ」弟は言葉を投げつけるような言い方をした。

「秀武さんはおうちのことはおろか、まだご自分の名前さえも思い出しておられません」

由美が、いまここへきて初めて確認できたのだ、と伝えた。

「じゃあ分かったんだから、義兄さんが戻ってくればいいんじゃないか」

「私たちが秀武さんの身元を突き止めたことで、当然警察も事情聴取《ちょうしゅ》します。帰宅されるのは、その後になるでしょう」

「まあどっちにしても、戻ってきてくれればそれでいいんだ。ねえ姉さん」

「ええ。……でも私が行かなきゃ」夫人は落ち着きをなくしていた。

「まあ落ち着いてください。それよりこのふた月ほど、こちらは大丈夫だったんですか」

捜索願いという言葉を飲み込んだ。

「うちは十月の半ばに落花生の収穫が終わります。主人はその後ふらっと出て行って、年の暮れ頃に戻ってくるんです。そんなことをここ七、八年続けていました。まさか事故に遭っていたなんて」

「義兄さんはコーヒー豆に取り憑《つ》かれてるんだ。いつだって連絡ひとつよこさない。勝手にコスタリカに行ったことだってあるんだ」夫人の言葉を継ぐように弟が言った。

「ここは私の父が経営していた農園で、主人が倍ほどに大きくしてくれました。従業員もおりますし、楽ではないにしろ、それなりに回っています。ですから、夢に懸けるうちの人の気持ちも……」

「ほら、姉さんが甘い顔するからダメなんだ。親父《おやじ》だってそう言ってるよ」その言葉で、彼が夫人の弟であることが分かった。

「経営者は義兄さんなんだから、ちゃんといてもらわないと。姉さんばかり……」弟が言葉を濁《にご》す。

姉さんばかり苦労する、という言葉を由美は想像した。そして秀武が二カ月以上も家を空けるのは、国産のブルーマウンテンを作るためであることを由美は知っている。

その夢のために、目の前の女性が苦労を強いられているということか。

この女性が、茉希の存在を知ればどうなるだろう。それを考えた瞬間、由美自身が、夫人の敵《かたき》でもあるかのような嫌な気分に襲われた。

思い出には善悪がある。

それでも救いは、すべてが過去のものだということだ。しかし、今回の事案は、過去ではない。いやむしろ過去は存在せず、いま起こっている一人の男性を巡る二人の女性の思いだけが重くのしかかってくる。

甲斐甲斐《かいがい》しく秀武の世話をみる茉希の顔、夫の身体を心配している秀武の妻の姿、いずれも優しい女性像だ。

由美は、この二人を悲しませる言葉、事実を持っていると思うだけで冷や汗が出た。

「わたし、もうダメなんでしょうか？」重篤《じゅうとく》な女性から、真剣な目をして訊かれたことがあった。看護師になって二年目の秋のことだ。

消灯前に身体を拭《ふ》きに行ったとき、女性は初め夫との出会いを嬉しそうに話していて、突然尋ねてきたのだ。由美は何も答えを用意しておらず、絶句してしまった。

とはいえ、すぐに笑顔を振りまき「大丈夫ですよ、頑張りましょうね」と、適当なことを言って取り繕った。けれど一瞬の沈黙で、彼女には十分だった。その日を境に病気と闘う気力を失ってしまったのだ。

誰が彼女に病気のことを教えてしまったのかが、ナースの間で問題になった。由美は必死で自分自身に言い聞かせた。

私は何も言っていない、と。だから責任など自分にあろうはずはないのだ、と誤魔化《ごまか》し続けた。

そのとき感じた苦い気持ちが、鮮やかに蘇ってきていた。

「私、迎えに行きます。まだ看病だってしなくちゃいけないんでしょう」

夫人の言葉に、由美は我に返った。「いえ、警察の聴取が済み次第、私がお連れします。今日のことをご本人に伝えて、少し思い出す時間をとってあげたいんです」

連れてこられるだろうか。また茉希の顔が浮かんで消える。

「そうですか。……ではお世話になります」夫人はお辞儀をした。

「しかし、義兄さんにも困ったもんだな。あんただってタダでここまでやってきた訳じゃないだろう?」弟はあきれ顔を向ける。

「私は、三崎さんの依頼で動いています」由美は事務的に探偵費用などを説明した。

「そうか、そういうことか。いやそれならこちらも割り切れるよ。あんたは義兄さんをここまで連れてくれれば、それで終わりということで、いいんだな」

「そうです」と返事をしたが、彼が何を言いたいのか判然としなかった。

由美が恩着せがましく、ずるずると金銭をせびるとでも思ったのだろうか。

「何、ここに戻って家族の顔でも見れば思い出すさ」と、弟は鼻で笑った。

「あの、立ち入ったことを伺《うかが》いますが、お子さんはおられますか?」由美は夫人に尋ねる。

「娘が二人おります。中学生と高校生の」

「そうですか。ご主人のお歳はおいくつですか」

「四十六です」

「皆さんのお名前をお教えください。思い出すきっかけになるかもしれません」

「私は真佐子《まさこ》と言います。弟は育宏《いくひろ》です」

「姉さん、俺の名前なんかいらないよ」育宏がそう言って立ち上がり、奥へ消えた。

「私は、本当に何もせずここで待っていればいいのですか」真佐子は、熱があるかのように手のひらを額に当てた。

混乱からまだ抜け出していないに違いない。

「そうしてください」由美にはその他の言葉が思いつかなかった。

真佐子はおもむろに立ち上がり、壁に張られた家族写真を剝がして由美に手渡した。

「これを主人に」

「これが娘さん？」

「お父さん子で、いつも主人にくっついて」

「お名前は？」

「真優美《まゆみ》と杏子《きょうこ》です」

「可愛《かい》らしわ」娘の写真を見て緊張がとけたのか、京言葉が出てしまった。

6

由美からの報告を受けて、浩二郎は由美と一緒に茉希の部屋にきていた。そして三崎秀武の足跡、身元を茉希に告げた。

「川津さん、あなたはもう依頼人ではありません。私たちがあなたに仔細《しさい》をお話しする義務はないんです。いや、それどころか守秘《しゅひ》義務に違反する行為です。しかし、私はあなたに知っておいてもらいたい、と思っています」噛んで含めるように言った。

「何を聞いても、絶対に彼とは別れません」茉希の目には、すでに涙が滲んでいる。

「川津さん、三崎さんには奥さんと二人の娘さんがいます。また農園の経営者でもあるんです。多くの人が彼を必要としている」浩二郎は、できるだけゆっくりと話した。

「あの人、何も覚えていません。だから経営なんてできないし、奥さんやお子さんと会ったところで、みんなを悲しませるだけだと思います」茉希の頰を大粒の涙がつたう。しかし涙声にもならず、カッと目を見開き浩二郎を見つめていた。

「そうかもしれません。もしかしたらそんな夫、そんな父親、そんな経営者は必要ないのかもしれないですね」

「そうです、必要ないんです。だからこのまま京都にいるのが一番いい。もうすぐだったんです、もう二週間もすれば就籍許可が下りたというのに。あなた方探偵がぶちこわした」茉希は由美を見たが、すぐに目を逸らした。

　由美を恨《うら》んでいるのかもしれない。

「私の幸せを壊す権利、あなた方にあるんですか」茉希の肩が震《ふる》えている。

「そんなもん、あらしません。けど、川津さん、あなたにも三崎さんの家庭を壊す権利はないんと違いますか。三崎さんがあなたには必要で、仮に彼の家族には不必要やったとしても、私は今日、彼を千葉へ連れて行きます。それが三崎さんとの契約ですから」

「そんなの嘘です。一ノ瀬さんの作り話です。彼は怖がってます。私がいないと何もできない。私がいないところでなんて生きていけないんです」茉希の目から、また涙が落ちた。

「川津さん、あなたはそれでいいんですか。三崎さんは深層心理の中で、千葉の家族を求めているんですよ」浩二郎が静かに話す。

「そんなことありません」茉希は強い口調で言い返す。

「あなたを愛しているのではないんです。過去のない男が、ただ怯えている。あなたは恩人ではあるが、それ以上ではない。あなたは勘違いしているだけなんですよ、川津さん」

「あなたに何が分かると言うんですか」茉希は浩二郎にきつい視線を向けた。

「少なくとも、三崎秀武という男性のことは、あなたより分かります」

「そんなの嘘よ、嘘ばっかり！」

「嘘ではありません。あなたの前で彼が倒れたのは、コーヒーの香りに誘われたからです。ある意味、あなたの淹れるコーヒーは、三崎さんを満足させるものだったのかもしれません」

「何が言いたいんですか」充血した目で茉希が言った。

「彼の心には、娘さんがいる」わざと分かりにくい表現を使った。

「……………？」

「あなたの名前の音です。彼には娘さんが二人いて、一人は真優美、もう一人は杏子というらしい。マからはじまる名前とキから始まる名前だ。奥さんも真佐子です。どことなく耳に残った音に、懐かしさと安心感を得たんだと私は思うんです」

酷《ひど》いこじつけだと浩二郎も思った。しかしいまはどんなことをしても、茉希をたじろがせる必要がある。

「そんなこと、ある訳ないわ」自分に言い聞かせるように茉希はつぶやく。

「彼は由美君の方言についての質問で、『わっぜ』には聞き覚えがあると言った。それは、彼が事故に遭う前に徳之島に行っていたからです。わっぜは鹿児島の方言だ。三崎さんは嗅覚に並外れた能力を秘めています。そしてあるいは聴覚にも秀でているのかもしれません。生活史を忘れ去ってもなお、コーヒーの香りを記憶していた彼が、娘さんの名前にある音を忘れたと言い切れますか」

「……………」

「私は何事においても、虚を衝《つ》くことが一番卑怯だと考えています。また虚を衝いて得をしようとは思わない」

「私が、虚を衝いていると言いたいのですか」

「そうです。いまの彼にはあなたしかいない。これはあなたが言った言葉です」

「本当に、そうなんです」

「そのことについて私は異議を挟めない。まったくその通りだとも思っています」

「じゃあ放っておいてください」

「あなたがいないと、生きていけないということが、本物の愛情ではない証《あかし》だと思いませんか」

「おっしゃっている意味が分かりません」と言った茉希の目がオドオドし始めている。

彼女は、浩二郎の言いたいことが分かりかけているのに違いない。

この機を逃してはならない。

「彼にはあなたしかいない。そんな状態で、あなたを選んだんですよ。これを虚を衝くと言わないで、何というんです。どんな障壁《しょうへき》をも乗り越え、誰の反対ものともしないのが愛です。頼れる人が一人、その人しかいない状態で結ばれても本物とは呼べません」浩二郎は言葉を切って、茉希の様子をうかがった。そして続けた。「自分だけが、この人を幸せにできるとか、私がいないと何もできないというようなことは、愛ではなくエゴです。思い上がりです。そんなもので本当の幸せが摑めると思いますか」

茉希は黙って聞いている。

「私が言いたいのはそれだけです。ですからこうしませんか。一旦、彼を家族に返す。それでもなお彼があなたと生きるというのなら、一緒になる。いかがですか。そういうことなら、我々も応援することを約束しましょう」

由美が驚いた顔を向けた。

「そうなれば、過去の記憶のことも、現在の状況も関係なく、三崎秀武という男性が選んだ未来ということになりますから」

「あの人が選ぶ未来……」

「川津さん。すべて彼のためです。あなたが愛している彼の」

「愛情を試せというんですね」茉希が言った。

「そうです。彼に愛情を天秤《てんびん》にかけさせようとしているんです。不道徳だと感じるでしょう。しかしそうまでしても、私たちは三崎さんを彼自身の思い出と向き合わせる。それが仕事なんです」そう言うと浩二郎は、茉希を促した。「茉希さん、三崎さんを呼んできてくれませんか」

「私が？」

「あなたしかいないでしょう。あなたも堂々と彼の過去と向き合いましょう。彼は、あなたを裏切ったと後悔していると思います。これだけよくしてくれたあなたを差し置いて、思い出探しの依頼をしたことを。そんな後ろめたい気持ちを抱いて、千葉の家族に会わせるのですか」それはフェアではない、と浩二郎は言った。

「何もかも、彼にゆだねろとおっしゃるのですね」茉希は浩二郎の前で初めてうつむいた。

茉希の心情を考えると、それはあまりに酷《こく》な要求であることは分かっている。だが、それを彼女にやらせなければ、秀武も家族の元に帰りづらくなる。

「やってくれますね、彼のために」浩二郎はまた秀武のためであることを強調した。

茉希は何も言わず立った。

ふらふらと外に出る。

「由美君、たのむ」由美に、茉希の身体を支えるように声をかけた。

「一緒に」と言って由美は彼女の後を追い、部屋から出て行った。

秀武を千葉の家に送り届けることになったのは、浩二郎と真だった。由美が、茉希の側にいてやりたいと言ったからだ。

東京まではのぞみ号を使い、そこから在来線の「さざなみ」に乗る五時間ほどの旅だ。その道中、秀武はコーヒーの話しかしなかった。京都にいた間のことも、また茉希のことにも触れなかった。もちろん記憶にない三崎ファームの話は出てこない。

それでも「さざなみ」に揺られて、一時間ほど経つと口数は減り、しきりに風景に目を遣《や》るようになった。車窓から見える風景の刺激から、何かを思い出そうとしているに違いない。

思い出せないまま家族に会う不安と闘っているようだった。

秀武には写真を見せ、落花生農園の経営者であることと妻と二人の娘、そして妻の父と弟がいることを伝えた。そう告げられても、彼はそれほど驚かなかったようだ。

やっぱり脳のどこかに思い出はあるんやと思いますわ、というのが由美の感想だ。

浩二郎も同じように思う。頭は体験したことすべてを記憶している、と聞いたことがある。ただ、たぐり寄せられないだけだと。

「無理しないでください」向かいの席の浩二郎が、必死に窓の外の風景を追う秀武に言った。

「不思議な感じです。何も覚えてないんです」秀武は頭を拳《こぶし》で叩いた。

彼の隣には、体調が変化したときにすぐ対処できるよう、真を座らせていた。

「私たちの調査を信じてください。あなたは三崎秀武さんで間違いないんです。館山の落花生農園は、あなたが経営しているんですよ、多くの人に支えられながら」

「記憶がないのに、農園の経営なんてできるものなんでしょうか」

「みんなの助けを借りるしかないでしょう」

農園経営が甘くないことは浩二郎もよく分かっている。

「妻と娘たちに、何を話せばいいんでしょうか」

「それも助けてもらいましょうよ」

「何だか厄介者のようだ」秀武が遠くの風景に目を遣った。

その先に京都の茉希がいる、と浩二郎は思った。

「あなたを卑怯者にしたくないんです。そのまま京都にいた方が楽だったかもしれない。しかしそれでは楽な方に流れた弱虫になるだけだ。あなたは、あなたを愛する人が誇りを持てるような生き方をしなければなりません。川津さんのためにも」

「愛する人が誇りを。そうですね。だから私もあえて一ノ瀬さんに依頼をしたんですから」

「では、辛い目に遭いに行きましょう。胸を張って」浩二郎は秀武の膝《ひざ》を叩いた。「そうだ。平井《ひらい》君、記憶を戻すのに何かアドバイスはないかい」

コーヒー談義の後は、無口になっていた真に話しかけた。

「そうですね、一般的には五感の刺激がいいんだって言いますね」

「五感か。三崎さんの場合、嗅覚は相当なもんだからね」

「組み合わせるといいかもしれません。音楽と香りとか、触感と味という具合に」

「三崎さんは落花生の収穫が終わると、ふっと旅に出ていたらしいです。つまり落花生の触感と秋の風物詩、金木犀《きんもくせい》の香りやサンマの塩焼きなんてどうだろう」

「いいんじゃないですか」真が笑った。

佳菜子との仕事以来、反応がよくなってきたようだ。

「三崎さん。そんな感じで、焦らず暮らしていれば、いつかは思い出す日がくるかもしれません」浩二郎が言った。

「でも、思い出せないこともあるんですよね」秀武が真の方に首を向けた。

「ありますね。残念ながら」躊躇なく真は答えた。

「そうなったら私は……」助け船を求めるような顔で浩二郎を見る。

「それはそれでいいんじゃないですか。いや、投げやりで言っているんではないんです。たくさん話をすることです、奥さんや娘さんと。その中で話したこと、その一つひとつを思い出にしていく。そうして再構築する記憶も、あなたの歴史になるんですよ」三崎の目を見た。

「再構築する記憶が、歴史か」三崎はつぶやき、再び車窓に目を移した。


由美から聞いていた農園を、真はすぐに見つけた。

玄関に、真佐子と二人の娘が立っている。

「パパ」真佐子が駆け寄った。それが秀武の普段の呼び方なのだろう。

「……あの」秀武は落ち着きなく瞬きをしていた。

「忘れてしまってるんだってね」真佐子が優しく言った。

妻は夫に不安を与えないように、笑顔を見せていた。

「はい。すみません」

「変なの。パパがママにすみませんだって」二人の娘が笑った。

「平井君」浩二郎が真に目配せした。

「あの、これがお薬です。これが睡眠導入剤で、これが安定剤……」と飯津家《いいづか》から処方された薬の説明を真佐子に始める。

それを真に任せ、浩二郎はちょっと歩き、農園の一角にあるビニールハウスを見つけた。娘の一人に会釈して手招きする。

「これがお父さんの丹精《たんせい》しているコーヒー豆ですか」駆けてきた背の高い少女、真優美に訊いた。

「そうです。いまはほんのりピンク色になってます」

「見せてもらっていいですか」

「どうぞ」真優美はハウスのレールが付いた立派な引戸を開いた。

温かな風が頬を包む。木々は二メートルほどに背丈《せたけ》が揃えてあった。真優美が言ったように、緑の葉から色づき始めたコーヒーの実が覗いている。

「パパは、お正月に豆を収穫したいんです」真優美が言った。

「お正月に？　コーヒー豆の収穫って五月くらいなんじゃないですか」

何かの本にそう書いてあった。

「ママとの結婚記念日だからです。上手くいったら、この豆にマリッジアニバーサリーという名前を付けるんだって言ってました」

「パパとママ、仲がいいんだね」

「育宏おじさんは、なんだかんだってパパのコーヒー豆のことに文句言うけど、ママはパパを応援してますから」

「そうですか。ありがとう」

外に出ると、秀武に寄り添うようにして、真佐子が歩いてきた。そして、「あのこれ、お代金です」と封筒を差し出した。

「ありがとうございます。秀武さんをお連れしたことで、この事案はすべて完了ということにします」本来は報告書を提出しなければならないところだが、と浩二郎は断りを入れ、領収書を手渡した。

エピローグ

「平井君《ひらい》、京都に着いたら川津《かわつ》さんの様子を診《み》てあげてくれるかい」帰路の新幹線で浩二《こうじ》郎《ろう》が言った。

「彼女の方が相当参ってるでしょうからね」

「うん。この解決方法、君はどう思う?」真《まこと》の気持ちが聞きたくなった。

「そうですね、よく分からないです」真は少し素直《すなお》に自分を表現できるようになってきたのかもしれない。

「うん。正解はないんだよ」

正解にしていくのは、当事者たちだ。

「でも、さっきの夫婦の姿を見たら、これでよかったのかもしれないとも思えました」真は真顔で言った。

「そうか。確かに奥さん、嬉《うれ》しそうだったね。川津さんの方は気にかけて励《はげ》まし続けるしかないけれど。私は、三崎秀武《みさきひでたけ》さんが高丸《たかまる》百貨店に行ったのは偶然じゃないという気がしてるんだ。以前にも川津さんが淹《い》れたコーヒーを飲んで、ホッと心が癒《いや》されたことがあるんじゃないかってね」

茉希《まき》は一杯一杯のコーヒーを一所懸命に淹れることでみんなを楽しませてきたのだ。茉希には何とか乗り越えて欲しい。そうすればこの先、彼女の人生は必ず輝くはずだ。

「あの、訊《き》いていいですか？」

「何だい？」

「どうして実相《じつそう》さんや橘《たちばな》さん、一ノ瀬《いちのせ》さんもここまでやるんです？　何だか割に合ってない気がして」

「うーん、そうだね。割に合わないかもしれないね。逆に訊くが、医者という仕事は割が合うかい？」

「医者ですか。全然合わないですよ。まあ無理矢理、割に合わせる人は多いと思いますけど」

「うん。じゃあ君は、無理矢理割を合わせる医者になりたいのかい？」

「いや、ぼくは……」

「いいんだよ自分の考えで。ただ、そんな医者に診られる患者に、私はなりたくないだけだ」

「それはぼくだってそうです」

浩二郎の携帯電話が胸ポケットで震《ふる》えた。

「ちょっと」浩二郎はデッキに行って電話に出た。由美《ゆみ》からだった。

「川津さん、飯津家《いいづか》先生が打ってくれた安定剤で寝たはります。でもほんまの号泣《ごうきゅう》いうもんを見ましたわ」

「そうか、やっぱり辛《つら》かったんだね」

彼を連れ出して振り向いたとき、茉希は唇《くちびる》を噛《か》んでこちらを見ていた。必死で泣くのをこらえていた。

「うち、さんざん罵《のの し》られましたわ」由美の声が辛そうだった。

「川津さんを悪者にしないために、辛抱《しんぼう》するんだ。一時的なものだよ。きっと分かってくれるときがくる」

「そうですやろか。そうやったらいいんですけど」

「私が保証する。いまは誰よりも実相浩二郎という男の言うことを信じて欲しい」

「そない言われたら、しょうがないです。浩二郎さんを信じてみます」由美は笑いながら、続けた。「ああ、さっき佳菜《かな》ちゃんから連絡もらいました。あの『歌声の向こう側に』の百恵《ももえ》さんが、唄《うた》ったんやそうです」

「そうか、唄ったか」

「ええそうです。『ともしび』の一番だけなんやそうですけど、凄《すご》いですわ」我《わ》がことのように由美が歓声を上げた。

百恵は、自分に唄う勇気をくれた佳菜子と真に礼がしたいのだそうだ。

「そうか、よかったな」

「では、ここで業務連絡です」由美は、急に事務的な声になった。

「ほう？」

「思い出探偵社の初の慰安《いあん》旅行が決まりました。来年一月最終週の土日に、岩手県鶯宿《おうしゅく》温泉に宿泊して、かの有名な石川啄木《たくぼく》記念館を巡る旅となります」

「そうか、じゃあ渋民《しぶたみ》へ」

「そこでミニコンサートがあります」

「なるほど」

すでに百恵の承諾《しょうだく》は得ているらしい。

「楽しみだね」

「百恵さんも、その日までに全部唄えるように仕上げたいって、張り切ったはるようですわ」由美はいつもの言葉に戻って言った。「佳菜ちゃん、もの凄く喜んでました。それでなくともあの子、なんか最近嬉しそうやわ」

「そうか、分かった。平井君にも伝えるよ。じゃあ川津さんのこと頼むね。疲れたら、家《か》内《ない》に交代させるから」

「いえ、それは結構です」間髪《かんはつ》を容《い》れずに言った。

「しかし」

「いいんです。うちの仕事ですよって。ほな、お気を付けて」と由美は電話を切った。

浩二郎は席に戻り、百恵のことを真に話した。

「へえ、唄えるようになったんだ」真には半信半疑なようだ。

「君は信じてなかったのか」

「ええまあ。医療の限界も知ってますから。でも、あんまり橘さんが一所懸命だったから。そうですか、唄いますか……彼女、凄いですね」にんまりしながら真が言った。

「百恵さん？　それとも佳菜ちゃん？」

「あ、いや、それは」

「まあ二人ともってことだね」

「そうです、そうです」真は慌《あわ》ててうなずいた。

「どうだ、少しは興味が出てきた？」

「興味ってそんな。確かに何事にも一所懸命だし、でもちょっと思い込みの激しいところもあるから」したり顔で真が顎《あご》を撫《な》でる。

「何のことだ。思い出探偵という仕事にだよ」

「ああ何だ、そういうことですか。正直、まだ分かりません。だけど、もう少しやってもいいかなって。あっいや、生意気《なまいき》言って……」

「いいんだよ。でもさっき、割が合わないって言ったね」

「はあ」

「しかし本当は割は合ってるんだ」

「どういうことですか」

「『自分を励ますための一番の方法とは何か』って訊かれたある作家が、こう言ったんだそうだ。『それは、誰かを励まそうと努力することである』ってね。つまり、探偵社のみんなは、自分を励まし続けるために、人を励ましているんだ」

「それで割が合うんですか」

「そりゃそうだ。今日も明日も、生きて生きて、生き抜くんだから。そんな自分を励まさないでどうするんだ」浩二郎は由美、佳菜子、そして三千代《みちよ》と探偵社の人間の顔を思い出していた。そして最後に、隣に座っている真の顔を見た。

「言い忘れるところだった。慰安旅行があるんだが、君も参加するね」浩二郎は旅行の行き先と、百恵のミニコンサートの話をした。

「慰安旅行なんて、ぼくは」

「そうか、じゃあ百恵さんの容態《ようだい》を診る医師として同行を命じるって言ったらどうする」

「ええ、医師としてですか？」

「割が合わないか？」

「実相さん」

そう言う真の顔を見て、「決まりだな」と浩二郎は笑った。


〈了〉

この作品は、二〇一一年三月にＰＨＰ研究所より刊行された
『思い出をなくした男』を改題し、加筆・修正したものである。

著者紹介
鏑木　蓮（かぶらぎ　れん）
1961年、京都市生まれ。塾講師、教材出版社、広告代理店勤務を経て、1992年、コピーライターとして独立する。2004年、立教学院・立教大学が「江戸川乱歩と大衆の20世紀展」を記念して創設した第1回立教・池袋ふくろう文芸賞を、短編ミステリー「黒い鶴」で受賞する。06年、『東京ダモイ』で第52回江戸川乱歩賞を受賞し、デビュー。著書に、『屈折光』『真友』『しらない町』『時限』『甘い罠』『救命拒否』『思い出探偵』『白砂』などがある。12年より、佛教大学文学部非常勤講師を務める。

ＰＨＰ文芸文庫　ねじれた過去
京都思い出探偵ファイル

2013年7月30日　第1版第1刷
2021年6月17日　第1版第2刷

著　者　鏑木　蓮
発行者　後藤淳一
発行所　株式会社ＰＨＰ研究所
東京本部　〒135-8137 江東区豊洲5-6-52
第三制作部　☎03-3520-9620（編集）
普及部　☎03-3520-9630（販売）
京都本部　〒601-8411 京都市南区西九条北ノ内町11
PHP INTERFACE　https://www.php.co.jp/
組　版　朝日メディアインターナショナル株式会社
印刷所
製本所　大日本印刷株式会社

ISBN978-4-569-76042-1

PHP文芸文庫

思い出探偵

鏑木 蓮 著

小さなガラス瓶、古いお守り袋……そんな小さな手がかりから、思い出探偵社の仕事は始まる。乱歩賞作家によるハートフル・ミステリー。

PHP文芸文庫

リバース

北國浩二 著

自分をふった女性が殺される未来を知った主人公は、それでも彼女を守ろうとするが……。驚きの展開と爽やかな読後感が魅力のミステリー。

PHP文芸文庫

我、弁明せず

江上剛 著

明治・大正・昭和の激動の中、三井財閥トップ、蔵相兼商工相、日銀総裁として、信念を貫いた池田成彬。その怒濤の人生を描く長編小説。

PHP文芸文庫

人体工場

仙川 環 著

自らの体の異常を知った真柴は、以前受けた治験に疑いを抱く。その謎に迫ろうとした彼がたどりついた、恐るべき「人体工場」計画とは?